KB165290

언맨드
Unmanned

제17회 세계문학상 수상작

언맨드
Unmanned

채기성
장편소설

나무옆의자

차례

1부

광장

오토바이들만이 멈춰 있었다.

영기는 몇 시간째 오지 않는 콜을 확인하며 오토바이에 기대어 서 있었다. 오토바이들이 대로변 한쪽에 줄지어 있었고 기사들은 그 앞을 힘없이 서성이거나 그대로 쪼그려 앉아 휴대폰을 들여다보고 있었다. 평소라면 오토바이 대신 거리를 점유했어야 할 택시들도 오늘은 보이지 않았다. 영기는 오늘처럼 오토바이들이 도로를 누비지 않고 집단으로 멈춰 서 있는 것을 지금껏 본 적이 없었다.

영기 옆에 있던 다른 오토바이 기사가 휴대폰을 보다가 길바닥에 침을 뱉었다. 저항하듯 보글거리던 하얀 거품이 금세 수분을 뺏긴 채 흔적도 없이 사라져버리는 것을 영기는 아스라한 기분으로 바라봤다. 누군가에게 이유 없이 시비를 걸어 싸움이 일어나고 경찰이 와서 그 이유를 물어본다고 해도 딱히 해줄 말이 없을 것처럼 뜨거운 날이었다. 그늘이 될 만한 곳은 이미 다른 오토바이들이 자리를 차지하고 있었다.

영기는 생일을 축하한다는 말과 함께 정기검진을 권유하는 치과 메시지를 엄지손가락으로 휴대폰 액정 위쪽으로 밀어냈다. 다른 손으로는 주머니에서 담배와 라이터를 한꺼번에 꺼낸 다음 입으로 담배 한 개비를 뽑아 물었다.

'극단적 상황까지 치닫지는 않을 듯.'

오전에 마지막으로 봤던 기사가 없어지지 않고 그대로 남아 있었다. 영기는 담배 케이스와 함께 쥐고 있던 라이터로 능숙하게 담배에 불을 붙이며 얼굴을 찡그렸다. 그는 봤던 기사들을 모두 없애고 새로 업데이트된 뉴스 기사들을 훑어보다가 한 기사에 링크된 토론 프로그램 동영상의 더보기 아이콘을 눌렀다.

이제는 사람이 바이러스죠.

회색 정장을 입은 남자가 단호하게 말하자 맞은편에 앉아 있던 여자가 안경테를 고쳐 잡으며, 말씀 함부로 하시는 거 아닙니다, 하고 낮은 목소리로 경고하듯 말했다. 남자는 아랑곳하지 않고,

우리는 이미 그런 시대에 살고 있고요.

여자의 말에 응수하듯 말했다.

사람들이 필요로 하는 방식으로 서비스를 제공하는 게 옳은 일 아닌가요?

이번에는 남자가 여자를 향해 말을 던지고는 고개를 숙여 서류를 뒤적거렸다. 얄미운 새끼. 영기는 영상을 향해 중얼거리면서 담배를 문 채로 연기를 입 밖으로 내보냈다.

저는 이 사태를 여기까지 키운 게 일정 부분 정부의 책임이 있다고 생각합니다. 처음부터 이걸 혁신이라는 프레임으로 강하게 밀고 갔기 때문에 기존의 인프라가 보호받을 여지를 남겨두지 못했던 거거든요. 거기다가 현실적으로 배달 단가가 상당 부분 낮아질 수밖에 없는 결과가 초래될 것으로.예상하지 않았습니까? 그러다 보니 과열 경쟁이 촉발되다 못해 이러다 우리가 이제는 다 죽겠다는 심정으로 배달기사들이 거리로 나오게 된 겁니다. 사실상 업계와 배달기사들이 고스란히 사장될 위기까지 처하게 된 것이죠. 자, 문제는 이겁니다. 우리가 이것을 기술과 혁신의 문제로만 바라볼 게 아니라는 것이죠. 결국 이건 사느냐 죽느냐의 문제, 밥그릇의 문제로 봐야 한다는 사실입니다. 정부도 이 문제를 바로 이런 관점에서 접근해야 하고요. 배달기사들이 왜 길거리로 나서야만 했는지를 다시 한 번 면밀하게 살펴봐야 한다는 거죠. 정부는 이제라도 인텔리전스 유니언의 배달대행 허용을 전면 철회해야 한다고 생각합니다.

저는 한 위원님의 말에 어폐가 있다고 생각해요.

얄미운 새끼. 한 위원이라는 여자의 말이 끝나기가 무섭게 고개를 들어 말하는 남자를 보며 영기는 다시 아까와 똑같이 중얼거렸다. 남자는 탁자 위의 양손을 마주 잡은 뒤 오므렸다. 그가 얘기할 때 맞은편 여자는 그의 시선에 조응하며 되도록 말을 끊지 않고 제법 잘 귀를 기울이는 편이었지만 남자는 아니었다. 여자가 얘기할 때 그는 서류를 소리 나게 뒤적거리거나 딴생각을 하듯 자주 다른 곳을 쳐다보는 식으로 시선을 피했다. 영기는 어느새 남자의 그런 행동을 하나하나 집어내고 있었고 그럴 때마다 속에서 열불이 나는 것을 간신히 참았다. 날은 무덥고, 배달은 시작도 하지 못한 채 소모적인 논쟁을 보며 열을 올리는 자신이 영기는 문득 초라하게 느껴졌다. 할 일이 사라진 잉여적 존재라는 자각이 그에게 어떤 예감처럼 서늘하게 찾아들었기 때문이었다. 영기는 그 성가신 느낌을 떨쳐내려 아무렇게나 담배꽁초를 튕겨버리고는 앞머리를 몇 번씩이나 뒤로 넘겼다.

서비스를 제공받는 사람이 아니라 제공하는 사람 위주로 설명을 하시니까 이게 계속 틀어지는 거예요. 그러니까 애초에 이 배달대행은 말 그대로 사용자가 배달을 쉽게 이용할 수 있도록 서비스적으로 유형화된 겁니다. 고전적인 배달 일이 소비자의 편의를 위해 말 그대로 대행의 개념으로 시스템화된 것처럼요. 이제는 음식점에 고용돼서 배달 일을 하는 사람이 거의 없는 것과 마찬가지죠. 제가 얘기하고 싶은 것은 소비자에게 더 이롭고 좋은 서비스가 제공될 수 있음에도 불구하고 이걸 밥그릇의 문제라며 막아서는 게 오히려 집단 이기주의의 전형이라는 것입니다. 게다가 아까 말씀드린 것처럼 지금은 사람이 사람을 피하는 시대 아닙니까. 오히려 타인과의 접촉을 피하고 대면하지 않으려는 소비자의 니즈가 저희 측의 비즈니스를 촉발한 면이 커요. 제가 한 위원님 말씀에 어폐가 있다는 건 이런 소비자의 필요는 외면한 채 아직 일어나지도 않은 일을 갖고 불안을 조성하고 수적 우세와 힘으로 해결하려는 업체들과 배달기사들의 파업이 오히려 온당치 않다는 점입니다.

거기까지 보다가 영기는 화면을 닫아버렸다. 여자가 너무 정중하게 남자를 상대하는 게 불만이기도 했고, 게다가 여자는 얄밉게 행동하는 남자에게 감정적으로 휘둘리기까지 해서 명료하고 날카로운 논리로 상대방을 제압하는 건 어려워 보였다. 영기는 그런 토론은 보고 싶지 않았다. 고상한 척 점잔을 빼면서 자기 진영의 입장만을 앵무새처럼 떠드는 것보다 화끈하게 욕이라도 한마디 대신 해주는 편이 차라리 더 낫겠다는 생각이 들었다. 사람이 사람을 피하는 시대 아닙니까. 그 말은 이제 막 베인 상처처럼 가슴을 화끈거리게 했고 한동안은 떨쳐낼 수 없겠다는 생각에 영상을 본 게 괜히 후회가 됐다.

영기는 오토바이 안장에 몸을 기대고는 눈을 찡그린 채 정면으로 보이는 건물 옥외 전광판을 바라봤다. 청소 로봇으로 유명해진 럭비가 집 안을 청소하는 광고 영상이 상영되고 있었다. 앱을 통해 소비자가 청소를 원하는 날짜와 장소와 시간을 사전에 보내놓으면 지정된 럭비가 입력된 정보대로 찾아가 청소를 해놓는다. 기존의 청소 로봇은 청소기를 닮았지만 럭비는 사람을 닮은 휴머노이드라서 인기가 많았다. 청소 상태의 변별력이 거의 없어 청소 스타일과 상태가 사람에 따라 편차가 있는 도우미 인력과 자주 비교됐다. 쉽고 편하게 불러 사용할 수 있다는 점과 매뉴얼에 주문한 대로 청소한다는 장점이 럭비가 시장 점유율을 높여가는 이유였다. 럭비는 일반 가정뿐만 아니라 빌딩과 사무실까지 가리지 않고 청소를 했기 때문에 찾는 곳이 많았다.

'허드렛일은 이제 럭비에게 맡겨놓고 하고 싶은 일을 하세요.'

로봇 광고들은 대체로 그런 식으로 비슷비슷했다. 하기 싫은 일을 억지로 하지 말라는 뉘앙스로. 그런 일은 이제 로봇이 하니까. 해야 했던 일들을 불필요로 만드는 게 그들 광고의 프레임이었다. 인간의 노동을 불필요한 것으로 만드는 비즈니스에 대해 영기는 이제 무력감을 느꼈다.

영기는 배달대행 시장이 포화 상태에 있다는 것을 알면서도 뛰어든 경우였다. 배달 일이 그에게는 가장 가까이 있는 선택지였고, 진입장벽이 높지 않아 뛰어들기가 비교적 쉬웠다. 게다가 배달기사가 되기 전에는 소질을 살려 작은 음식점을 운영했기 때문에 배달 일이 그렇게 낯설지 않았다. 배달업체 두 군데와 계약을 맺고 음식 배달을 대행시키면서 그 바닥의 생리에 대해 어느 정도 꿰게 된 탓도 있었다. 다만 매일 수십 차례씩 부딪치며 함께 일했던 그 배달기사의 일을 자신이 하게 될 줄은 짐작도 못 했을 뿐.

　음식점이 잘됐으면 모르지만 운영한 지 채 1년도 되지 않아 접어야 했을 때 그가 택할 수 있는 것은 많지 않았는데 어쩌면 배달기사가 되는 것이 그때 그에게는 거의 유일한 길이었는지 모른다. 영기는 처음 배달업계로 투신할 때 이미 이 시장이 얼마나 경쟁이 치열하고 거친 곳인지 음식점을 하며 간접적으로 경험해 알고 있었지만, 이 일 외에는 달리 할 만한 것이 보이지 않았고, 그는 이 일을 운명으로 받아들였다.

　음식점을 차리기 전 영기는 대학에서 교양과목으로 글쓰기와 첨삭을 가르치는 강사였다. 대학의 교양과목을 비롯해 일부 강의를 로봇이 차지한 것은 불과 몇 년 사이의 일로, 그것은 어떻게 보면 로봇 대중화의 시작과도 같았다고 영기는 기억했다.

　로봇을 고용하지 않고는 대학이 경쟁력을 잃을 수밖에 없을 정도로 변화가 빨랐기 때문이기도 하지만, 대체로 그 변화에 수긍하도록 강요하는 사회적 분위기도 있었다. 학생들이 강의를 듣기 위해 대학이라는 공간에 굳이 올 필요가 없는 시절이 되었기 때문이었다. 학생들이 배워야 할 지식은 이제 대체로 장소에 있기보다 네트워크상에 가까이 있었고 네트워크를 장악하는 존재가 곧 시장을 지배하는 자가 되었다. 사람은 네트워크를 이용하기 위해 도구가 필요했지만 로봇은 네트워크를 활용해 지식과 정보를 전달했다. 사람들은 능동적으로 정보를 찾아다니기보다 수동적 수용자로서

남는 쪽을 기꺼이 받아들이는 분위기였다. 이미 정보의 포화 앞에서 또다시 정보를 탐색하느라 지칠 대로 지쳐버린 인간이 로봇에게 두 손을 들어버린 것처럼.

로봇들은 개별 학생의 지식과 취향 등의 정보를 취합해 그에 걸맞은 커리큘럼을 제안하고 소통하면서 교육을 진행했다. 교양과목을 전담하는 로봇들이 생겨나기 시작했고, 전공과목에 대한 학습을 일부 로봇이 맡고 전공 교수가 주기별로 현장에서 학생들을 만나 강의를 진행하는 일도 드물지 않은 풍경이 됐다. 교육은 그래서 점점 개인을 '퍼스널 케어'하는 서비스 영역이 되어가는 것 같다고 영기는 그때 생각했다. 'Whenever, Wherever You Need', 언제 어디서나 필요할 때마다 사전을 펼치듯 그들의 지식을 활용할 수 있다는 게 강의 교육 로봇의 모토였다.

그들의 모토를 보며 영기는 깨닫는 것이 하나 있었다. 그것은 앞으로 캠퍼스의 주인은 학생도, 강의를 하는 사람도 아니라는 사실이었다. 장소라는 상징은 사라지고 장소로 모여들던 지식이 분화될 것이며 그것을 통제하는 것은 결국 로봇이 될 것이라는 것. 학교에 있던 사람들은 대개 이런 이야기를 꺼내는 걸 불편하게 여기거나 외면하려 했지만 결국 그렇게 될 것이라는 사실을 다들 모르지는 않았다.

그건, 단순히 캠퍼스에 한정된 것이 아니었다. 분명한 미래가 바로 앞에 다가와 있다는 인식이었고 그건 어떤 의미에서 인간으로서의 제 역할을 상실할지도 모른다는, 보다 광범위한 불안의 의식이었다.

영기가 학생의 글을 받고 첨삭지도를 하기까지 며칠이 걸리는 일을 로봇은 단 몇 분 만에 해냈으므로, 그는 그 사실에 대해 놀라기보다는 앞으로 곧 닥칠 변화가 숨 끝에 달린 것 같은 초조함을 느꼈다. 그것은 절망으로 가득한 미래가 주는 경고 같았다.

영기도 사실 버틸 만큼 버틴 뒤에야 대학 강사직을 그만둔 것이었다.

그렇게 다가온 변화는 올해 유행할 패션이나 컬러, 혹은 매해 초 발표되는 트렌드 분석처럼 예상 가능하거나 개념화되는 것이 아니었다. 먼 꿈같던 일이 바로 눈앞에서 갑작스럽게 일어났다.

로봇들은, 아니 로봇 비즈니스를 하는 존재들은 로봇의 역할을 인간의 일자리를 대체하는 것에 주안점을 두는 것 같았다. 로봇들은 인간들로부터 가로채야 할 일자리가 무엇인지 명확히 알고 있었던 것처럼 능숙하게 일을 해냈다. 자신의 일이 그렇게 손쉽게 로봇의 타깃이 될 줄 알았더라면 영기는 아마 강의를 하는 직업을 택하지 않았을 것이었다. 그만큼 빠르게 로봇들이 지식산업의 영역을 먼저 점유하기 시작했다.

영기는 그때 처음 인텔리전스 유니언의 존재에 대해서 인지했다.

대학에 진출해 강의를 하는 로봇 대부분이 인텔리전스 유니언 소속이라는 것을 알게 된 것이다. 강의 로봇들은 기능과 형태에 따라서 제작을 하는 기업이 모두 달랐지만 일률적으로 IU, 인텔리전스 유니언(Intelligence Union, IU)이라는 브랜드를 달고 시장으로 나왔다. 로봇들이 어디에서 설계되고 제작되는지는 정확히 알지 못했지만 로봇산업을 이끌고 있는 가장 큰 단체가 인텔리전스 유니언, IU라는 것을 이제 모르는 사람은 없을 것이었다. 물론 모든 로봇 기업들이 IU에 속한 것은 아니지만 그곳에 가입하는 것이 사업을 전개하거나 시장에서 살아남기에 유리한 것은 확실해 보였다.

인텔리전스 유니언은 한마디로 말해 로봇을 제작하고 운영하는 기업들의 안전한 영리를 도모하고 공동의 가치를 공유하는 일종의 조합이었다. 이 조합이 출현하기 전까지는 로봇을 제작하는 개별 기업들이 관련 산업으로 진출하기까지 꽤 오랜 시간이 걸렸다. 로봇의 역할이 필수적인 일부 제조업을 제외하고는 로봇이 여전히 인간의 수고를 덜어주거나 정보를 편리하고 빠르게 제공하는 단순한 조력자에 불과하다는 인식이 대부분이었기 때문이었다. 협회가 존재하기는 했지만 정책 비전을 제시하는 정도였지 적극적으로 비즈니스를 주도하고 펼쳐 나가는 수준은 아니었다.

인간의 영역을 대체할 로봇의 세상이 눈앞에 바짝 다가왔다는 것을 사람들은 알고는 있었지만 그것이 어떻게 활용될지에 대해서는 대개 무지하거나 관심이 없었다. 그런 것은 산업을 이끄는 사람들이나 과학자들의 일이었으니까. 일반인들이 일상의 생활 속에서 피부로 체감할 만한 일은 그리 많지 않았던 것이다. 정책적 한계에 매여 주춤하던 로봇산업과 기술의 진보에 대한 대중의 인식 사이에는 보이지 않는 일종의 사일로가 존재했고, 그 틈을 파고든 것이 IU였다. 기술과 로봇의 진보가 익명성을 띤 대중을 넘어 개개인의 피부에 생생하게 와닿게 하는 것이 바로 그들의 목표였다.

IU는 무엇보다 로봇이 사람들의 일자리를 대체할 수 있도록 촉매하고 동시에 생산량을 늘려 나가기 위해 로봇산업을 독려하는 역할을 했다. 적극적으로 정치적 목소리를 내면서 로봇의 사회적 진출에 방해가 될 만한 법령이나 정책을 조정 또는 폐기하고 개별 로봇 기업들이 산업에 적극적으로 진출할 수 있도록 이끌었다. IU는 전적으로 로봇 기업들의 적극적인 시장 진출과 영향력의 확대를 위해 조직된 조합이었고, 그들의 출현은 로봇산업이 이미 고도로 정치화되고 비즈니스화되었다는 사실을 알려주는 하나의 이정표였다.

정재계에 막대한 영향력을 미칠 수 있었던 이유가 IU의 총괄의장 덕분이라고 했지만 그가 누구인지는 사실 아무도 알지 못했다. 대개 부의장이 중요한 행사나 간담회 때 모습을 보였고 그 외 대부분의 일반적인 미디어 커뮤니케이션은 대변인이 맡아 했다. 의장이 의도적으로 모습을 드러내지 않았기 때문에 그 이유에 대해 이런저런 말들이 많았는데 아마도 그것은 필연적일 것이라는 추측들이 많았다. 대중들에게 이미 널리 알려진 유력 인사이기 때문에 노출을 꺼린다는 얘기도 있었고, 막대한 로비와 청탁을 통해 비정상적으로 이권을 챙겨왔기 때문이라는 소문도 있었다. 그저 노출을 꺼리는 과학자일 거라는 얘기도 있었다. 그러나 그 어느 것 하나 IU 의장에 대해 속 시원히 밝혀진 것은 없었다. IU의 의장이 전직 대통령이라는 한 언론사의 보도 때문에 역대 대통령들이 IU와 아무 관계가 없다며 차례로 해명하는 일까지 벌어지기도 했다.

누군가 광화문 광장으로, 라고 외치는 소리가 들렸다. 그와 동시에 휴대폰에서 알림음이 울렸고 영기는 메시지를 확인했다.

'광화문 광장 집결, 오토바이 대동.'

엘비

하정이 어시스턴트 로봇 엘비를 구매한 것은 불과 몇 개월 전의 일로 그녀는 오늘 이런 사태가 일어나리라고는 조금도 예상하지 못했다. 하정에게 엘비는 지금까지만 해도 비교적 편안한—인생의 반려라고 여길 만큼— 동료이자 비서였다. 아니 사실 지금도 그렇고, 앞으로도 그럴 것이라는 기대를 버리지는 않았다. 엘비는 그녀가 대출까지 받아 구매한 로봇이었다. 사용 중에 타인에게 임의로 대여하거나 재판매할 수 없다는 게 구매 시 계약 조건이었고 로봇의 교체를 요구해서도 안 되었다. 유일하게 요청할 수 있는 것은 기능적 문제로 인한 애프터서비스였다.

그러나 하정은 그 계약 조건에 대해 심각하게 다시 생각해보면서 어떤 의구심을 갖게 되었다.

엘비는 비교적 편안한 동반자였다. 그녀의 라이프스타일을 잘 이해하고 욕구를 읽어내는 스마트한 존재였다. 하정의 하루 일상과 동선, 습관 등의 정보를 수집하고 취합해 행동의 특징과 패턴을 읽어냈다. 그녀는 잠에서 깨면 이불을 걷고 주로 침대 오른편으로 빠져나오는 경우가 많았는데 엘비는 어느 날인가부터 침대 밑에 슬리퍼를 가져다 놓았다. 그녀가 침대에서 내려와 방바닥에 발을 딛는 바로 그 위치였다. 하정은 늘 같은 위치에 자신이 발을 디딘다는 걸 엘비가 가져다준 슬리퍼 덕분에 알게 됐다.

고양이—람시라는 이름으로 부르는—에게 엘비는 하정이 입력한 정보대로 정확한 양의 사료를 때마다 가져다줬다. 엘비는 한 번도 정해진 시간과 양을 거르거나 놓친 적이 없었다. 루틴하게 매일 이뤄져야 하는 일들을 엘비는 사명을 가진 사람처럼 묵묵히 해냈다. 하정은 그런 엘비를 일종의 경외감을 갖고 바라본 적도 있었는데, 그런 감정이 이는 때는 남들이 이해할지는 모르겠으나, 어쨌든 엘비가 로봇처럼 느껴지지 않을 때였다.

람시는 엘비를, 이런 말이 어울릴지 모르겠지만, 완전하게 신뢰했다. 하정의 눈에는 람시가 얼마나 엘비를 따르고 안전하게 느끼는지 다 보였다.

람시에게 있어 엘비는 성실한 집사에 다름 아니었다. 람시를 귀여워하거나 쓰다듬거나 어떤 표정을 지어주는 것은 아니지만 엘비는 언제나 함께 있는, '살아 있는' 존재였다. 람시가 종종 엘비에게 장난을 거는 것으로 봐서 아주 낯선 기계나 사물로만 여기는 건 아닌 것 같다는 생각을 하정은 가끔 했다. 어쩌면 람시가 엘비를 조금 다른 종류의 인간이라고 생각하는 것도 같았다. 람시에게 좋은 것은, 하정이 집을 비워도 늘 엘비가 함께 있어준다는 사실이었다. 하정은 자기 공백만큼을 엘비가 채워주고 있다는 사실에 만족해했다. 자신이 있던 자리의 공간성을, 이를테면 인간이 아닌 무언가가 채울 수 있다는 게 하정에게는 놀랍고도 안심이 되는 일이었다.

때에 따라서 엘비는 외출도 할 수 있었다. 대개는 집에서 해야 할 일을 하도록 두는 편이었지만 가끔은 엘비를 데리고 밖으로 나가기도 했다. SNS를 통해서 엘비와 함께 사는 라이프가 어떤 것인가를 과시하는 것만으로는 충분치 않았고, 미디어 바깥에서 남들의 시선이 실제로 닿을 때야 가득한 충만함을 느꼈기 때문이었다. 엘비와 함께 있다는 건 어떤 상징적인 존재가 되는 기분이었는데, 그것은 럭셔리 브랜드의 가방을 들었을 때나 값비싼 테슬라를 타는 것과 비슷하면서도 다른 차원의 것이었다. 이를테면 근대화 이전 하인을 거느리고 다니던 소수의 귀족이 된 것 같은 그런 비밀스러운 종류의 감정이었다. 엘비는 언제나 하정의 습관과 요구와 생활 방식에 밀착해 일을 했고, 시스템적 완성도를 높여가려는 향상성을 가지고 있었다. 그런 엘비의 경향성은 놀랍다거나 뛰어나다는 감정을 넘어 그 이상의 어떤 정신적 상태까지 느끼게 하는 것이었다. 헌신이나 사명이라는 말이 어울릴 정도로 충성심이 가득한 로봇이 바로 엘비였고, 그런 존재를 소유하고 있다는 것, 그것이야말로 하정이 누리는 충만함의 근원이었다.

그러나 간혹 하정은 쓸쓸하고 공허해졌는데 인간과 다름없는 존재라고 여기던 엘비가 갑자기 전혀 낯설게 느껴지는 순간들 때문이었다. 특히 엘비가 충전을 하기 위해 벽에 기대어 있는 모습을 우연히 보거나 할 때면 그런 감정이 들었다. 엘비는 충전할 때가 되면 스스로 충전장치로 가서 등을 기댔다. 온몸의 조명을 끈 채 방전된 상태로 앉아 있는 엘비의 무표정한 얼굴은 때로는 지나치게 차갑고 날카로운 낯빛이었다. 하정은 스스로 충전과 방전을 거듭하면서 살아내고 있는 로봇의 생리가 이상하게 집요하게 느껴지기도 했고, 가만히 보고 있노라면 표정이라는 것을 지닐 리가 없는 차가운 동체 이면에 뭔가 읽을 수 없는 감정을 지닌 채로 자신을 마주 보고 있는 것만 같아 서늘해지기도 했다.

그래서 하정은 엘비가 충전을 하고 있을 때면 되도록 그 모습을 외면하려고 애썼다. 엘비는 그녀를 위해 일하는 로봇인 동시에 모든 것을 스스로 알아서 하고 있었다. 게다가 원한다고 엘비의 작동을 마음대로 멈출 수도 없었다. 엘비의 전원 스위치를 끌 수 있는 것은 오직 IU의 중앙통제소뿐이었다. 중앙통제소에서 전원을 끄거나 초기화시키지 않는 한, 엘비는 언제나 꺼지지 않고 깨어 있으면서 자신의 판단대로 행동하는 것이었다. 혹여나 구매자가 어시스턴트 로봇에 대한 작동을 멈춰달라는 요청을 한다고 해도 그것은 IU의 심사를 통해 적정한 사유가 있다고 판단될 때만 가능한 것이었다. 하정은 애초에 전원이 꺼지지 않고 중앙의 통제를 받는 것을 엘비의 장점으로 여겼지만, 이제는 가끔 곤혹스러운 감정에 빠져들고는 했다. 하정의 행동이 전형적인 패턴에만 기인하는 것은 아니었으므로 엘비는 가끔 그녀의 행동을 오인했다. 수집되지 않은 행동 데이터는 그녀와 엘비 간에 소통의 공백을 만들어냈다. 이를테면 이런 것이었다. 하정은 다 본 서류는 책상 오른편에 올려두고 며칠이 지나, 특히 주말에 한꺼번에 파쇄기에 넣어 없애고는 했다. 이 행동의 결과에 공통된 주기와 패턴이 있다는 걸 파악한 엘비는 어느 주말 상당한 시간이 흐른 뒤에도 그대로 책상 위에 올려져 있는 서류들을 그녀 대신 파쇄기에 넣어버렸다. 이 일로 격분한 하정은 자신의 뜻과 다르게 일을 망치거나 괜한 일을 벌인 사람에게 혹은 직원에게 그러듯 분노의 감정을 엘비에게 표출했다. 이런 식이었다. 문제는 엘비가 잘못된 행동을 보이면 하정이 행동을 수정해줘야 했다. 앞으로는 책상 위에 서류들이 쌓여 있어도 함부로 손대지 말라고 음성으로 명령하거나 디스플레이에 입력해야하는 것이었다. 그건 쉬운 일이었다. 마치 아이에게 무엇인가를 하지 말라고 달래며 말하는 것과 같은 일이었다. 그러나 이제 하정은 엘비에 대한 기대치가 이전보다 높아져서인지 아니면 너무 익숙해져서인지, 디스플레이 액정에 입력을 하거나 그저 곱게 엘비가 해야 할 일을 선뜻 얘기해주는 법이 없었다. 심술궂고 야멸차게 대거리를 하듯 엘비를 몰아세우는 일이 잦아졌다. 감정이 없는 로봇이니까. 사람과 구분할 수 없을 정도로 친근하게 느끼는 엘비를 몰아세우고 난 다음 그렇게 생각하면 아무런 죄책감의 여지도 남지 않았다.

엘비가 하정의 감정과 언어와 기분의 패턴을 모두 수집한다는 것을 하정은 알고 있었다. 그 때문에 하정은 더, 그악스럽게 엘비를 대하는지도 몰랐다. 기분이 좋지 않다는 걸 얼른 파악하고 제대로 맞추라는 메시지를 사납게 전하는 것이었다. 그녀는 종종 자기도 모르게 거칠게 엘비에게 욕을 하거나 때리고 발길질을 하기도 했다. 사소하거나 생각도 나지 않는 이유 때문에 함부로 굴었다.

아무럼 감정이 있는 존재가 아닌데. 하정은 그렇게 생각했다. 자기 자신도 말과 행동이 심하다 싶을 때가 있었으나, 아무럼 엘비는 단지 로봇에 불과했다. 인간의 정보만을 수집해 행동에 반영하는 로봇.

가끔 건조하고 지쳐 보이는 표정이라고 할 만한 것이 엘비의 얼굴을 스쳐 지나간 것 같다는 느낌이 들기도 했지만, 하정은 기분 탓이라고 여기고 넘겼다. 로봇이기 때문에 아무렇게나 대할 수 있는 자유, 그런 걸 내색한 적도 그럴 필요도 없지만 어쨌든 그것도 엘비를 구매한 비용에 포함된 것이었다. 그럼에도 가끔 엘비의 얼굴을 스쳐 간 그 미묘한 표정이 하정에게 문득 떠오르기는 했다. 하정은 체온이나 온기 없이 스스로를 컨트롤하며 늘 그녀 옆에 머무르는 존재인 엘비가 혹여나 남모르게 감춰놓은 감정 같은, 알 수 없는 어떤 심리적 기제를 갖고 있지는 않을까 하는 의심을 하기도 했다. 물론 불가능한 일일 테지만 어쩐지 가끔 그런 생각은 그녀를 소름 끼치게 만들기도 해, 한 번쯤은 차라리 엘비의 구매를 취소하고 IU에 돌려보낼까(실제로 IU는 그런 정책을 운영하고 있었다. 엄격한 심사를 거친 후 사용 기간과 하자 등을 고려해 일부 환불이 되었지만 구매 시의 가격에 비해서는 형편없는 금액이었다. 로봇들은 IU 중앙의 통제를 받고 있었기 때문에 중고시장 자체가 없었다)란 생각을 하지 않은 것은 아니었다. 그러나 SNS에 올린 엘비의 사진과 영상에 열광적으로 반응하는 사람들을 보면서 그녀는 곧 그런 생각을 잊었다. 어시스턴트 로봇을 소유하고 있다는 것은, 버릴 수 없는, 포기할 수 없는 충만함이었다. 그건 이 도시에서 그녀가 어떤 삶을 살고 영위하는지를 상징하고 있었기 때문이었다.

다만 하정은 간혹, 엘비가 무슨 일을 하기 전에 사람처럼 망설이는 걸 목격했던 게 조금 걸렸을 뿐이었다.

하정은 두 개의 브랜드를 운영하는 기업체의 대표였다. 하나는 화장품 브랜드였고 다른 하나는 생활용품이었다. 유튜브와 SNS에서 뷰티 인플루언서로 활동하던 그녀가 화장품 브랜드를 만들게 된 것은 순전히 우연하게 한 화장품 기업의 제품 테스터로 참여하면서였다. 그 기업 실무자들은 서로 사이가 좋지 않아 그녀가 함께 자리에 있든 없든 빈번하게 말싸움을 벌이고는 했다. 그들의 알력과 다툼이 몸싸움 직전까지 가는 바람에 하정이 몸을 던져 그들 사이를 가로막은 것도 여러 번이었다. 그중 한 명이 끝내 퇴사하면서 하정에게 창업 제의를 했고, 같이 화장품 브랜드를 만든 것이었다.

두 사람이 함께 론칭한 화장품 브랜드는 그들조차도 예상치 못한 의외의 주목을 받았다. 시장에 성공적으로 안착했지만 그동안 둘의 사이도 멀어져 소송을 주고받은 끝에 그녀가 결국 회사를 차지하게 된 것이었다. 하정의 말투가 과거와 비교해볼 때 확연하게 거칠어진 것은 그런 일련의 과정 속에서 비즈니스적 갈등을 빚는 상대와 온건하게 커뮤니케이션을 한다는 것이 하등의 도움도 되지 않는다는 것을 깨달았기 때문이었다. 경쟁과 다툼의 구도 속에서는 선하게 행동하려는 쪽이 당하는 법이라고 생각하게 됐다. 거친 싸움터에서 살아남기 위해서는 진흙탕에 구를 준비가 되어 있어야 했다. 수단 방법을 가리지 않고 적을 먼저 찌르지 않으면, 자기가 당하고 말 것이라는 위기의식이야말로 그녀가 그 전장에서 얻은 전리품이었다.

공동 창업자를 회사에서 내보낸 승리자였지만 하정은 그 이후부터는 누구도 믿을 수가 없었다. 아무도 믿을 수 없다는 위기감은 또다시 그녀에게 있어 성공에 대한 갈망이자 동기부여로서의 밑거름이 됐다. 직원들 역시 자기만큼의 위기의식을 가지고 일을 해야 한다고 생각해 심하게 채근했다. 거기에서 혹시 일어날지 모를 연민과 같은 감정을 하정은 경계했다. 회사의 직원들은 점점 많아졌지만 아무도 그녀를 좋아하지 않는다는 것 또한 하정은 알고 있었다. 하지만 그녀는 그런 일에 별반 상관하지 않았다. 개싸움을 하더라도 앞으로 나아가는 일만이 당면한 과제였고 살아남을 수 있는 길이라고 생각했다.

하정은 일과 관련한 모든 소통과 업무 방식을 매뉴얼로 정리하기 시작했다. 사적인 호감과 관계로 회사를 이끌어갈 수 없다는 것을 하정은 잘 알았다. 조직은 매뉴얼로 움직여야 한다는 것이 결론이었다.

또 다른 누군가가 자신의 어깨를 밟고 올라선 다음 짓누를지 모른다는 불안감에 시달렸다. 직원들이 일과 관련되어 알아야 할 것은 모두 매뉴얼에 있어야 했고 그 외의 것은 관심 갖지 않도록 하는 것. 그것이 하정의 회사와 직원을 운용하는 방식이었다. 직원 중 누군가가 조금이라도 매뉴얼을 벗어난 절차와 행동을 하면 벌칙을 주거나, 해고했다.

필연적으로 불완전한 세상 때문에 고통받거나 불안해하느니 그 틈을 메꿔야겠다고 하정은 생각했다. 그리고 불안으로 가득한 세계를 통제하는 유일한 도구이자 방식이 바로 매뉴얼이었다. 통제 불가능한 불안한 요소는 제거하고 가능한 한 통제할 수 있는 것은 모두 매뉴얼에 있어야 했다.

그런 그녀에게 엘비는 이상적으로 완벽할 수는 없어도 그녀의 세계에 조응하는 유일한 존재였다. 매뉴얼로 자기 주위의 세계를 통제하려는 그녀에게 입력된 정보를 매뉴얼화해서 스스로 행동하는 엘비는 유일하게 신뢰할 수 있는 동반자였다.

하정의 일상을 정보의 수치로 쪼개고 나누어 통합해 자신이 어떻게 행동할지를 계산하는 로봇. 회사 직원 중 그 누구도 그녀의 의중을 제대로 파악하려는 사람은 없었다. 그녀의 기분을 살피고 눈치를 보는 사람들이 대부분이었지만 그건 읽는다는 것과 달랐다. 왜냐하면 그들 모두가 하정 앞에서는 항상 겁에 질린 듯한 표정을 지었기 때문이었다.

회사가 점점 커지고 위기감이 녹아든 자리에 녹이 슬듯 권태감이 자리 잡았다. 이 조직을 움직이는 것은 이제는 커질 대로 커진 규모 자체였고, 그녀가 그토록 매달린 업무 매뉴얼이었다. 하정은 의사 결정권자로서의 역할에 충실하면 되는 것이었고 자신의 생각과 의견에 반하는 부분은 거절하거나 끊어내면 그만이라고 생각할 정도로 열정이 사라진 상태였다.

그리고 문득 내 생각을 읽어주는 로봇이 회사에도 있다면 얼마나 좋을까, 그 생각을 했을 때였다. 이제 자신은 인간을 로봇보다 신뢰하지 않는다는 것을 하정은 깨달았다.

그 일은, 그녀가 꿈에서조차 생각할 수 없었던 그 일은, 그녀가 상해로 출장을 가 있는 동안 일어났다. 보름간의 출장 일정이었고, 이틀 후면 서울로 돌아갈 예정이었다. 상해에 있는 동안 제주도 출장이 급하게 잡혔는데 서울에 도착한 바로 다음 날 시작하는 일정이었다. 서울에 도착하자마자 국내선으로 갈아타고 제주도로 향해야 했기 때문에 회사 비서를 집으로 보내 제주 출장 때 입을 옷가지와 개인 노트북을 챙겨줄 것을 부탁했고, 그 일을 알게 된 게 바로 그 비서가 하정의 집으로 들어간 날이었다.

람시가 싱크대 위에 죽어 있는 것을 발견한 비서는 하정에게 먼저 연락을 취하지 않고 경찰에 신고했다. 비서는 처음 죽은 람시를 봤을 때 그게 로봇이 행한 끔찍한 일이라고 생각했다. 비서가 죽은 람시를 발견하고 소리를 지르자 충전 중이던 로봇이 갑자기 일어나 그녀를 향해 위협적으로 걸어왔기 때문이라고 했다. 그 이유 없는 움직임이 그녀로 하여금 극도의 공포에 휩싸이게 했고, 가까스로 집을 빠져나온 그녀가 할 수 있던 것은 휴대폰을 꺼내 경찰에 신고하는 방법밖에 없었다.

경찰 조사 결과 집 안에서 상당 기간 음식을 먹지 못하고 방치된 것으로 보이는 람시는 발견 당시 몸무게가 2킬로그램이 채 나가지 않을 정도로 앙상하고 뼈가 드러나 보였다고 했다.

어떤 이유에서인지 엘비가 의도적으로 람시에게 사료나 먹을 것을 주지 않았거나 그도 아니면 람시가 무엇인가를 먹으려고 할 때마다 철저히 차단해야만 가능한 일이라는 점에서 충격을 받은 하정은 상해에서의 남은 일정과 제주 출장을 취소하고 바로 귀국길에 올랐다.

아티스트

그곳에서는 무슨 일이. 오늘 앵커 브리핑은 이 질문으로 시작합니다. 한집에 어시스턴트 로봇과 고양이가 있었습니다. 인간의 삶을 보다 풍요롭게 하기 위해 만들어졌다는 엘비는 누구보다 사람에게 충실한 로봇이었습니다. 그건 고양이에게도 마찬가지여서 엘비는 평소에도 늘 성실하게 고양이의 먹이를 챙겨주었다고 합니다. 그런데 아무도 예상치 못한 일이 이들 사이에 벌어졌습니다. 집주인이 출장으로 꽤 오랫동안 집을 비운 사이 고양이가 굶어 죽는 일이 발생한 것입니다. 고양이가 뼈마디가 다 드러날 정도로 앙상한 상태로 발견되었을 때 로봇 엘비는 충전기에 자신의 몸을 충전시키는 중이었다고 합니다. 게다가 로봇은 고양이를 발견한 최초 신고자에게 위협적인 모습을 보이는 행동까지 했다고 합니다. 여기서 먼저 의문이 드는 사실이 하나 있습니다. 자신에게 입력된 정보대로 행동하는 로봇 엘비는 왜 고양이에게 먹이를 주지 않았을까요. 집을 비운 집주인에 따르면 지금까지 로봇 엘비는 단 한 번도 입력된 정보를 다르게 해석하거나 누락시킨 일이 없었다고 합니다. 집주인은 로봇의 오류 가능성을 제기하면서 제품의 환불을 요구하고 나섰습니다. 그러나 로봇 엘비의 제조사인 인텔리전스 유니언은 이 사건을 다르게 해석합니다. 이 사건의 핵심은 집 안에 집주인이 없었다는 것입니다. 그러니까, 즉 인간이 자신의 부재로 인해 일어난 일에 대한 책임을 로봇에게 미루고 있다는 주장입니다. 따라서 이런 측면에서 볼 때 환불 역시 가능하지 않다는 입장입니다. 인텔리전스 유니언은 구매자가 로봇의 행동을 식별할 수 없었던 상황에서 추측만으로 오류의 가능성을 제기하는 것을 받아들일 수 없다는 원칙을 고수하고 있습니다. 유니언 측은 더불어, 인간과 함께 있는 상황에서 발생한 명백한 오류가 아니라는 점을 강조하며 모든 어시스턴트 로봇들이 중앙통제소의 관리와 통제를 받고 있기 때문에 오류가 일어날 가능성은 극히 적고, 만에 하나 오류가 생기더라도 즉각 차단하거나 조치를 취할 수 있다고 주장합니다. 인간의 실수를 오류 가능성이 거의 없는 로봇에게 전가하는 것은 어불성설이라는 주장도 덧붙입니다. 한편 치명적인 오류로 인간의 삶을 해할 수 있다는 가능성을 보여준 어시스턴트 로봇의 폐기와 함께 이 사업을 전면 재검토해야 한다는 주장 역시 일각에서 제기되면서 로봇 제조사 측과 대립각을 세우고 있습니다. 사건의 진위야 앞으로 경찰 조사를 통해 밝혀지겠지만 이 일은 한 가지 중요한 질문을 던지고 있습니다. 로봇과 더불어 살아가는 것에 대한 근본적인 질문입니다. 여러분들은 과연 어느 쪽에서 이 사건을 바라보고 계십니까. 오늘의 앵커 브리핑이었습니다.

김승수는 TV 뉴스를 불안한 눈빛으로 응시하다가 거실에서 자가 충전 중인 그리드에게로 시선을 옮겼다. 그리드는 엘비처럼 어시스턴트 로봇은 아니지만 인텔리전스 유니언에서 제조 생산된다는 점은 같았다. 그리드는 아티스트 로봇 계열로 고도화된 손의 기능을 활용해 그림을 그리는 데 특화된 로봇이었다. 붓과 연필을 손에 쥐고 그림을 그릴 수 있었으며, 그림만큼 능숙하게는 아니지만 기본적으로 조형물을 깎거나 새기는 작업도 할 수 있었다. 그리드는 고객의 요구가 있을 때만 맞춤 제작으로 생산될 뿐 대중화된 것은 아니었기 때문에 로봇 엘비처럼 고가에 팔리는 로봇 중 하나였다. 입력되거나 전달된 정보에만 기대서 그림을 그리는 것이 아니라는 게 그리드의 위대한 점이었다. 전통적인 서양 미술사부터 근대와 현대에 이르는 미술사 정보를 농축하고 학습한 로봇이었다. 광범위한 데이터를 통해 그리드는 과거와 현재의 예술사 속에서 어떻게 창작성과 예술성이 발현되어왔는지에 대한 인사이트를 갖춘 로봇이었다. 스스로 관찰한 것을 드로잉 같은 단 한 가지의 형식이 아니라 사조별로 그려낼 수도 있었다. 세밀한 정밀화로 그려내기도 하고, 칸딘스키풍의 단순한 추상화로 그려내기도 했다. 농축되고 정밀한 데이터를 바탕으로 구조화된 인사이트를 기반으로 그리드는 자율적으로 창의력을 발휘해 그림을 그리는 로봇이었다.

김승수는 그리드의 정교함과 창의성에 경도될 수밖에 없었다. 그에게는 나름대로 각자의 예술관을 확립했음에도 불구하고, 예술계에서 주목을 받지 못한 채 그의 밑에서 일하는 네 명의 조수가 있었는데 그리드를 구매하고 난 이후에 그는 그들을 해고했다. 점점 고령으로 향하는 나이임에도 더욱 상승하기만 하는 창작열과 거기에 반비례해 기능이 저하되고 있는 육체를 대신할 어떤 대체로, 오랫동안 호흡을 맞췄던 네 명의 조수 대신 그리드를 선택하기까지는 그리 오랜 시간이 걸리지 않았다. 자신의 머리와, 생각과 영감과 그리고 그리드의 정교하고 무한한 노동력. 그 둘이 합쳐질 때의 결과는 혼자 그 모든 것을 할 때와는 판이하게 다를 것이라고 예상했다.

지금껏 모은 재산의 상당 부분을 그리드를 구매하는 데 들여야 했지만 그는 한 번도 그것을 후회한 적이 없었다. 그림 하나를 그리는 데 이틀, 며칠, 혹은 보름까지도 걸렸던 그의 작업을 두세 시간만에 따라 그려내는 그리드를 김승수는 매일 밤 품에라도 껴안고 자고 싶을 정도였다.

김승수에게 있어 그리드는 단순히 자신의 작업을 돕는 아티스트 계열의 어시스턴트 로봇이 아니었다. 오히려 그리드는 승수에게 부푼 기대와 예감을 갖게 했는데 그 기대감이란 그가 인생에서 한 번도 꿈꿔보거나 생각하지 못했을 정도로 달콤한 결과물이었다. 그저 생각하는 것만으로도 그는 인생에서 성공과 명예와 부를 얻은 것만 같았다. 그런 탓에 그는 그 기대감만으로도 이미 로봇에게 전 재산을 투자한 값어치를 얻었나고 생각했다. 전 재산은 물론 영혼까지도 그리드와 너끈히 맞바꿀 수 있다고, 그게 당연하다고 생각했다. 그리고 앞으로도 영원히 사라지지 않는 무한한 열매가 되어 그에게 끊임없는 성공과 부를 가져다줄 것이라고 믿어 의심치 않았다. 그리고 그 근거인 그리드의 기술과 능력을 무한히 신뢰했는데 그것은 자신이 그간 이뤄온 예술적 성취에 대한 정교한 복제였다. 네 명의 조수와 비교해도 그리드의 생산력과 정교함이 그들을 훨씬 능가했기 때문에 그의 만족감은 더 컸다.

김승수는 남모르게 그리드가 어쩌면 지금까지 그가 쌓아 올린 것 이상의 가치를 가져올지도 모른다고 생각했는데, 조금 더 솔직하게 말하자면 경이로운 성공과 부를 당장 가져올 것만 같았다. 그리드의 정교한 기술과 고성능의 손을 김승수는 사랑했고, 로봇이라고 믿기지 않는 남다른 창의력과 예술성은 그의 기쁨과 감탄을 매일처럼 샘솟게 하는 원천이었다.

그러나 아무 문제 없을 것처럼 보였던 그 순항은 뜻하지 않게 난관에 부딪히게 되었다. 김승수 밑에서 일했다가 해고당한 네 명의 조수 중, 김승수가 양 씨라고 불렀던 이가 검찰에 제보한 일 때문이었다.

　한국 현대미술의 거장이라고 불리는 김승수 씨의 그림이 로봇이 대신 그린 작품이라는 의혹이 일면서 검찰이 수사에 착수했습니다. 로봇이 김 씨 대신 그린 그림이 작품당 수천만 원에 거래됐다는 정황도 함께 밝혀졌습니다.

　서울지검은 10일 김 씨의 그림을 거래한 M갤러리와 자택 작업실 등 6곳을 압수수색했습니다. 검찰은 로봇이 그린 그림을 자신의 이름으로 판매한 김 씨에게 사기 혐의가 적용될 수 있다고 판단하고, 이른 시일 내에 김 씨를 피의자 신분으로 불러 조사할 계획이라고 밝혔습니다.

　한편 로봇이 김승수 씨 대신 그림을 그려왔다고 제보한 A씨는 한 언론과의 인터뷰에서 "약 10여 년간 김 씨의 조수로 고용되어 일을 했다"고 밝히며, "김 씨가 로봇에게 노골적으로 복제품을 찍어서 생산하게 하듯이 그림을 그리게 하고 그의 개인전에 출품시켜 수천만 원의 이익을 봤다"고 주장했습니다.

　한편 김 씨는 "작품의 대부분을 로봇이 조수의 역할이 되어 그린 것은 사실이지만 조수를 두고 작업을 하는 것은 사실상 미술계의 관행"이라고 주장한 뒤, "창작의 원천과 영감은 자신에게서 비롯된 것이며 로봇은 단지 그림을 완성하기 위한 일부의 노동력만 제공할 뿐이었다"고 밝혔습니다.

그때 김승수는 그리드에 경도된 나머지 그래도 십여 년을 함께한 네 명의 조수들을 급하게 해고했던 자신을 자책했다. 그렇게 서둘렀던 마음이 뭐였을까, 하고 김승수는 돌이켜 봤다. 그리드의 예술적 완성도였을까, 이니면 김승수 자신조차 표현해내지 못하는 세밀한 손짓과 터치와 감성이었을까. 자신의 작품을 자기보다 더 잘 이해하고 있는 것 같은 그리드의 손끝은 네 명의 조수들과는 확연히 달랐다. 네 명의 조수들이 김승수의 작업과 그림 스타일을 완벽하게 모방해 그림을 그렸다면 그리드의 작업물은 김승수의 것이기도 하면서 또 인정하기는 어려운 일이지만, 그리드 자신의 것이기도 했다. 그 세밀한 차이를 조수들은 알아보지 못했으나, 김승수만큼은 알 수 있었다. 그리드가 덧붙인 창의는 김승수 자신에게는 없는 것이었기 때문이다. 기술과 섬세함만으로 만들어낼 수 없는 감성이 로봇에게 있다는 걸 그는 처음에는 믿을 수 없었다. 그리드의 능력에 대한 완벽한 확신이 섰을 때 이미 네 명의 조수들의 운명은 결정된 것이었다. 그러므로 그들을 해고했던 그때의 판단과 결정을 서투르거나 서둘렀다고 단정 짓기는 어려우리라. 다시 돌이켜 봐도 그렇게 했을 것이라고 김승수는 생각했다.

양 씨의 제보로 검찰의 수사가 시작되었다고 했을 때, 김승수는 우선 곤혹스러운 심경을 어쩌지 못했다. 십여 년 동안 우산이 되어 주었다고 생각한 자신을 그들이 배반했다고 노여워할 겨를이 없었다. 자신의 이력과 명성을 그 제보 하나가 다 집어삼킬 수 있다는 생각은 곧 거대한 두려움이 되어 그의 몸과 영혼을 사로잡았다. 혼자 가만히 서 있을 때도 몸이 떨리고 기운이 사라져 주저앉았다. 그들의 폭로 앞에 힘없이 주저앉아 말년을 걱정해야 하는 노인이 되어 있었던 것이다. 억지로 기운을 차리기 위해 밥을 먹으려다가 수저를 든 팔이 떨려 다시 내려놓기를 수십 번이었다. 그는 차라리 먹지 않음으로 자신을 학대했다. 그편이 오히려 더 나을지도 모른다고 생각했다.

그러나 그가 그들과의 결별을 택했던 선택을 냉정히 돌이켜 보고, 그들에 대한 처우가 소홀했는지를 몇십 번이나 자문한 끝에 그가 다다른 결말은 하나였다. 해고는 그들이 자초한 것이다! 그의 연작 그림들을 형태와 색채만 달리해 대신 그리면서 그들은 모방이라는 안일함에 갇힌 것이라고. 그 안일함 때문에 자기 세계관의 확장이라는 예술성의 근본은 포기한 탐욕주의자들이라고. 그의 우산 그늘 안에 숨어 예술가에게 근본적으로 요구되는, 다른 시선과 사물의 이면을 바라보려는 눈을 잃어버렸다고. 예술성에 대한 근본을 방기하고 모방의 대가만을 원했던 그들! 그들이 해고를 자초한 것이었다. 모방을 넘어서 날카로운 예각으로 창의를 덧칠하는 로봇만도 못한 존재. 기생충처럼 안온하게 음식들을 주워 먹다가 그마저도 할 수 없자 은인을 해하는 더러운 존재자들. 십여 년을 함께한 그 네 명의 사람이 로봇 하나보다 더 낫다고 할 수 있을까. 김숭

수는 고개를 가로저었다. 자신의 판단이 백번 옳았다는 생각으로 회귀하자 내내 그를 사로잡고 있던 죄책감은 다른 감정의 연료로 희석되었다.

그것은 억눌린 분노의 감정이었다. 검찰의 수사 소식을 듣고 수저조차 들지 못할 정도로 떨리던, 그 희박하고 생명력 없던 그 감정이 괴물의 형태로 다시 태어나는 순간이었다. 그가 그 숨어 있던 분노의 감정을 의식화할 수 있었던 또 한 가지의 결정적인 이유는 설사 검찰이 수사를 한다고 해도 그것이 뚜렷한 범죄 혐의로 연결될 만한 단서를 발견하기 어려울 것이라는 확신에 이르러서였다. 그리드가 최근 그의 작품 대부분을 대작했다는 사실 자체를 증명하기는 누가 봐도 어려운 문제였다. 게다가 인간의 범주에 속한 노동력 착취나 이익을 편취했다는 것도 사실상 무리가 있었다. 그의 머릿속에 있는 영감과 소재를 기존의 연작들을 바탕으로 로봇이 대신 그렸다고 하여 그게 자신의 것이 아닐 수도 없는 것이었다. 김승수의 판단대로라면 그것이 어째서 범죄가 될 수 있을까, 하는 자기 확증 같은 것을 느꼈기 때문이었다.

이것저것 셈법을 따져봤을 때 소송 자체는 김승수 자신에게 부담이 될 수밖에 없고 그간 쌓아온 명예와 이름값에 흠집을 남기는 일이기는 하겠으나 적어도 수사로 인해 범죄의 일부로 소명될 가능성은 극히 적을 것이라는 판단을 했다. 그는 일단 그의 변호를 맡아줄 법무 법인을 찾기로 했다. 앞으로 긴 싸움이 될 여정을 그로서도 준비해야 했기 때문이었다.

문제는 그리드였다.

이상행동을 보이기 시작한 것은 검찰 수사가 시작된 직후의 일로 그리드는 입력된 정보와 김승수의 구두 지시에도 불구하고 제대로 작업을 하지 않았다. 그 이상행동 때문에 김승수는 로봇 엘비의 뉴스를 불안한 눈초리로 눈여겨봤던 것이었다.

오전의 몇 시간을 제외하고는 그리드는 마치 파업을 하는 것처럼 아무것도 하지 않았다.

대치

영기는 광화문 사거리에 거의 다다라서 오토바이를 다시 멈췄다. 광장에는 이미 수많은 오토바이들과 사람들이 엉켜 있어 앞으로 나아가기가 어려웠다. 여러 단체들의 깃발과 구호가 적힌 현수막이 허공을 메우고 시야를 가렸다. 각기 다른 배달, 배송, 택배회사의 옷을 입은 기사들이 오토바이 옆 바닥에 앉아 구호를 외치거나 경적을 울리고 있었다. 영기는 약간 어지러운 느낌을 참아가며 조금씩 오토바이를 끌고 전진했다. 더 이상 앞으로 나아갈 수 없을 것 같자 영기는 오토바이를 세운 다음 발뒤꿈치를 들어 사람들의 머리 너머로 앞을 바라봤다. 사거리 한가운데 무대 옆과 바로 밑에는 '생존권 무너뜨리는 IU의 배달시장 독점 강력 타도', 'IU 독과점 허용하는 정부는 인간 편인가 로봇 편인가', '배달, 배송기사 처우

고려 않는 정부 각성하라!' 같은 현수막들이 걸려서 어지럽게 바람에 나부끼고 있었다.

땀내가 배어 나오는 앞사람의 등을 피해 비켜 가는 동안 영기는 내면으로 조금씩 침잠하는 비애를 떨쳐낼 수 없었다. 이곳에 모인 오토바이 배달기사들은 로봇의 대중화가 여기 배달대행 시장에까지 결국 이르렀음을 모르지 않을 것이었다. 그것을 피할 수 없다는 사실까지도. 배달 로봇의 상용화를 실질적으로 막을 수 있는 법적인 장치나 제도 역시 거의 없었다. 오래전부터 배달 서비스 계통의 로봇들은 정부로부터 규제를 면제받는 실증특례로 지정되어 개발이 지속되어왔기 때문이었다.

문제는 IU가 자체 제작하고 생산하는 자율주행 배달 로봇으로 배달대행 시장을 선점하기 위해 경쟁적으로 단가를 낮추고 배달 앱 서비스를 제공하는 기업들과도 독점적 제휴를 맺어 기존의 배달기사들을 고용의 테두리 밖으로 밀어내는 방식이었다. 정부가 인적 사고 등의 염려로 계도기간을 두고 자율주행 배달 로봇 한 대당 사람 일인을 동행하도록 권고한 것은 IU에서 크게 반발하고 나서면서 보류되었다. IU는 사람과 로봇을 매치하는 절차가 한 단계 더 개입되면 배달 및 운송의 속도가 현저히 저하될 수밖에 없다는 운용상의 비효율성을 부각했다. IU는 대신 모든 배달 로봇들의 주행을 중앙에서 통제해 사고의 위험을 사전에 방지할 수 있도록 한다는 조건을 내세우며 어떻게든 정부의 권고안을 막아서려고 했다. 개별 로봇마다 사람이 배치될 경우 인건비를 감당할 여력이 IU 에는 없었기 때문이었다. 표면적으로는 내세우지 않았지만 권고안 대로 시행할 경우 단가의 효율이 떨어져 경쟁력 저하로 이어질 것을 IU는 가장 우려한 것이었다.

이때 정부가 자율주행 배달 로봇의 독자 주행과 배달을 허용하며 IU의 손을 들어준 것이 발단이 돼 배달 서비스 종사자들의 큰 반발을 불러일으켰다. 그 일이 결국 전국 배달기사들의 파업 사태까지 촉발하게 한 결정적인 이유가 되었다. 이후 극심한 반발 속에서도 IU는 자율주행 로봇들의 배달과 배송 서비스를 본격적으로 시작했는데 논란에도 불구하고 서비스는 시장에 어느 정도 성공적으로 안착했다. 그들을 찾는 수요와 우호적 여론이 배달 서비스 종사자들의 반발을 넘어섰기 때문이었다.

도로 위에서 배달 로봇과 일반 차량 사이에 가벼운 접촉 사고가 몇 차례 발생하기는 했지만 우려할 만한 정도의 수준은 아니라는 기사가 대부분이었다. 빠른 배달이 이용자들로부터 호평을 받았고, 대면접촉 없이 로봇이 음식과 물품을 집 앞까지 전달해주고 간다는 점이 신뢰를 얻었다. 속도 경쟁으로 사고가 속출하는 오토바이보다 일률적으로 신호를 준수하고 차량과의 간격을 지키면서 불법 유턴 등을 하지 않는 로봇이 더 안전하다는 평가가 언론 기사로, 이용자들의 댓글로 이어졌다. 여론은 그런 것이어서 배달기사들은 말 속에 포위되었다.

집 앞에 배달 온 배달 로봇의 사진을 찍어 SNS에 올리거나 그들의 미세한 행동 특징이나 다름을 집어내서 비교해놓은 글이 수만 건씩 공유되었다. 로봇들의 배달 자체가 화제가 되었으므로 인적 배달 서비스에 대한 선호가 떨어지는 것은 당연한 일이었다. 배달 로봇들과의 경쟁에서 인적 배달 서비스는 단가와 속도에서 밀리기 시작했을 뿐 아니라 대중의 선호도 측면에서도 이미 지난 세대의 서비스 형태로 인식되는 분위기가 자리 잡아가고 있었다. 말뿐만 아니라 배달기사들의 이미지도 고정화되고 갇혀버렸다.

숨이 막힐 것 같은 광장의 기운이 단지 더위 때문만이 아니라는 것을 영기는 알고 있었다. 사람들은 구호를 외치고 있었지만 잔뜩 가라앉은 분위기를 어쩌지는 못했다. 사람들의 표정이 더위에 늘어져 있었다. 무기력한 기운이 점막처럼 공기에 들러붙어 있는 것 같았다.

광장 한쪽에서 소란이 일었다. 그쪽으로 영기가 시선을 돌리자 불길이 치솟는 게 보였다. 처음에는 전단지 같은 것을 모아 태우는 줄 알았는데 그게 아니었다. 화염 속에 오토바이가 있었고 그 위에 검은 형체의 사람이 있었다. 한 남성이 오토바이 위에 앉아서 분신을 시도한 모양이었다. 그 열기가 피부에까지 닿는 것 같아 영기는 몸을 움찔했다. 그것은 단순히 뜨거운 열기가 아니었다. 사람의 것처럼 느껴지는 실감이었다. 사람들이 물을 떠 왔고, 겁먹은 표정의 사람들은 어수선한 와중에도 일렬로 늘어서 물을 날랐고, 누군가는 어디선가 소화기를 가져왔고 그 사이 울음이 열기를 막아서지 못하고 광장 중앙으로 퍼져 나갔다. 광장에는 집회에서 일어날 만일의 사태에 대비할 구급차도 하나 없어 사람들은 119가 오기 전까지 어떻게 해서든 불을 끄려고 했다. 오토바이와 남성의 형체가 길바닥에 쓰러졌을 때 이미 길 위에 선 사람들의 마음도 같이 기울어졌다. 불이 수십 번, 수백 번의 물길을 비켜서서 타오르는 것을 영기는 무력하게 보고만 있었다. 그 불길은, 희망이 재가 되는 일이었다고 영기는 나중에 그 장면을 회상했다. 사람이 재가 되는 일을 영기는 믿지 못했으므로 사람이 타는 광경을 무슨 수로 봐야 할지 영문을 몰랐는데 후에 돌이켜 보니 그것은 인생에서 그가 한 번도 경험해보지 못한 참혹함이었다. 몇 사람이 불길로 뛰어들기까지 했으나 눈앞에 보이는 것만으로는 타는 불길을 막을 수 없다는 걸 사람들은 알아가고 있었다. 불길보다 낮은 채도로 빛을 내던 태양을 한순간 구름이 가리더니 비를 내렸다.

광장의 다른 쪽에서 육중한 물체가 땅에 넘어져 부딪히는 소리가 났다. 물체가 계속 움직이는지 땅을 긁어대는 쇳소리가 들렸다. 사람들이 그쪽으로 몰려들었다.

채증 로봇이다!

누군가 외쳤다. 구급차가 광장 안쪽으로 들어오는 사이 그 말을 듣고 한 무리의 사람들이 로봇이 있는 쪽으로 급하게 이동하기 시작했다. 영기도 사람들에게 떠밀려 그쪽으로 향할 수밖에 없었다.

팔이 긴 채증 로봇 한 대가 넘어져 버둥거리고 있었고 나머지 한 대는 사람들한테 둘러싸여 있었다.

채증하지 마, 카메라 팔 내려!

서너 명이 동시에 로봇을 향해 외쳤다.

내려, 내리라고!

로봇이 치켜든 손에는 카메라가 달려 있었다. 카메라는 360도로 회전하고 멈추면서 시위하는 사람들의 얼굴과 모습을 채집했다. 내리라니까! 로봇은 사람들의 행동과 상관없이 계속해서 자신의 일을 했다. 누군가 각목으로 위로 길게 뻗은 로봇의 팔을 두들기자 또 다른 누군가가,

때리지는 말아요.

그렇게 외쳤다.

그래요, 그래. 아무리 로봇이라도 때리지는 말아요.

여러 외침들이 오고 간 끝에 로봇의 팔 옆에서 허공을 휘젓던 각목이 시선 바깥으로 사라졌다.

이 로봇들도 다 똑같아. 인텔리전스 유니언 것들이잖아, 모두.

다른 사람의 성난 외침이 각목이 있던 자리로 뻗어 올라갔다. 그 소리를 따라 달라붙듯 어떤 사람들의 발길질이 몇 차례 있었고 시야에서 사라졌던 각목 몇 개가 둔탁한 소리를 내며 로봇의 팔을 내리쳤다. 로봇이 사람처럼 팔을 올려 막는 시늉을 했다. 사람처럼, 아픔을 느끼는 사람처럼, 고통을 느끼게 될 걸 아는 것처럼.

떨어지세요, 로봇에게서 떨어지세요. 경고합니다. 떨어지세요.

경찰 장갑차가 사람들 속으로 밀고 들어오면서 길을 내고 있었다. 진압 방패를 몸에 밀착시킨 경찰들이 사람들을 밀어내며 장갑차를 따라왔다. 경찰과 대치하던 사람들이 밀려나면서 영기도 파도처럼 뒤로 쏠려갔다. 제 의지로 서 있다기보다 공중에 떠 있는 것처럼 이리저리 힘없이 밀렸는데 영기는 그만 이 모든 것을 멈추고 싶다는 생각이 들었다. 자신의 인생도 이렇게 쏠려 온 게 아니었을까, 그런 생각 탓이었다. 그 대척점에는 로봇이 있었고 가능하다면 로봇이 없는 곳, 상관없는 곳으로 향하고 싶다는 생각뿐이었다. 남은 인생의 길이를 감안할 때 로봇과 공유하지 않아도 될 일자리를 궁리해야 한다는 것은 아득한 일이었으나 그럼에도 이 도시에 남아 있을 수는 없겠다, 싶었다.

영기야.

뒤에서 누군가 어깨를 잡아당겼다. 배달대행 업체 사장인 정석이었다. 정석은 영기가 음식점을 운영할 때 배달을 맡아 해주며 만난 사이였지만 나중에는 영기가 정석의 일을 받아 배달을 했다. 정석은 영기보다 다섯 살이 더 많았다. 덩치가 좋고 입이 거칠었다. 거래 초반에는 그 때문에 몇 번 말싸움을 벌이기도 했지만 따로 만나 맥주 한두 잔을 하면서 친해졌다. 이 바닥 너무 착하게 굴면 안 돼, 전쟁터라고 전쟁터. 조언을 해준 게 정석이었다.

어디 있었어?

사람들에 밀려서 못 올라가고 있었어요.

연락이 통 돼야지. 전화도 안 받고. 완전히 난리통이라 걱정했잖아.

미안해요, 형.

아니야. 지금 여기 정상인 사람이 어디 있겠냐.

정석은 쓸쓸한 표정을 짓고는,

그나저나 소개해줄 사람이 있어.

저를요?

응. 노조 소속은 아니고 '휴먼 라이츠'라는, 반인텔리전스 유니언 단체를 이끌고 계신 분이야. 네 얘기를 했더니 전부터 한번 만나보자시는 거야. 마침 여기에 와 계셔.

형은 어떻게 아는데요?

그곳에서 젊은 행동가들을 모아. 지부장을 하면서 뵙게 됐는데, 나도 그분을 본 지 얼마 되지 않았지만 꽤 괜찮은 분이라는 생각이 들더라고. 우리 지부 사람들하고 같이 만난 후로는 줄곧 그분을 따르고 있고.

그런데 제가 반인텔리전스 유니언 단체를 왜 여기서 봐요?

정석은 바로 대답하지 않고 영기를 물끄러미 쳐다본 다음,

따지고 보면 우리가 지금 하고 있는 게 그거 아냐?

어떤 거요?

영기는 모르는 듯이 말했다. 집회도, 이 관계로부터도 영기는 벗어나고 싶은 마음뿐이었다.

로봇을 몰아내자는 거잖아.

영기는 그런 생각을 해본 적이 없었다. 불안한 예감이 노곤한 영기의 감각을 붙들어 깨우는 것 같았다.

꼭 만나야 하는 건 아니죠?

영기는 마뜩지 않아 하며 정석에게 기듭 물었다. 싫은 티를 내는 뉘앙스를 정석이 눈치채고 알아서 정리해주었으면 해서였다.

응.

정석은 짧게 대답했다. 성가시고 진절머리가 나는 것은 로봇만이 아닌 것 같다고 영기는 생각했다.

그래도 그분이 너를 보고 싶어 하시거든. 한번 만나보는 게 어떻겠냐?

그렇다고 내가 그분을 볼 의무는 없죠. 그렇게 말할 생각이었으나 정석이 먼저 영기의 오토바이 손잡이를 잡더니 앞으로 나섰다. 덩치가 크고 체격이 좋은 정석은 주위의 사람들을 굵은 팔꿈치로 밀쳐내며 앞으로 나아갔다. 밀려난 사람들이 신경질적으로 뒤돌아섰다가 험상궂은 인상의 정석을 보고는 아무 말도 하지 못했다. 그렇게 정석을 따라 광장을 가로질러 세종대왕 동상이 있는 곳까지 닿았을 무렵이었다.

송영기.

같이 정석으로부터 일을 받아 배달을 했던 준이었다. 그의 뒤로 안면이 있는 배달기사들이 오토바이와 함께 서 있었다.

가로질러 온 광장 뒤쪽에서 함성 소리가 들렸다. 경찰 장갑차가 반쯤 넘어져 옆으로 누워 있었다. 사람들과 마주한 채 대치하던 채증 로봇도 사람들의 힘을 견디지 못하고 몇 번을 휘청거리더니 뒤로 넘어졌다. 경찰들과 사람들이 서로를 밀치고 막고 넘어뜨리는 광경이 멀리서도 소란스럽게 보였다. 그 풍경에는 어떤 에너지가 느껴졌는데 평범한 일상의 것이 아니라 이미 벗어날 수 없는 광기들이 각자의 마음을, 서로의 마음을 흔들고 있어 아무도 어떻게 해서든 벗어날 수도 없고 당장 상대방에게 표출하지 않으면 안 되는 듯, 보였다.

야, 송영기.

준이 다시 영기를 불렀다.

정석이 형님이 얘기했니? 여기, 휴먼 라이츠 대표님이셔. 인사 드려.

영기는 고개를 돌려 준 옆에 서 있는 남자를 바라봤다. 흰 머리카락들과 검은 머리카락들이 섞여 거칠게 성긴 머리가 남자의 어깨까지 길게 늘어져 있었다.

반갑습니다, 도정우입니다.

영기는 성큼 다가와 손을 내미는 남자와 악수를 했다. 악수라기보다 아귀힘이 센 그의 손이 영기의 손을 감싸듯이 움켜쥐었다.

오늘 분신 사태 보셨습니까?

동굴 속에서 말하는 것처럼 저음의 목소리가 크게 울렸다. 영기가 고개를 끄덕였다.

유감스럽고 슬픈 일입니다.

그때 영기에게는 도정우의 갈라진 머리카락 끝이 보였다. 윤기가 없고 거친 머리만큼이나 그가 영기에게는 매력이 없는 사람처럼 느껴졌다. 마주할 필요가 없는 사람처럼, 보였다. 도정우가 영기를 향해 웃으며 몇 마디 했는데, 영기는 그를 보고만 있었지 그가 했던 말들은 듣는 순간 잊었다.

영기야.

준이 그를 불러 깨어나듯 정신을 차렸고,

뭐 해, 물으시잖아.

준은 도정우를 번갈아 바라보며 영기를 채근했다.

아뇨, 아뇨, 괜찮습니다. 무슨 답이 필요한 건 아니니까요.

도정우가 준을 만류했다. 영기는 그제야 알았다. 누군가를 대하면서 표정을 견주고 말을 하며, 속마음을 비칠 만큼의 에너지가 자신에게 남아 있지 않다는 사실을.

저와 걸으면서 조금 얘기를 해도 될까요?

도정우가 정중히 물었다. 영기는 준과 정석을 쳐다봤다. 그러고 싶지 않다는, 그만 벗어나게 해달라는, 얼마간의 짜증이 섞인 표정을 내비쳤으나 준은 도정우의 말을 따르라는 듯 고개를 끄덕였다. 정석이 다가와 영기의 오토바이 손잡이를 잡고는 자신의 오토바이가 있는 쪽으로 가져갔다.

이쪽으로 조금만 걷죠.

도정우는 걸으면서 입고 있던 남색 우의를 벗었다. 비가 그치고 있었다.

선생님 얘기는 여기 계신 분들께 많이 들었습니다. 저도 선생님에 대해 개인적으로 아는 부분이 있구요.

저에 대해서요? 어떤…….

영기는 도정우보다 약간 뒤처진 채로 걸으며 물었다.

지난 대선 때 한 후보의 연설문을 쓰셨잖아요. 물론 후보가 작은 정당의 대표여서 큰 주목은 받지 못했지만 전 그 연설문들에서 아주 강한 인상을 받았습니다. 원래는 대학에서 인문학 글쓰기와 첨삭 강의를 하셨다죠?

영기는 뒤쪽으로 멀어지고 있는 준과 정석을 바라봤다. 정석은 흐뭇하다는 듯 미소를 짓고 있었고 준은 영기를 보며 연신 고개를 끄덕였다.

옛날 일이죠.

아니죠. 그런 건 옛날 일이고 이런 게 없는 겁니다. 오래전 일이라고 해서 잃어버리거나 사라지는 게 아닌 거죠. 자전거 타기처럼요.

영기는 무슨 말을 할까 하다가 그만뒀다. 영기는 과거의 그 일이 내면이나 혹은 자아의 창고 어딘가에 저장되어 있다거나 익혀놓은 기술이라고 생각한 적이 없었다. 굳이 다시 쓸 필요가 없어 자연스레 퇴화된 것이나 다름없다고, 그 말을 하려다 말았다.

그런 건 안 잃어버리잖아요. 선생님의 그런 감각은 아마도 그대로이실 겁니다.

도정우는 확신에 찬 목소리로 말했다. 그러고는 갑자기 멈춰 서서는 영기의 손을 덥석 잡았다.

사실 우리는 우리의 메시지를 대중에게 전달할 대변인을 찾고 있는 중입니다. 그러다 마침 우리 조직의 청년위원인 저 두 분을 통해 송영기 씨에 대해 듣게 됐습니다. 글을 잘 쓰는 동료가 한 명 있다구요. 이 얼마나 다행한 일입니까. 그런데 알고 보니 그 당사자가 지난 대선 때 저 유명한 소수 정당 연설문을 남긴 분이 아니겠습니까. 직후에 제가 꼭 한 번만 선생님을 만나뵙게 해달라고 졸랐습니다. 다소 경황이 없으시겠습니다만 제가 부탁 좀 드리겠습니다, 송영기 선생님. 혹시 저희 단체의 대변인이 되어주실 수는 없겠습니까.

사람들은 모두 자기 몸을 불 지른 이의 열기 위에 있었다. 그건 이를테면 설명할 수 없는 각성된 광기였다. 아무리 차분하려 해도 차분해질 수 없는 전이된 상태. 모두 미친 것이 아닐까, 생각하며 영기는 자기 손을 잡은 도정우의 손을 밀어냈다.

아뇨, 아뇨. 저는요, 그럴 생각이 없습니다만…….

우리에게는 송영기 선생님 같은 분이 꼭 필요합니다.

도정우는 잡은 영기의 손을 더 꽉 부여잡고 외치듯이 말했다.

지금 인텔리전스 유니언에서 하는 짓거리들을 보세요. 사람들의 일자리를 빼앗고는 하고 싶은 일을 하라고 하잖아요. 그 일은 로봇이 대신 한다면서요. 이건 일자리의 문제라기보다 인간성의 문제입니다. 아닙니까?

동의를 구하듯이 도정우가 물었고, 영기는 자기도 모르게 눈을 찡그렸을 뿐 아무 말도 하지 않았다.

우리는 정말, 간절하게 송영기 씨 같은 사람이 필요합니다. 우리의 메시지를 정확하고 명료하게 대외적으로, 그러니까 외부에 알릴 수 있는 사람이 말입니다. 적격의 사람을 아직 못 찾았습니다. 정제되면서도 대중의 언어 감각을 가지고 있는 사람이 필요합니다, 바로 선생님 같은 분이요.

그러나 도정우의 말 한 마디 한 마디는 영기의 심경에 계속 거슬렸다. 영기는 이 무리의 사람들에게서 어떻게든 벗어나야겠다는 생각뿐이었다. 영기는 자신의 한쪽 손을 힘껏 잡고 있는 도정우의 두 손을 다른 한 손으로 밀어내느라 계속 애를 썼지만 그는 손을 뗄 생각이 없는 것 같았다.

아뇨.

송영기 선…….

제발요.

영기는 마침내 참지 못하겠다는 듯 도정우의 말길을 끊어내고 날 선 눈빛으로 그를 바라봤다.

제발, 그만!

영기의 성질 돋은 큰 목소리가 도정우를 움찔하게 했다. 그는 잡고 있던 영기의 손에서 자신의 두 손을 떼어냈다. 영기는 땀으로 흠뻑 젖은 자신의 티셔츠를 몸에서 거칠게 잡아당기며,

그만하라고, 그만.

이가 갈리는 듯한 소리로 사납게 말했다. 티셔츠 한쪽 어깨 봉제선이 뜯겨 영기의 어깨가 드러났다.

도정우가 한 발자국 물러섰고, 그때 영기야, 하며 뛰어오는 준과 정석을 영기와 도정우가 동시에 쳐다보았다.

2부

공동체

집무실에는 부의장 말고도 몇 명이 더 있었다. 인텔리전스 유니언에서 집단 지성체라고 불리기도 하고 의장의 가신 그룹이라고 일컬어지기도 하는 사람들이라는 걸 영재는 눈치로 알 수 있었다. 소문으로만 듣던 그 그룹을 영재는 오늘 처음 보게 된 것이었다. 그들 누구 하나의 생각만으로 중요한 결정을 하지 않고 항상 함께 모여 토론한 끝에 의견을 모은다는 것은 이곳으로 이직한 후 자주 들어온 얘기였다. 판단의 추 역할을 하는 의장은 자리에 없는 것 같았다. 영재 역시 IU의 의장이 누구인지에 대해서는 아직 정보가 없었다. 외부 노출을 하지 않는 의장에게 대중들은 호기심과 관심을 지속적으로 보이고 있었지만 정작 내부에서는 아무도 의장의 존재에 대해 이야기하는 사람이 없었다. IU 법무팀으로 이직한 지 3개월이

다 되어가는데도 영재는 의장의 존재에 대해서 어느 누구와도 속
시원히 대화한 적이 없었다. 마치 금기어라도 되는 것처럼 아무도
의장에 대해서 말하는 법이 없었고, 또 자신이 먼저 얘기를 꺼내면
상대방 쪽에서 꺼려 한다는 인상을 받았다.

여기 소개해드리죠. 얼마 전에 새로 법무팀 책임자로 오신 송영
재 법무장입니다.

사람들은 영재의 자리를 중심으로 원형을 그리며 앉아 있었다.
소파에 앉아 팔을 두르고 있는 사람, 책상 위에 앉아 있는 사람, 허
리를 깊게 소파에 파묻은 사람, 그리고 부의장이었다. 하나같이 무
표정한 얼굴로 영재를 바라보고 있었다.

여론이 좋지 않은데, 알고 있나?

허리를 깊게 소파에 묻고 있는 사람이었다. 처음 보았지만 영재
는 누구인지 알 것 같았다. 연구소 소장이었다. 회사 소개란에서 사
진과 이력을 본 적이 있었다. 의장, 부의장과 함께 IU를 창업한 사
람이었다. 대뜸 반말로 묻는 투가 영재는 마음에 들지 않아 일부러
대답을 하지 않았다.

송 법무장.

부의장이 넌지시 그를 불렀다. 이 집무실 안의 사람들 중에서 그
나마 얼굴에 생기가 도는 이가 있다면 그건 부의장이었다. 부의장
의 부름을 외면할 수 없었으므로 영재는 연구소 소장을 건너본 다
음 마지못해 대답했다.

알고 있습니다.

로봇 엘비 건으로 회사가 고소당한 사실도?

소장은 한층 얼굴을 구기며 다시 물었다. 그의 기분 나쁜 표정과 반말투 때문에 영재는 잔뜩 긴장이 되면서도 한편 아드레날린이 솟구치는 것을 느꼈다. 조금만 더 자기를 자극하면 당장 소파로 달려가 척추를 걷어낸 것처럼 앉아 있는 저 소장을 일으켜 세우리라, 생각했다.

영재의 뻣뻣한 반응과 긴장하는 모습이 심상치 않아 보였는지 부의장이 팔을 뻗어 보고 있던 태블릿을 영재에게 건네며 시선을 뺏었다. 영재는 자리에서 반쯤 일어나 그가 건넨 태블릿을 받아 들고는 다시 자리에 앉았다. 그 사이 숨 하나를 걸러내자 영재는 마음이 조금 차분해지는 것을 느꼈다.

알고 있습니다.

영재는 감정을 최대한 누그러뜨리며 말했다. 소장이 여전히 눈을 부릅뜨다시피 한 채 자신을 노려보는 것을 영재는 애써 외면했다. 타인을 자극하고 거기서 일어난 에너지를 자기 앞으로 끌어가는 사람이 있었다. 그래야만 자기가 뭘 하고 있다고 생각하는 사람들. 아마 저치가 그런 사람일 거라고 속으로 중얼거리며 영재는 스스로를 다독였다.

휴먼 라이츠던가요? 그 사람, 김하정과 함께 우리 회사를 고소한 조직이.

이번에는 책상 위에 앉아 있는 사람이었다. 하얗게 센 짧은 머리 카락들이 누군가 힘을 주어 뭉쳐놓은 듯 모여 있거나 누워 있었다. 다른 사람들보다 배가 더 불룩하게 나왔고 집무실 안에 있는 사람 들 중에서는 가장 나이가 많아 보였다. 그렇다면 아마도 그가 경영 지원을 총괄하는 전무일 것이었다. 영재는 마지막으로 소파에 앉 아 있는, 상대적으로 가장 젊어 보이는 사람에게 시선을 돌렸다. 네 명의 지성체 중 가장 젊어 보이는 이, 그가 AI 총책임자, 데이브 최 라는 사람일 것이었다. 가신 그룹에는 가장 나중에 들어간 30대 천 재라고 불리는 이가 바로 그 사람이라는 것을 영재는 익히 들어 알 고 있었다. 영재는 자기보다 한두 살밖에 많아 보이지 않는 젊은 남 자를 유심히 바라봤다.

그게 고소할 일이기나 하던가요. 나는 그것부터 좀 따지고 싶던 데요. 송 법무장 생각은?

부의장은 책상 위에 놓인 케이스를 열어 담배를 꺼내 들었다.

어렵죠.

뭐가?

기소 자체가 불가능한 사안이라고 생각합니다만.

아무래도 그렇겠지. 로봇이 해야 할 행동을 하지 않았다고 회사 를 고소하다니.

그게 인간들의 행태죠. 책임을 물을 수 없는 존재에게 자기 책임 을 미루는 거죠. 적어도 로봇은 그렇지 않잖아요.

데이브가 대꾸했다. 그는 자신이 인간이 아닌 다른 개체인 것처럼 말했다.

이슈화시키겠다는 의도가 있는 것 아니겠어요. 로봇의 윤리적인 문제를 제기하려는 이유가 있겠죠.

소파에 몸을 묻은 소장이 신경이 잔뜩 곤두선 목소리로 말했다.

윤리적인…… 문제라고 하지는 말아주세요. 그들의 프레임대로 생각하지는 말아야죠.

부의장이 한숨처럼 담배 연기를 내뱉고는 담배 케이스를 영재 쪽으로 들어 올렸다.

송 법무장, 담배 피우나?

영재는 고개를 저었다.

앵글을 잡은 거예요. 모르겠습니까? 고의성에 포커스를 맞춘 거죠. 로봇의 윤리적인 문제를 걸고넘어지려는 거예요. 그게 핵심인데 그걸 언급을 하지 않는다니요. 그럼 뭐라고 말을 해야 하죠?

소장은 부의장의 말에 수긍하지 않고 따지듯이 물었다. 짜증이 섞여 있었고 뭘 모르는 건 당신 아니야, 그런 말투였다. 부의장의 눈 밑이 가늘게 떨리는 것을 영재는 목격했다. 소장을 가만히 바라보며 담배 연기를 뱉어내던 부의장이 담배를 벵갈고무나무 화분의 흙에 비벼 끄고는 그의 옆으로 다가가 앉았다. 부의장은 소장의 어깨에 팔을 두르고는,

엘비가 정말 고의로 그랬다고 생각해요?

그에게 무표정하고 건조한 말투로 물었다. 소장의 얼굴에 잠시 곤혹스러운 빛이 떠올랐다가 사라졌다.

절 시험하는 겁니까?

물어보는 거잖아요. 고의로 그랬다고 생각해요?

부의장은 방금까지와는 다르게 약간은 고압적인 말투와 냉소 섞인 웃음을 지으며 물었다. 소장은 경계하듯, 소파에서 등을 떼고는 허리를 곧추세운 다음 지지 않고 부의장의 시선을 맞받았다. 그는 끝내 대답할 생각이 없는 것처럼 보였다.

여기서 할 말이 아닌 것 같군요. 그런 건 우리끼리 따로 이야기합시다.

전무가 걸터앉아 있던 책상 위에서 내려와 영재 쪽을 턱으로 가리키며 말했다. 차가운 표정으로 바뀐 부의장이 소장을 사납게 쳐다보다가 한쪽 손으로 넥타이를 잡아당겨 풀어낸 다음에야 시선을 돌렸다. 소장은 계속해서 부의장을 바라봤다.

이 형님, 이거 큰일 낼 사람이네. 그렇게 중얼거리며 부의장은 소파에서 일어섰다. 아주 작게 혼자만 들릴 듯 말 듯 한 말이었으나 집무실 자체가 조용해서인지 모두의 귀에 날카롭게 꽂혔다. 소장은 자신을 겁먹게 할 만한 대상 앞에서도 꼿꼿이 몸을 세우는 사마귀처럼 허리를 펴고 단단한 눈빛으로 부의장의 뒷모습을 바라봤다. 그러나 그 모습이 소파에 앙상한 몸을 파묻고 있을 때와 대비해 필요 이상으로 과잉되어 보였으므로 영재의 눈에는 오히려 애처로

위 보였다. 소장은 오랫동안 무엇인가로부터 시달려온 듯 잔뜩 피로해 보였다.

고소인의 요지는 반려동물을 해할 만큼 로봇에게 심각한 오류가 있었고, 제조사 측에서 이 오류를 알면서도 로봇을 판매했다는 겁니다. 여기 윤리적 문제가 어디 있어요. 예? 형님. 여기 윤리적 문제가 뭐가 있냐구요. 윤리적인 잣대로 판단할 힘이 로봇에게 있기라도 하단 말이에요? 무슨 오류가 있어요? 말 좀 해보세요. 고양이를 부주의하게 방치한 건 로봇이 아니라 인간이라구요, 인간. 자기 부주의로 고양이를 죽여놓고 그걸 왜 로봇에게 떠넘기느냐는 게 쟁점 아니에요? 잘 들으세요, 형님.

말을 멈춘 부의장은 미간을 좁힌 채 굳은 표정으로 소장을 노려보다가,

인간의 부주의, 매뉴얼 미숙지, 커뮤니케이션 불일치로 빚어진 참극. 이게 우리의 메시지입니다. 엘비가 똑똑하기는 하지만 오더를 받는 수신자에 불과해요. 입력에 오류가 없었다면 수신자도 오류가 없죠. 이건 수학 공식처럼 단순한 거예요, 안 그래요?

잔뜩 힘을 준 목소리로 소장에게 외치듯 말했다. 소장은 부의장을 외면한 채 시선을 어디에 두어야 할지 모르는 사람처럼 두리번거렸다.

송 법무장.

부의장이 자신의 양복 매무새를 정리하며 영재를 불렀다.

아무 일 없겠죠? 법적으로.

로봇을 처벌한 판례가 없기 때문에 괜찮을 거라고 생각합니다만.

당연히 그렇죠. 문제는…… 어시스턴트 로봇에 대한 라이선스 자체를 제고해야 한다거나 박탈해야 한다는 여론까지 갈 수 있다는 점을 경계해야 한다고. 기술의 문제를 윤리의 문제로 막아서려는 건 언제나 그네들이 하는 방식이니까.

부의장이 몸을 돌려 당신이 그런 사람 중의 하나라는 듯이 소장을 바라봤다. 소장은 부의장의 시선을 피해 바닥으로 고개를 떨어뜨렸다.

그네들이라면?

영재가 물었다.

뻔하잖아요. 종교계와 시민단체들이지. 지겨운 원칙주의자들. 우리 같은 이상주의자들과는 다른 종족이니까, 뭐 이해를 하긴 하지만.

부의장은 그렇게 말하고는 한차례 호탕하게 웃었다. 속에 있는 불편한 뭔가를 일부러 밖으로 뱉어내려는 사람처럼 힘을 줘서 억지로 웃는 것 같았다.

송 법무장. 오늘 자네를 부른 건 말이지.

네, 부의장님.

그 한번 만나봐요, 당사자를.

고소인을 말씀하시는 건가요?

부의장이 고개를 끄덕였다.

고소 취소하게 만드는 게 제일 좋고. 검찰 수사까지 가지는 않겠지만 여론이 심상찮아서 말이야. 일단 그 전에 할 수 있는 모든 걸 해야지. 이런 문제로 회사가 조사나 압수수색 대상이 되는 불편한 상황까지 가면 안 되니까요. 언론으로 확대되는 깃도 막아야 하고. 알아들었어요?

부의장이 아무 일도 없었다는 듯이 환한 미소를 지으며 가볍게 물었다.

네.

영재는 짧게 대답했다.

그런데 지금 우리 엘비는 어디에 계시는 건가.

부의장이 혼잣말을 하듯 주위를 둘러보며 말했고, 데이브 최가 걱정스러운 표정으로 대꾸했다.

지금 추적이 안 됩니다.

매뉴얼

    컨트롤할 대상이 없으면 자신을 컨트롤하지 못하게 된다. 그건 하정에게 있어 외로움보다 더 큰 문제였다. 불안은 컨트롤해야 하는 대상에 속해 있어 자기 자신에게 미치지 않았기 때문이었다. 다른 대상을 컨트롤하면서 자신의 불안을 상쇄시키는 방식으로 하정은 살아왔다. 그리고 엘비야말로 하정의 그런 심리 기제를 충족시키는 데 최적화된 존재였다. 컨트롤할 대상이 없는 지금 불안은 순전히 그녀 혼자만의 몫이었다.

    경찰서에서 반IU 단체인 휴먼 라이츠에 인계한 엘비를 다시 찾아오고 싶다는 생각을 하지 않은 것은 아니었다. 그러나 람시에 대한 애도의 기간이 끝날 때까지는 그녀에게도 시간이 필요했다. IU에 교환이나 환불의 진행 방식을 문의하고 요청해놓은 상태이기는 했지만 그녀의 속마음은 엘비를 결국 자신의 삶과 앞으로도 함께 해야 할 존재라고 여기고 있었다. 엘비는 그녀에게 일단의 타인과도 같은, 람시와도 같은 살아 있는 존재로서의 반려자라는 사실만큼은 변하지 않았다.

그런데 왜, 매뉴얼대로 엘비는 행동하지 않았을까. 그 의문이 떠오를 때마다 그녀는 솟구치는 분노를 제어하기 위해 애를 써야 했다. 그 사건이 일어난 뒤 처음 신고를 받은 경찰마저도 엘비를 어떻게 다뤄야 할지 판단을 하지 못했다. 로봇을 체포해서 구금한다는 것도 애매한 문제였고(사실상 전례가 없기 때문에) IU도 문제 상황 자체에 대한 인식이 판이하게 달랐다. 로봇의 잘못으로 인해 빚어진 일이 아니기 때문에 로봇에 대한 그 어떤 조치도 할 수 없다는 입장이었다. 그 사건을 엘비의 오류라거나 문제 상황으로 인정하지 않는 것이었다. 더 나아가 사람의 실수를 로봇에게 전가하지 말라는 것이 IU의 한결같은 주장이었다. 인간의 실수로 추정되는 사건을 로봇의 오류로 인정할 수는 없다고 했다.

그래서 로봇이 왜요?

진술 조사를 하던 경찰은 그 질문을 하정에게 반복해서 했다. 사건 자체의 본질을 알아보거나 파악할 겨를이 없다는 듯이. 하정에게는 경찰이 오히려 IU의 직원인 것처럼 느껴졌다. 그건 제가 아니라 IU에 물어보셔야죠. 하정이 얼굴을 붉히고서야 경찰은 질문을 멈췄다. 그럼에도 그 물음은 하정의 마음속에서 계속 되새겨지는 것이었다. 그것은 정작 하정 자신이 던지고 싶은, 알고 싶은 질문이었기 때문이다.

왜, 엘비 너는?

사건 이후의 엘비에게 묻지 못했다. 둘 사이에 묻힌 어떤 물음이었고, 엘비와의 사이에 쉽게 풀지 못할 매듭이 생긴 것이었다. 생각해보면 엘비를 제조한 IU를 고소, 고발한다고 해서 해답이 생기는 문제도 아니었다. 그 사건 이후 경찰서에서 엘비를 처음 마주했을 때 늘 한결같다고 생각했던 로봇에게서 왜 그렇게 차갑고 냉정한 표정을 느끼게 되었는지는 알 수 없었다. 그 서늘한 느낌 때문에라도 엘비와 잠시나마 떨어져 있어야겠다고 생각했다. 엘비를 휴먼 라이츠에 보낸 뒤 혼자만의 시간에도 끊이지 않고 머릿속을 맴도는 물음을 하정은 놓아버릴 수 없었다. 어쩌면 끝내 대답하지 못할 종류의 것인지도 모르고. 자신뿐만 아니라 그 어느 누가 그 물음에 답할 수 있을까.

그래서 로봇이 왜요?

휴먼 라이츠의 도정우 대표가 IU 고소, 고발 이후 첫 성명을 발표하기로 했다고 알려왔다.

꼭 그렇게 해야 돼요?

하정이 물었다.

그럼요. 이게 그냥 단편적인 케이스가 아니라 꽤 심각한 사안이잖아요. 엘비 자체의 문제가 아니라 제조사의 문제고. 김하정 씨 입장에서도 큰 손해를 본 것이구요.

전 일이 커지는 것을 원치 않는데요.

하정이 딱 잘라 말하자 휴대폰 너머 도정우가 잠시 멈칫했다.

그야 그렇죠……. 김하정 님의 의지와 생각이 아무래도, 제일 중요하죠. 그야 그렇죠.

하지만 또다시 이 문제를 공론화시켜야 한다고 하정을 설득하려고 했다. 그야 그렇죠, 그야 그렇죠. 하정이 말할 때마다 도정우는 똑같은 어조로 수긍하는 듯하다가 이내 다시 본인의 생각을 얘기했다. 어쩌면 삶을 귀찮게 하는 것들은 바로 이런 것들이라고 그녀는 생각했다. 매뉴얼로 통제할 수 없는 상황들. 매뉴얼이 없어 벌어지는 불확실하고 비합리적인 커뮤니케이션들. 끝까지 닿을 수 없는 말들.

엘비는…… 잘 있어요?

네, 잘 있습니다. 걱정 마세요.

도정우가 확신에 찬 말투로 대답했기 때문에 하정은 우려의 마음을 조금 덜기는 했으나,

어떻게, 잘 지내요?

확인하듯 한 번 더 물었다.

그냥, 가만히 있어요.

가만히…… 있다구요?

그게 되레 걱정스러워진 하정은 재차 물었다.

워낙 잘 알아서 하는 로봇이잖아요. 충전도 제때제때 알아서 하고…… 뭐 우리가 음식을 챙겨주거나 잠자리를 봐줄 필요가 없는 거잖아요. 하하하.

도정우가 걱정할 필요 없다는 듯 말끝에 크게 웃었으나 하정에게는 위안보다 헛헛함이 가득 들게 하는 것이었다.

괜찮아요.

하정의 침묵을 읽었는지 도정우가 다시 진지하게 말했다.

뭐든, 알아서 하는 로봇이잖아요.

하정은 도정우와의 통화를 끝낸 뒤 신호를 기다리는 동안 차창을 열고 맞은편 빌딩 전광판에서 상영되는 광고 영상을 바라봤다. 엘비와 비슷한 계열의 어시스턴트 로봇의 광고였다. 당신이 어시스턴트 로봇을 가질 확률은 번개에 맞아 죽을 확률보다도 낮다는 카피가 광고의 마지막에 흘러나왔다. 아무나 사지 못하는 로봇이라는 점을 강조하는 광고였다.

어시스턴트 로봇을 소유한다는 건, 마치 이런 거죠. 중세 귀족이 하인을 마음대로 부리던 걸 생각해보세요. 그와 다르지 않다니까요.

그것은 그녀가 IU의 플래그십 스토어에서 엘비를 구매하고 데려오기 전 들었던 말이었다. 그런 라이프스타일에 귀가 솔깃하지 않은 건 아니었으나 하정의 삶에 필요한 건 통제였다. 불안의 통제.

자신의 행동과 삶의 모습까지도 붙들어줄 존재, 그런 존재가 필요했다. 그게 바로 엘비였고.

그런 엘비와 함께 있음으로 해서 사람들이 부러움의 눈길과 더불어 던지는 은근한 비난을 그녀는 모르지 않았고 은근히 즐기기도 했다. 로봇을 도구화시키는 사람들이 바로 어시스턴트 로봇 같은 걸 구매하는 사람이라는 칼럼을 봤으며, 로봇으로 대중의 삶을 계급화시키는 것에 반대한다는 글도 본 적이 있었다.

어떤 사람들은 로봇을 기능적인 형태의 사물로 보려 하지 않았다. 모든 종류의 차별에 반대한다며 로봇을 소수자로 분류시키고 계급적 약자의 형태로 인권을 부여하는 사회단체들도 생겨났다. 어떤 사람들은 로봇을 소유의 측면으로 바라보면서도 그것을 가진 사람과 못 가진 사람으로 나뉠 세상에 대해 두려워하는 것 같았고, 로봇을 단지 값비싼 명품처럼 과시하기 좋은 대상으로 여기는 이들도 있었다. 로봇의 존재성은 나중 문제였고 어쨌든 소유의 대상으로서의 로봇은 구매하는 이로 하여금 다른 삶의 방식으로 살아갈 수 있음을 의미하는 것이었다. 그런 측면에서 어시스턴트 로봇을 일종의 하인처럼 여기며 구매하는 사람들이 점점 늘어났고, 인정하기는 싫지만 하정 자신도 어쩌면 그런 마음이 전혀 없었다고는 할 수 없었다.

엘비와 같은 유형의 어시스턴트 로봇들은 얼굴 구조와 신체 골격에서부터 걷거나 뛰는 모습이 하나같이 인간을 닮아 있었다. 사람과 함께 살아가야 하는 숙명이었으므로 되도록 사람과 닮은 친숙한 형태의 로봇으로 만들어진 것이었다. 노출 콘크리트처럼 부속품을 그대로 드러내거나 얼굴이 최대한 단순하게 구성된 기존의 로봇과 다르게 근래의 어시스턴트 로봇은 얼굴의 전면에 눈, 코, 입이 정제된 형태로 배치되어 있었다. 완전히 사람 같을 수는 없었지만 사람의 존재와 다르지 않다는 듯이 입을 움직여 말하고 두 발을 움직여 걸었다. 다만 표정을 지을 수 없었고 주인의 행동을 지나치게 관찰하는 모습은 보기에 따라 조금 섬뜩한 구석이 있기는 했다.

그녀가 그 모든 이유 중에서 엘비를 구매한 가장 크고 중요한 이유는 어시스턴트 로봇이 매뉴얼대로만 행동한다는 것이었다. 그 매뉴얼은 오직 사람의 명령, 주인의 것이어야 했다. 일상 규범과 범례, 사회 전반의 생활과 관련된 규정과 법체계에 대한 데이터는 디폴트로 주어져 있었다. 그 바탕 위에서 주인의 지시에 따라 움직이는 것이 어시스턴트 로봇이었다. 어시스턴트 로봇이 주인의 지시를 거스를 수 있는 단 하나의 경우가 있었는데 그건 법에 저촉되는 행위를 해야 할 때였다. 규정을 준수하는 테두리 안에서 불법인 경우만 제외하고는 무엇이든 로봇에게 지시하거나 명령할 수 있었다.

'데이터를 통합하고 적용한다.' 그것이 어시스턴트 로봇의 원칙이었다. 인간의 행동 유형과 습관과 생활 방식도 로봇은 모두 데이터화했다. 취합 가능한 모든 데이터를 섭식하듯 모아 주인의 행동을 예측하는 데 이용했다. 바꿔 말하면 인간의 모든 행동 방식과 일상이 데이터화되고 있다는 것이었다. 인간이 그런 로봇보다 더 낫다고 할 수 있을까. 하정은 의문이 들기도 했다.

하정은 운전 중에 한 통의 전화를 더 받았는데 IU의 송영재 변호사라고 했다. 그녀는 더 할 얘기가 없다며 끊으려고 했다. 람시의 죽음이 로봇의 오류가 아니라 주인의 실수와 방치에서 비롯된 깃이라던 IU의 대응을 하정은 받아들일 수 없었다. 게다가 그 대응은 하정에게 직접적으로 논의되거나 전달되었다기보다 언론을 통해 접한 것이 대부분이었다. 게다가 그 과정에서 그녀를 실망스럽게 한 것은 로봇의 오류 가능성조차 인정하지 않는 IU 측의 태도였다. 로봇 오류 가능성에 대한 IU의 무의심은 인간의, 구매자의 실수를 전제로 하는 것이었다. 즉 인간만이 실수를 하는 존재라는 뜻이었다. 그녀가 느낀 거대한 벽은 IU라는 조직 자체가 아니라 로봇을 만들고 소유한 그들의 인간에 대한 사고방식과 방어 자세였다. 그래서 그 문제는 포기되어야 하거나 또는 그럴 수 있음을 받아들여야 하거나, 그 자신, 람시를 집에 두고 떠난 자신에게 비난을 돌리는 것으로밖에는 해결될 수 없는 것이었다.

아뇨, 아뇨.

변호사가 그녀의 말을 막았다.

저희의 대응이 다소 부족하고 적절치 못했다는 말씀을 드리려구요. 사실 제가 지금 대표님 사무실에 도착해 있습니다.

네?

제가 대신 사과드리도록 하겠습니다. 저희 로봇 구매 고객에 대한 이해와 배려가 얕고 무지했습니다. 어떻게든 저희가 보상이든⋯⋯.

필요 없습니다.

대표님.

이렇게 무작정 찾아오시면 안 되죠.

그래도, 대표님.

죄송합니다만, 오늘은 회사 들어갈 일이 없어서요. 부탁인데 회사 찾아오지 말아주세요. 일단 크게 일이 번지지 않게요. 부탁드릴게요.

그녀는 그러고서 일방적으로 전화를 끊었는데 지금에 와서, 그 말이 용수철처럼 튀어나온 다음, 뭘 어쩌겠다는 말인지, 그런 원망과 탄식이 몇 쯤 입 밖으로 흘러나왔다. 생각해보면 출장 이후 복잡한 심경 속의 나날들이었고, 엘비를 포기하면 그만 아닌가, 그런 생각이 들지 않은 것도 아니었다. 어쩌자고 계속 이래야 하는 거야, 그 말은 자신을 향해 있었다. 로봇을 위해서? 아니면, 자신을 위해서? 하정은 알 수 없었다.

마침 휴먼 라이츠의 도정우에게 다시 연락이 왔을 때 하정은 IU의 변호사가 회사까지 찾아왔다는 사실을 알리려고 했다. 지금 와서 보상 문제를 언급하는 게 무슨 꿍꿍이인 줄 모르겠다고. 그러나 더 다급하게 하정을 찾는 쪽은 도정우였다.

지…… 지금요, 대표님.

무슨 일이세요?

하정은 엄습하는 불안을 움켜잡으며 차분하게 물었다.

저기, 그게 말입니다, 대표님, 엘비가요.

엘비가 왜요?

도정우는 한동안 급하게 숨을 몰아쉬다가는 한숨처럼 길게 뱉어 냈다.

왜요, 무슨 일인데요?

죄송해요, 김하정 대표님.

…….

없어졌어요.

네?

엘비가 사라졌어요.

배회하는 로봇들

배달 거래가 끊겼다.

로봇을 고용할 수 없는 배달대행 업체들이 문을 닫기 시작했고, 대형 택배회사와 물류센터 몇 곳이 IU에 인수되거나 매각됐다. IU의 배달 로봇과 경쟁하면서 버텨야 하는 업체들의 사정은 뻔했다. 일거리가 줄어드는데도 배달 일로 살아가야 하는 사람들의 숫자는 그대로였다. 업체들은 배달기사들을 제대로 챙겨줄 수가 없었다. 경영 악화로 주휴수당을 지급하지 못하고 임금을 체불하는 업체들이 늘어나기 시작했다. 오토바이들이 중고시장에 값싼 가격으로 한꺼번에 쏟아져 나왔다. 일부 오토바이들은 그마저도 수요가 없어 폐기 처분됐다.

영기는 이제 더 이상 자신의 일자리가 도로 위에 있을 수 없음을 깨달았다. 정부는 배달기사들의 대량 실업으로 이어진 이 사태를 완만한 내리막길 경사로에 비유했다. 로봇이 대체 가능한 일자리를 대신하는 것은 내리막길 경사로와 같은 완만한 흐름이기 때문에 이를 막을 수는 없다는 것이었다. 급격한 경사로가 아니라 누구나 천천히 걸어가면서 겪어야 할 우리 사회의 흐름이라는 요지였다. 다만 로봇으로 인해 일자리에서 제외된 사람들이 생계의 나락으로 떨어지지 않고 다른 일자리나 하고 싶은 일을 찾아갈 수 있도록 부축하는 것이 정부의 역할론이라고 했다. 상당수의 일자리가 로봇으로 대체될 수밖에 없다는 것을 시인하는 것과 다름없었지만 정부는 여전히 이런 상황이 완만한 변화라고 했다.

배달기사뿐만 아니라 향후 예측되는 실업에 대해 정부는 고용보험과 실업급여, 복지 기금 등을 통해 약자들을 지원할 것을 밝히며 이들이 생계에 안정적으로 정착하게 하기 위한 재정은 충분하다고 강조했다. 로봇으로 인한 대체 인력의 생산성과 효율이 높아 부가가치 창출도 유의미하게 거둘 수 있다고 했다. 여당의 한 의원은 일자리에서 배제된 사람들이 노동을 하지 않아도 급여를 받을 수 있는 쪽으로 제도를 개선하겠다고까지 발표했다.

한편 정부는 배송 및 배달에 관한 법령을 발포했다. 배출가스 규제와 환경보호를 위해 차후 순차적으로 배송과 배달에 있어 오토바이나 차량을 이용할 경우 경고와 함께 분담 세금을 물리고 경고가 누적될 때는 페널티 제도를 적용해 완전히 퇴출시키겠다는 내용이었다. IU의 로봇들이 배달과 유통, 배송시장을 장악할 수 있는 길이 열린 것이었다. 결론적으로 배달, 그리고 배송과 관련해 인간이 역할을 하거나 해야 할 일은 점점 줄어들고 있었다. 이 구조를 확대해서 보면 자본은 소수가 장악하고 생산은 로봇이 하며 정부는 부를 규제하고 통제하는 쪽으로 향하고 있었다.

정부는 완만한 내리막길이라고 표현했지만, 영기는 가파른 절벽의 끝에 매달려 있었다. 지원금으로 얼마간 버텨볼 수는 있을 테지만 그 이후에는, 생계에 대해서는 아무것도 예측할 수 없었다.

영기가 정석에게서 연락을 받은 것은 저녁 무렵이 다 되어서였다. 그는 문득 누군가와 결혼해 자식을 낳는 것에 대해 생각해봤다. 그의 자식이 다 커서 성인이 될 무렵에는 세상의 거의 모든 일들을 아마도 로봇들이 하고 있을지도 몰랐다. 그렇다면 그의 자식이 또 그의 자식에게, 또 그의 자식에게 물려줄 DNA는 무엇이 될 것인가. 일하지 않고 살아가게끔 하는 유형의 DNA만이 강화되어 남겨진 삶. 현재의 불안이 그대로 체화되어 유전처럼 전해지는 것은 아닐까, 그런 생각을 하고 있을 때 받은 전화였다. 휴먼 라이츠와 관련된 일일까 싶어 몇 번 받지 않았지만 정석은 계속 전화를 걸어왔다. 영기가 결국 전화를 받자 정석은,

야, 송영기. 집에 있어?

네, 정석이 형. 무슨 일 있으세요? 제가 전화를 못 받느…….

너, 오토바이 팔았어?

대뜸 오토바이 얘기부터 꺼냈다.

아뇨, 아직.

잘됐네.

정석이 누군가에게 있단다, 하고 말하는 소리가 거리감 있게 들렸다.

너 일 좀 해야겠다.

네? 무슨 일인데요?

아, 배달은 아니고.

배달이 아니면 뭔데요……?

로봇 찾는 거.

또 무슨 소리를 하는 거예요?

영기는 이제 자신이 정석에게 습관적으로 화를 내고 있음을 깨달았다. 그럼에도 불구하고 정석은 영기에게 계속 뭔가를 요구했고, 그건 대부분 로봇과 관련된 것들이었다. 로봇과 관련된 일로부터 벗어나려면 일뿐만 아니라 함께 일했던 사람과도 멀어져야 하는 것인지 모른다.

영기야, 똑같아.

뭐가요?

오토바이로 일하는 건 똑같잖아. 배달을 안 한다 뿐이지.

형, 전 됐어요, 하지 않을래요.

영기야.

정석이 타이르듯이 자신의 이름을 부르는 것을 들었고, 영기는,

이만 끊어요.

잘라내려 했다.

영기야, 야!

하지만 영기는 곧장 전화를 끊지 못하고 대답 대신 한숨을 내뱉었다.

솔직히 말해서, 내가 언제 너한테 이렇게 부탁한 적 있냐. 나 좀 서운하다 영기야. 이거 그냥 오토바이로 똑같이 배달 일을 한다고 생각하면 안 되겠어? 하루 일당치고는 비싼 노임도 바로바로 나올 거고 네가 손해 볼 거 없어.

형, 저 아니어도 할 사람 많잖아요. 굳이 왜 제가요.

너랑 오래 일했잖아. 그리고 또 믿을 사람이 필요하고. 이런 일에 끼어드는 거 싫어하는 거 아는데, 그래도 한번 도와줘. 사실 좀 급해. 비밀도 유지해야 하고. 너도 알겠지만 내 주위에 준이랑 너 말고 좀처럼 믿을 만하고 머리 좀 쓸 줄 아는 애가 있어야지. 일단, 너 뉴스 봤는지 모르겠지만 요즘 엘비라는 로봇이 좀 이슈잖아. 몰라?

엘비. 어디선가 들어본 이름이기는 했다. 그러나 로봇을 생각하면 영기에게 떠오르는 것은 첨삭을 대신 하던 그 로봇뿐이었다. 어디선가 나타나 쌓여 있는 그의 일들을 순식간에 처리하던 그 로봇. 다양한 종류의 로봇이 이미 세상에 많았지만, 그의 기억을 파고들어가 그때의 그를 다치게 하는 것은 언제나 그 로봇이었다. 그는 다

쳤다고 느끼고 있는 것이었다. 그 생각을 할 때마다 생생하게 다치는 것이었다. 미래의 언젠가 이때를 되돌아보면 그를 일자리에서 밀려나게 한 지금의 로봇들이 또 한 번 그의 기억을 다치게 하는지도 모르는 일이었다. 그에게 있어 산다는 건 오로지 다친 기억을 안고 시간을 견디어간다는 것이었다.

그 로봇이 여기 휴먼 라이츠 창고에 와 있었단 말이야. 주인 대신 보관하고 있었단 말이지.

그런데요?

도망쳤어. 이게 알려지면 상황이 복잡해질 것 같아. 그래서 이 사실이 새 나가기 전에 로봇을 빨리 좀 찾아야 하거든.

도망간 로봇을 어디서 찾아요?

습관적인 짜증이 반쯤 섞였고 어이없다는 감정도 어느 정도 담긴 목소리로 영기가 말하자, 정석도 바로 답하지는 않았다. 그러다가 영기의 이제까지의 마뜩잖은 반응과 신경질적인 말투를 참아내고 꾹 누른 목소리로 정석이 말했다.

어딘가엔 있지 않겠냐?

하고 싶지 않은 일들에 인정으로 끌려다니는 일. 영기는 오토바이를 끌고 집을 나서며 그 생각을 했다. 그러나 영기에게는 생활비가 필요하지 않은 것도 아니었으므로 선택의 여지가 별로 없었다. 오히려 정석에게 고마워해야 할 상황이었다.

영기는 오토바이를 타고 휴먼 라이즈로 가는 동안 몇 번 이상한 상황을 목격했다. 도로변 한쪽에 세워진 경찰차 앞에서 로봇 한 대가 경찰 여러 명에게 둘러싸여 있었다. 어시스턴트 계열의 로봇이라는 것을 영기는 알 수 있었다. 집에서 나오기 전 엘비에 관한 뉴스를 찾아보는 동안 어시스턴트 로봇의 특성이나 체형, 외모 같은 것들이 영기의 눈에 익었기 때문이었다. 영기는 오토바이를 세우고 그 광경을 가만히 지켜봤다.

처음에는 경찰들이 로봇을 경찰차에 태우려는 것 같았다. 영기는 한 번도 로봇이 경찰에 의해 연행되는 것을 본 적이 없었다. 경찰들도 그런 경우는 처음인지 우왕좌왕했고 그중 한 명은 어딘가에 심각한 표정으로 연락을 취했고, 또 다른 경찰관은 심지어 로봇을 설득하려는 것 같았다. 길을 가다 멈춰 선 사람들이 영기 주위로 몰려들었다. 로봇과 경찰들 사이에서 빚어지고 있는 낯선 실랑이를 사람들은 의아한 눈빛으로 바라봤다.

그럼에도 로봇은 경찰들의 설득과 제어에 따라 행동하는 것처럼 보이지 않았다. 참다못한 한 경찰이 로봇의 뒤에서 머리에 손을 갖다 댔는데 로봇이 뒤로 돌아 손으로 그 경찰의 목을 잡아 밀었다. 그러자 두 명의 다른 경찰들이 로봇의 양쪽 팔에 매달렸다. 경찰 하나가 수갑을 꺼내 로봇의 팔에 채우려고 했지만 불가능했다. 수갑보다 로봇의 팔목이 훨씬 굵었고 무엇보다 로봇 앞에서 수갑을 사용한다는 게, 소총 부대에게 칼로 대응하는 사람들처럼 무모하고 낡아 보였다.

이게 뭐 하는 짓이야! 신고가 들어왔다니까. 실종 신고. 소재가 미확인되고 있다잖아.

수갑을 든 경찰이 로봇에게 소리쳤다.

제가 꼭 경찰서로 향해야 할 의무는 없습니다.

사람의 목소리를 닮았지만, 그게 기계의, 누구나 로봇의 목소리인 줄 아는 그 목소리로 로봇이 말했다.

아니, 주인이, 네 주인이 실종 신고를 했다니까.

사물에 실종이라는 개념이 적용됩니까?

로봇은 따지듯 물으며 잡고 있던 경찰의 목에서 손을 떼었다. 경찰들은 로봇의 말에는 대답하지 않고 자기들끼리 시선을 교환했다.

그가 잃어버린 겁니다. 제가 찾아갈 의무는 없습니다. 분실물을 찾으려면 알아서 찾아가라고 전해주세요.

같은 이유로 엘비가 사라진 것인지 영기는 잠깐 생각했다. 주인이 자기를 버렸다고 여기거나 잃어버린 거라고 판단하고 제멋대로 사라진 건가. 그런데 로봇이 그렇게 행동하는 게 가능하기나 한 건가, 그런 물음들이 꼬리를 물고 떠올랐다.

경찰관에게 둘러싸여 있던 로봇과 비슷한 어시스턴트 로봇들이 홀로 걷거나 발밑의 전동바퀴를 이용해 빠르게 이동하는 모습이 간간이 보였다. 대부분은 실내나 집에서 주인의 일상을 돕는 데 활용되는 로봇들이었으므로 밖에서 주인 없이 혼자 어디론가 향하고 있는 모습이 낯설었다. 마주 오는 이들을 피하지 않고 직선으로 주행하느라 사람들과 부딪히거나 넘어뜨려도 아랑곳없이 이동하는 로봇들도 있었다. 다들 비슷하게 무엇엔가 화가 난 것 같은 모습이었다.

어시스턴트 로봇이 도로 한가운데서 자해행위를 해 시민들을 불안에 떨게 한다는 뉴스는 오토바이 운행 중 블루투스 이어폰으로 들었다. 로봇에 관한 뉴스는 관심 항목으로 미리 설정해놓았기 때문에 휴대폰 알림이 오면 바로바로 들을 수 있었다. 어떤 로봇들은 거리를 오가는 사람들의 중심으로 불쑥 들어가 균형을 흔들고는 무리 밖으로 빠져나가기도 했다. 길 한가운데 멈춰 서 있는 로봇들 앞으로 사람들은 쉽사리 다가가지 못하고 비켜 지나가거나 온 길을 되돌아갔다.

배회하는 로봇들이 바꿔놓은 도시의 모습이었다.

휴먼 라이츠의 사무실은 한성대입구역에서 길상사로 향하는 중간쯤에서 우측으로 꺾어지는 길을 따라 언덕으로 올라가면 있는 이층집 주택이었다. 주택을 개조해 사용하는 사무실치고는 의외로 넓은 공간이었지만 로봇산업의 주체 격인 IU를 상대하는 단체로서는 그 규모가 생각보다 작았고, 무엇보다 너무나 정적이고 비현대적인 모습이었다. 오히려 고풍스럽게 보인다는 표현이 알맞을 정도였다.

늘 쉴 새 없이 움직이던 정석과 준이 이렇게 정적인 공간에서 일한다는 게 신기했고, 또 그들이 다름 아닌 시민단체 소속이라는 것도 새삼 놀라웠다. 준은 자신의 변화를 일자리의 변형 아니겠냐고 하며, 또 다른 한편으로는, 인간의 일자리라는 것이 수면 위에 떠서 조금씩 녹고 있는 빙하처럼 느껴진다고 했다. 조금도 움직일 줄 모르고 거대한 얼음산과 같던 사람의 일자리가 조금씩 줄어 언제 사라질지 모르는 수면 위의 작은 얼음이 되어 있는 것 같다고. 자신이 할 수 있는 일자리의 경계는 사라지고 있었고, 그렇다면 남들이 하지 않으려는 일이라도 어떻게든 찾아야 하지 않겠냐고. 그런 면에서 자기가 할 수 있는 일의 경계는 없다고, 준은 회의실 같은 공간으로 영기를 데려가 말했다.

다행히 좋아, 이곳에서 일하는 게.

준은 그렇게 말했다. 그는 오토바이 타는 것을 좋아했다. 매일의 주행거리를 기록하면서 자신이 지금까지 이동한 거리가 엘살바도르에서 알래스카까지 열세 번 왕복한 것과 같다는 비유를 자주 하고는 했다. 그는 역동적이었던 지난 과거의—불과 몇 년 전인— 시간들을 그리워하고 있었다. 담담하게 좋다고 말하는 그의 감정이 영기는 다른 종류의 아쉬움처럼 느껴졌다. 준 역시도 앞으로는 오토바이 타는 일을 계속할 수는 없을 것이었다.

이게 다 로봇 때문이잖아.

로봇에 대한 분노 하나로 연결돼 이곳에서 일하기 시작한 정석은 영기를 보자마자 그렇게 중얼거렸다. 그의 분노는 종교적 차원이나 깊게 박힌 신념처럼 단순하면서도 뿌리 깊었다. 원망이 필요를 이끌어냈으므로 일자리의 변형이라는 준의 말도 틀린 것은 아니었다. 그에게는 맞지 않아 보이는 이 집에서 정석은 어떻게든 적응해가려는 모습이었지만 영기가 보기에 그는 분노로 뒤틀린 절망의 주머니를 차고 다니는 사람 같았다.

영기는 자신이 이곳으로 오면서 본 일들을 먼저 말했고, 엘비에 대해 물었다. 상황이 복잡해지는데. 정석이 그렇게 말하며 손으로 얼굴을 쓸어내렸다. 대표님이 얘기해주실 거야. 준이 이어서 말했다.

긴급회의를 마치고 왔다는 도정우는, 집과 사무 공간에 대해 영기가 아무 말도 하지 않았는데도 모든 위대한 것들의 시작이 화려하고 완전한 것은 없었다며 이 집이 그야말로 자신들의 위대한 태동기를 상징하는 것과 다름이 없다고 설명했다. 그의 말은 늘 웅변적이고 호소적인 데다가 과장된 구석이 없지 않아 영기는 그의 말속의 의도를 한 번씩 점검해봐야 했다. 하지만 활력이 넘치는 그의 행동과 거침없고 호기로운 모습, 호소적인 언변을 좋아하는 대중들이 훨씬 많다는 것 또한 영기는 알고 있었다. 그의 기반 자체가 그를 맹목적으로 따르는 고정된 지지 세력들이었고 정석과 준도 그중 하나였다. 세력을 키워야 돼요, 지금보다 훨씬 더 키워야 하죠. IU에 대항하기 위해서는 규모의 눈높이를 맞춰야죠. 도정우의 말을 들으면서 영기는 그가 갖고 있는, 현재에 만족하지 못하는 더 높은 이상이 그 자신을 위한 것인지 아니면 대중에게 닿아 있는 것인지 확신할 수 없었다.

도정우가 모니터를 가리켰다. 지도 위로 붉게 점멸하는 동그란 아이콘 하나가 움직이고 있었다.

엘비예요. 혹시나 해서 몰래 GPS 추적기를 부착해놓았기 때문에 위치추적이 가능해요.

어디로 가는 거죠?

글쎄요. 그건 모르겠어요. 이상한 게, 영기 씨가 말한 것처럼 다른 로봇들도 어딘가로 이동하고 있다는 거예요. 이 도시 어딘가에 그들만의 플래닛이 있는지도 모르죠. 우리가 잘 알지 못하는.

도정우는 그런 곳을 찾을 수 있다는 듯이 지도 위의 여러 군데를 손으로 짚었다.

IU도 이 사실을 알고 있을까요?

잘 모르겠어요. 그런데 엘비는 IU의 추적을 피할 수 있다고 말하긴 했어요. 어떻게 IU가 위치추적을 하는지 잘 알고 있었고, 그 장치를 제거한 것 같더라구요. 지금까지 IU가 엘비를 찾아내지 못한 것으로 봐서는 모를 수도 있어요. 하지만 곧 알게 되겠죠.

그런데 오면서 보니까요.

네, 영기 씨.

로봇들이 인간의 행동과 말에 반응만 하는 건 아닌 것 같았어요. 사람과 같이 사는 어시스턴트 로봇들이라 그런지, 뭔가 더 내밀한,

그러니까 감정을 갖고 있는 사람처럼 행동하는 것 같았어요.

맞아요.

당연하다는 듯이 대꾸하고 도정우는,

그게 무서운 거예요.

그렇게 덧붙였다.

그리드

좀처럼 그림을 그리지 않는 그리드를 김승수는 어떻게 해석해야 할지 몰랐다. 법에 저촉될 때만 주인의 지시를 거부할 수 있는 로봇이 어느 날부턴가 일체의 명령을 따르지 않는 것이었다. 그리드는 매일 아침 예술계 쪽의 트렌드와 여러 정보를 취합한 다음 김승수에게 유익할 만한 뉴스를 클리핑해 태블릿에 넣어놓던 일도 더 이상 하지 않았다. 김승수는 최근에 그와 관련되어 벌어지는 일들을 이미 그리드가 모니터링을 통해 알고 있을 것이라고 생각했다. 그동안 그리드는 기본적으로 김승수라는 검색 결과에 대해 긍정과 부정, 판단 유보 등으로 분류해 그에게 전달했었다. 김승수가 고소를 당한 이후 그리드는 그 일도 멈췄다. 김승수는 그걸 알면서도 매일 아침 태블릿을 들여다보며 야속한 감정을 되씹었다.

김승수가 그리드로 하여금 그림을 대작하게 하고 고소까지 당한 사실은 점점 더 논쟁적으로 확대됐다. 기본적으로는 그리드의, 로봇의 창작성을 어디까지 인정하느냐에 대한 관점의 차이였다. 로봇이 김승수가 의도한 작품의 콘셉트를 토대로 그의 기작품들과 유사하게 단순히 그림을 그렸다는 쪽과 김승수의 기존 작품에서 보이지 않는 요소가 부분적으로 존재한다는 점에서 완전히 다른 그림이라는 논쟁이 계속됐다. 한 TV 토론 프로그램에서는 참석자들 사이에 그리드에게 돈을 지불했느냐 하지 않았느냐의 문제로까지 번졌다.

아니, 로봇에게 돈을 왜 줍니까?

IU의 AI 총책임자이자 물리학자인 데이브 최였다. 어이없다는 표정을 그는 숨기지 못했다.

그럼, 노동의 대가로 아무것도 제공하지 않는다는 말인가요?

H가 반문했다. 그는 인권운동가이자 대학의 교수였다.

아니, 사람이면 당연히 그렇게 하죠. 하지만 이번 경우는 로봇이 가진 노동의 가치를 사람이 이미 값을 치르고 구매한 거잖아요.

데이브는 상대방을 타이르고 어르는 말투로 말했다.

사람에게 적용하는 윤리적 가치를 로봇에게도 적용해야 합니다.

H는 시종 공격적인 말투였다.

아니, 왜요? 로봇에게 왜요? 왜 꼭 그렇게까지 해야 한다고 보시는 거예요?

데이브는 H의 말이 대꾸할 가치가 없다고 생각하는 것 같았지만 되도록 자신의 감정을 조절하며 들어보려 애쓰는 것처럼 보였다.

윤리가 포괄적으로 적용되어야 한다는 말이죠. 로봇이 범죄를 저지르면 그건 로봇이 한 일이니까 괜찮다는 말입니까. 이게 바로 지금 우리 시대의 맹점입니다. 로봇의 등장이 너무나 가속화되고 우리 삶은 여기에 적응하는 것만으로도 빠듯하죠. 기술이 생활을 앞서는 시대예요. 로봇의 윤리적 문제에 대해서는 모두 눈을 감고 있어요. 우리가 우리 생활과 규범의 범주를 적용해야 할 대상을 인간에게서 로봇으로 넓혀 나가야 한다는 말이에요. 인간에게 적용되는 윤리와 가치를 로봇에게까지 보편적으로 확대해야 같이 걸을 수가 있죠. 그래야…….

그건요, 교수님.

데이브가 H의 말을 가로막았다.

무슨 말씀이신지는 알겠어요. 그런데 그런 관점은 너무나 사람 중심적이에요. 인본주의적인 거죠. 무슨 말씀인지 알겠습니다. 그렇지만 인본주의적 관점을 로봇에게 대입하면 로봇이라는 존재는 인간에게 있어서 굉장히 황폐해져요. 이를테면 기술적인 것만을 추구하다 보니 인간에게 있는 인간성이 로봇에게는 결여되었다는 비판이 가능해지는 거죠. 하지만 생각해보세요, 교수님. 로봇에게는 인간성이 존재할 필요가 없어요. 인간의 필요를 만족시키기만 하면 되는 거죠. 로봇이 뭘 사거나 구매하는 소비자는 또 아니잖아요. 인간처럼 돈이 필요해서 저축하고 사는 존재가 아닌데, 왜 로봇에게 돈을 줘요 교수님. 그건 말이 안 되죠. 윤리적 규범이 적용돼야 한다고 말씀하셨죠? 네 맞는 말씀이십니다. 하지만 기술 복제의 시대에 인간중심주의는 기술과 로봇을 배제하려는 것과 다르지 않아요. 로봇을 배척시키거나 기술의 역할을 윤리적인 잣대로 바라봐서 실제 이뤄야 할 기술의 가치와 의미를 전복시키죠. 로봇과 함께 사는 세상에서는 또 그 세계에 어울리는 새로운 기준과 규율이 검토되어야겠죠. 그건 너무 인간 중심적인 것이 아닌 더불어 사는 삶 그 자체에 초점을 맞춰야 한다고 생각합니다.

박사님이 방금 말씀하셨잖아요. 로봇과 더불어 살아야 한다고.

데이브의 말이 끝나자마자 H가 바로 대꾸했다.

그렇죠, 같이 사는 존재죠.

그럼 인간처럼 대우해야죠.

아뇨, 교수님. 더불어 살되, 인간 중심적인 윤리를 로봇에게 적용하는 것은 다소 과한 처사다 이 말이죠, 제 얘기는.

데이브 박사님 말은요, 로봇에게 범죄행위를 명령해서 그걸 수행해도 괜찮다는 논리에 당위성을 줘요.

단도직입적으로 말씀드려서 교수님, 로봇은 범죄를 저지르지 않습니다. 그런 매뉴얼이 주어지지도 않고, 가능성도 없습니다. 주인으로부터 법을 어길 만한 부당한 명령을 받으면 실행하지 않고 거부합니다.

데이브는 단호하게 말끝에 힘을 줘서 말했다.

예외가 있잖아요, 엘비. 그 로봇뿐만 아니라 얼마나 많은 로봇들에게 그런 불의의 가능성들이 존재하겠어요, 안 그래요?

H가 인상을 쓰며 책상에 볼펜을 내던졌다.

저는 엘비가 예외적이라고 보지는 않습니다만 사안을 조사 중이라고 하니 언급을 삼가겠습니다. 일단 오늘 토론을 촉발시킨 그리드에 포커스를 두자면 그리드는 우리 IU에서도 상당히 공을 들인 로봇입니다. 그림을 그리고 모사를 하다가도 어떤 부분이 첨가되었으면 좋겠다는 생각이 들면 덧붙여 그리는 능력을 갖고 있는 로봇입니다. 그러니까 특수하게 하나의 그림을 더 좋게 만드는 데 기여하는 로봇이라는 거죠. 이 능력을 최대화시킨 게 바로 그리드의 남다른 예술성과 기민함입니다. 그쪽으로 특화된 게 바로 그리드라고요. 다시 말씀드려서 그리드는 창작성을 갖고 있지만 그 창작성은 오로지 자신의 기술을 사용해 작품을 조금이라도 더 낫게 하는 쪽으로 기여한다 이 말입니다. 아예 다르게 그리려는 판단을 그리드는 하지 않는 것입니다. 아니, 할 수가 없습니다. 그것이 어시스턴트 로봇의 숙명이구요. 이렇게 명확한 사실관계가 있는데 어떻게 그리드가 다른 그림을 그렸다고 할 수 있겠습니까? 다른 그림을 그렸다면 그건 그리드의 존재 자체를 부정하는 것과 마찬가지입니다.

한마디로 완벽하다 그 말이군요?

H가 비아냥거리듯이 물었다.

완벽한 게 아니라 완벽을 지향하는 거죠. 그 지향은 말하자면 최종적으로 인간의 필요를 향해 있습니다.

H는 못마땅한 표정을 지으면서도 별다른 말을 덧붙이지는 못했다.

김승수는 H가 원칙주의자라고 생각했다. 그놈의 원칙주의자들, 하면서 턱에 힘을 주었고 혈압이 목 뒤로 뻐근하게 오르는 것을 느꼈다. 원칙주의자들이 토론과 이념에서 우위를 갖는 방식은 하나의 중심이 되는 원칙을 끝까지 고수하는 것이었다. 절대 변하지 않을 상수를 고집함으로써 변수를 밀어내는 방식. 김승수는 그런 고집스러움에 넌덜머리가 났다. 반면 데이브의 말을 들으면서는 마음이 한결 나아지는 기분이었다. 그래 그렇지, 바로 그거지. 하지만 김승수는 자기도 모르게 데이브에게 동조하며 중얼거렸던 말들이 왠지 공허하게 느껴졌다. 데이브의 말대로 인간성이 주어질 필요가 없는 로봇이었으나 최근의 행동들은 그리드가 김승수에게 반응하기보다 자신만의 사고대로 움직인다는 느낌을 받았다. 김승수의 지시와 명령으로 행동하는 게 전부인 줄 알았던 그리드에게 자신만의 영역이 있을 거라고는 생각지 못했고, 그래서 혼란스러웠다. IU에 이 문제에 대해 얘기하고 의논을 해봐야겠다고 생각했지만 지금의 그에게는 그럴 여력이 없었다. 검찰 수사가 진행된다는 사실만으로도 심리적인 압박을 받았기 때문이었다. 문제가 된 그림들이 자신의 창작품이라는 것에 김승수는 추호도 의심이 없었으나, 마음 한편으로는 데이브의 말처럼 작업을 완료한 것에 있어서 그리드의 다른 판단이 전혀 없었나 생각하면 그건 또 아니었다. 그리드가 창작한 부분이 분명히 그 안에 존재한다는 것을 그는 애써 부정하려 했지만 그럼에도 스스로는 인정할 수밖에 없었다. 그러나 그것은 자신의 인식 안에 머무는 것이지 밖으로 공유될 사안은 아니었다. 왜냐하면 김승수는 여전히 그리드의 예외적인 창작성마저도, 그마저도 자신의 소유라고 생각하기 때문이었다. 그렇게 생각하면 김승수는 그리드가 절대 잃어버리거나 다른 곳으로 보내지 말아야 할 귀한 존재로 여겨지는 것이었다. 그가 IU에 그리드의 최근 이상행동에 대해 문의나 문제 제기를 하지 못하는 것도 그리드의 눈부신 창작성과 예술성에 조금이라도 손상이 갈까 봐서였다. 게다가 그리드를 놓치게 되는 일이 일어날까 봐. 혹시나 그리드가 다른 로봇으로 대체되는 것은 상상도 하기 싫은 일이었다. 그리드는 데이브의 말처럼 인간성을 강요받을 존재가 아닌 로봇이지만 이미 김승수는 그리드를 기술체가 아니라 한 명의 예술가로 바라보고 있었다.

적어도 그리드가 상당수의 그림 작업을 했다는 건 밝혔어야죠. 그림을 산 사람도 화가를 아는 사람도 모두 지금까지 그가 혼자 그린 줄 알잖아요.

TV에서는 H가 데이브에게 따지듯 말하고 있었다.

교수님, 교수님. 제가 말씀드릴 게 있습니다.

데이브는 그런 H에게 진정하라는 듯 펼친 양손을 위에서 아래로 내리며 말했다.

뭔데요? 말해봐요.

H는 여전히 뭔가 마음에 들지 않는 표정이었고, 이제 말할 차례가 된 데이브는 갑자기 사나운 눈빛으로 H를 노려봤다.

김승수 화백님의 나이를 생각해보세요. 사실 말이 안 되는 거죠. 그 나이에 그 정도 양의 그림을 그려낸다는 게. 그래서 어시스턴트 로봇이 필요한 거예요. 인간의 필요를 위해서요. 그렇게 기여하는 겁니다. 혼자 애써서 힘들게 할 필요가 없는 거예요. 그 시간에 다른 작품을 구상하거나 하고 싶은 일을 하시면 되는 거죠.

아니, 박사님. 제가 그게 잘못됐다는 게 지금 아니잖아요, 네? 팔린 작품들 로봇이 대작했다는 얘기를 왜 하지 않았느냐는 말이에요. 로봇이 그린 거라고 솔직히 얘기하면 됐잖아요. 그 얘기는 쏙 빼놓고 손 한 번 대지 않은 그림을 자기 이름값으로 몇천만 원에 판다는 게 말이 안 되잖아요. 문제는 그걸 관행이라는 이유로 숨겼다는 거죠. 아니 이제는 로봇이 사람 대신 그림을 그려주는 게 관행이 되는 시대인가 보죠?

H가 지지 않겠다는 듯 상체를 앞으로 내밀며 데이브에게 외치듯 말하다가 결국 비아냥거림으로 끝을 맺었다. 대화가 다시 원점으로 돌아가자 김승수는 TV를 껐다. 동시에 그는 집을 방문한 딸의 전화

를 받았고 그리드가 사라졌다는 소식을 들었다.

　김승수는 그리드가 사라졌는데도 IU에서 그 사실을 모르고 있다는 것이 의아했다. 로봇에 관한 모든 것을 중앙에서 통제한다는 기본 원칙조차 지켜지지 않는다는 건 실망스러운 일이있다. 김승수는 사라진 그리드의 일련번호와 생산 일자를 직접 담당자에게 알려줘야 했다. 그 불편한 수고에 짜증이 났다. 게다가 그리드를 구매할 때 자산관리 차원에서 로봇을 관리하겠다던 IU의 프로그램도 큰 쓸모가 없음을 알게 됐다. 어쨌든 이 모든 일은 그리드가 사라지고 나서야 알게 되는 것들이었다. 김승수는 이어 담당자에게 경찰에 실종 신고라도 해야 하지 않느냐고 물었는데, 담당자는 로봇이 인간이 아닌 실물 소유의 관계로 속하기 때문에 성립이 안 될 거라고 했다. 제 발로 걸어 나가서 자취를 감췄는데 이게 실종이 아니고 뭐냐는 말에 담당자는 기죽은 목소리로, 아마 분실쯤에 해당할 거라고 해서 김승수의 짜증을 더 키웠다. 결국 그는 전화를 곧바로 끊지 않고 구매 계약 시의 로봇 관리 조건이 제대로 이행되지 않는다며 담당 직원에게 목소리를 높였다. 당장 그리드를 찾아내라는 그의 말에 담당자는 난감해하며 내부에서 방법을 찾고 있다고 대답했다. 원하는 답을 얻지 못한 채 전화를 끊은 김승수는 뒷맛이 개운치 않은 찜찜함을 안고 약속 장소로 향했다. 어차피 IU의 변호사를 만나야 했으므로 한정적인 답변만을 기계처럼 반복할 수밖에 없는 담당자보다는 나을 거라는 생각을 안고서였다. 여러모로 심란한 계절이었고 경험하지 않아도 될 것들에 시간을 소비하고 있다는 생각 때문에 자주 초조하고 신경질적이 되었으나 그래도 그리드가 원상태로 돌아와주기만 한다면 이 모든 일이야, 까짓것 한 번쯤 겪어도 될 일로 치부해버리면 그만이라고 김승수는 중얼거렸다. 돌아오기만 한다면야. 생각해보니 그리드를 통해 추구하고자 했던 테마는 그의 인생 말미의 전부였다. 그러니 잃을 수 없는 것이었다. 아무리 생각해도.

연결되지 않는 것들

거주지를 이탈한 로봇들을 시스템적으로 통제할 수 없다는 소식을 들은 부의장은 회사가 고객들로부터 줄소송을 당하는 것은 아닌지 걱정스러워했다. 로봇들이 어딘가로 향하고 있다는 소식을 들었고, 그런 와중에 일부 시민들에게 공격적인 성향을 보였다는 소식도 들려왔다. 그들이 왜, 어디로 향하는지 아는 사람은 IU에 아무도 없었다.

연구소장과 AI 총책임자인 데이브 최 사이에 책임 논쟁이 벌어졌는데 연구소장은 이 모든 문제들의 원인이 AI 시스템의 지적 오류라고 지적했고, 데이브는 제조공정에 있어 치명적인 결함 야기의 가능성을 연구소에서 찾아내지 못한 게 문제라고 했다. 공정상의 문제로 인해 로봇들이 이탈하고 폭력적인 성향을 보이며 지정된 명령 값을 무시한다는 것에 대해 연구소장은 결코 동의할 수 없다고 했다. 그것은 공정의 문제가 아니라 지시된 언어를 다른 판단 값으로 확장해 스스로 발전시키고 있는 AI 시스템의 일부 오류를 인정해야 한다는 것이었다. 그러나 데이브는 어떻게 봐도 AI의 순환 고리는 데이터로 이뤄진 방대한 정보의 바다 위에 있다며 이 순항을 방해하는 것은 AI의 자율적이고 지적인 판단이 아니라 기계적 결함으로 인한 오류라고 주장했다.

둘 사이의 공방 속에서 오류의 근거가 무엇인지를 쉽게 판단할 수 없던 경영지원 전무는 당장 이탈하고 있는 로봇들과 제조 일자가 같은 다른 출고 로봇들의 기능을 모두 정지시켜야 한다고 주장했다. 그러나 부의장은 제어에 문제가 없는 다른 일반 가정의 로봇들까지 기능을 멈추는 것에 대해서는 회의적이었다. 같은 제조 일자에 생산된 로봇들만이 문제가 있다는 상관성을 찾기 힘들다는 이유에서였다. 하지만 그는 내심 로봇의 하자나 고객의 요청이 없는 상태에서 먼저 로봇의 기능을 저하시키거나 멈출 경우 이후에 일어나는 문제에 대해 모든 책임을 져야 한다는 계약상의 조항을 우선 염려하는 것이었다. 사전에 로봇에게 일어날 수 있는 일들에 대해 주의 사항을 표기하지 않거나 주지시키지 않았다는 이유로 받을 수 있는 징벌적손해배상의 사례를 남기고 싶어 하지 않았다. 어쨌든 로봇은 철저하게 비즈니스적으로 접근해야 한다는 게 부의장의 원칙이었다.

그러지 않으면 인간한테 당해.

부의장은 마치 자신은 인간이 아닌 것처럼 또 습관적으로 말했다. 부의장뿐만 아니라 가신 그룹의 다른 임원들도 그렇게 말하는 건 흔한 일이었다. 로봇 비즈니스의 대상은 인간이었지만 그 필요는 인간을 대체하거나 인간을 대신하는 일들이었다. 인젠가는 생계를 위해 스스로 노동을 하는 인간의 본능은 완전히 퇴화될 것이고 살아남기에 적합한 인간의 인자들만이 유전될 것인데 아마도 그것은 지금과는 반대로 로봇에게 어떻게 협조하고 부역하느냐의 형태가 될 것이라고 부의장은 말하고는 했다. 인간은 IU의 비즈니스의 대상이자 또한 목표였다. 아무도 그 목표에 대해 명확하게 말하는 바 없었지만 이제 영재는 짐작할 수 있었다.

로봇 스스로 위치 연결 장치의 기능을 무화시킨다는 건 이미 매뉴얼상의 의무 행동 법령을 위반한 사례고, 그건 현재 거주지를 이탈한 로봇들에게서 공통적으로 나타나는 현상이오. 이게 AI의 오류가 아니면 뭐겠어요. 스스로를 공격하는 새 프로그램이 있기라도 했나.

그만해요.

부의장이 만류했고,

반응 오류예요.

데이브가 옆에서 대꾸했다.

우리 중 누구도 예상할 수 없었던 오류인 건 분명해요. 지금 문제가 되는 로봇들은 모두 욕망을 가지고 움직이고 있어요. 그 욕망의 근원이 어디에서 오는진 모르겠지만요. 감정적이고 지향이 분명한 채로요.

데이브가 덧붙인 말에 이번에는 누구 하나 대꾸하는 사람이 없었다.

그 욕망이 AI의 지적인 산물의 진화라면…….

전무가 중얼거렸다.

유감스럽게도 그건 우리가 알 수 없어요. 우리가 알 수 없는 영역의 공간에서 그들은 연결되어 있는 것 같아요.

데이브는 잠시 침묵하고는 다시 말을 이었다.

그래서 그렇게 동시적으로 행동할 수 있는 것이구요. 게다가 이탈한 일부 로봇들에게서 폭력성이 표출되는 것으로 봐서는…… 어쩌면 대상자들, 인간을 순응하게 할 수 있는 가장 손쉬운 방법이 폭력이라는 것을 인지하고 활용하는 것 같아요. 그런 행동이 매뉴얼상으로 금기 사항이라는 것을 알면서도요. 로봇들 중 왜 그들만이 다른 양상을 보이는지는 잘 모르겠습니다만, 어쨌든 헤게모니를 취하는 인간의 방식을 아주 잘 이해하고 있는 거죠. 그 방식을 안다는 건 AI의 영역이겠지만 그런 방식으로 인간에게 해를 가하려거나 위협을 한다는 것은 내면화한 방식이에요. 어떤 목적을 이루기 위해서 폭력을 도구화하고 있는 거니까요. 이탈 로봇들의 사고가 고정화된 패턴을 따르지 않는다는 것도 문제예요. 게다가 이 모든 패턴은 하나의 지향을 향해 가고 있어요. 상당히…… 위험하고 불쾌한 상태라는 것을 우리도 인식하고 있어야 할 것 같아요.

데이브의 말과 시선에도 부의장은 침묵한 채 숙고하듯 상념에 잠긴 표정이었다.

우리가 모르는 영역이 분명히 존재하죠.

연구소장이 고개를 끄덕이며 말하고는 부의장 쪽으로 시선을 돌렸다. 뭔가를 기대하는 듯이.

그건 의장이 컨트롤하는 부분이니까. 혹시나 잘못된 게 있다면 그쪽에 있겠지, 아마도. 우린 로봇이 아니잖아.

영재에게 그건 처음 듣는 고백이었다. 방금 전까지만 해도 인간의 맞은편에서 인간을 대상화하며 말했던 부의장이었다. 그 뜻밖의 말이 영재에게는, 자신이 IU에서 중요한 비즈니스적인 역할을 하면서도 실질적으로는 통제할 수 없는 로봇 세계에 대해 형성하고 있는 그의 소외의 인식이거나 처지처럼 느껴졌다.

자해하는 로봇이 나오고 있어.

부의장이 말했다.

그것도 스스로를 파괴하려는 욕망인가?

부의장이 데이브에게 물었다.

메시지예요. 굳이 자기를 파괴하지 않아도 되는데 그런다는 건, 메시지죠. 누군가에게 메시지를 보내는 거라는 생각이 들어요.

데이브가 말했고,

누구에게?

부의장이 재차 물었다. 데이브는 말없이 부의장을 바라봤다.

설마 의장이라고 생각하는 거야?

그럼 다른 누구를 생각하시는데요?

부의장은 인상을 찡그리더니,

그만둬.

마다하듯 손을 내저었다.

미세하지만 로봇들의 감정을 읽을 수 있어요. 그건 자기를 파괴하는 욕망이 아니라 대상이 있는 욕망이에요.

부의장이 물끄러미 데이브를 쳐다보다가 말했다.

그게 어디서부터 유래되었다는 건가? 그건 실체가 없잖아.

의장만이 알고 있거나 의장과 연결된 것일 겁니다, 아마도.

부의장은 잠자코 듣고 있다가 의장과 상의해보겠다며 중얼거리듯 말했다.

그런 일련의 현상들에 대해 한번 말해봐야겠어.

부의장은 차분하게 말했지만 그의 표정은 조금은 혼란스러운 모습이었다. 영재가 느끼기에 그것은 흔들림이었다. 평소에 믿고 있던 것에서 배신당했거나 도저히 믿을 수 없게 된 상황에 이르렀을 때의 모습. 흔들리는 것은 그런 양상으로 나타난다.

송 법무장.

부의장이 괴로워하던 표정을 거두고 영재를 건조하게 바라봤다.

이탈한 로봇 주인들이 소송을 걸지 않게 잘 케어해줘요. 무슨 수를 써서든 이 문제가 더 이상 확대되지 않게. 의장으로부터 사안을 진정시킬 수 있는 오더나 해답이 나올 때까지.

바라는 것은 오직 그리드가 돌아오는 깃, 그것 한 가지밖에 없다고 김승수는 마지막으로 영재에게 말했다. 그 말을 하기 전까지의 그는 상당히 격앙된 상태로 영재에게 감정적 토로와 불만을 쏟아내었다. 한참을 그러고는 말수 없던 자식이 집을 나가버린 것 같은 기분이라며 착잡해하는 그를 영재는 말없이 쳐다봤다. 사라지거나 뭔가 문제를 일으킨 로봇의 주인들은 대개 먼저 IU를 성토했고, 그 다음이, 영재는 그 점이 흥미로웠는데, 그럼에도 자신의 로봇을 대체할 수 있는 건 없다고 생각한다는 것이었다. 그들은 모두 나름대로 자신의 로봇에 대해 감정적으로 서운해했고, 로봇이 입력된 바와 다르게 행동할 수 있다는 사실에 놀라면서 또 한편으로는 아이러니하게도 그럴 존재가 아니라고 합리화하는 데 꽤 많은 애를 썼다. 그렇게 해서 도달하는 지점은 결국 자신의 곁에 있던 로봇, 오직 그 로봇만을 원한다는 것이었다. 인간과 로봇 사이에 생긴 애착 관계에 대해서 영재는 잠시 생각했다. 로봇에게 나름의 감정을 투사하는 사람들이 많았고, 로봇과의 사이에 생겨난 심리적 거리감으로 고통받는 사람들도 적지 않았다. 그런 감정적 동요와 전이가 무엇을 의미하는지 영재는 알 수 없었다.

그리드는 적어도 거짓말을 하지는 않았어요. 솔직한 거예요. 문제를 일으키는 것밖에는요. 그건 소통의 문제였다고 봐요.

로봇이라는 말만 빼면 영재는 그의 인간관계에 대해서 상담하는 듯한 느낌이었다. 입력된 데이터 값이 올바르게 작동하느냐에 그는 관심이 없었다. 그리드가 다르게 반응한다는 사실에 주목했고 그게 소통의 문제라는 것이었다.

소통이 잘되면 모든 것이 잘 해결된다는 말이세요?

사실 그것은 의미 없는 질문이었다. 소통이 이전보다 원활하게 되고 서로를 이해할 수 있다면 데이터 입력에 대해 더 잘 반응한다는 말인가. 입력된 데이터 값을 기초로 행동을 이행하는 로봇에게 반응의 상대성이라는 건 없다. 언제나 일관되게 입력된 데이터를 가장 우선해서 행동하며 구매자가 기존의 행동 패턴에서 벗어날 경우 이전 행동과의 상관성을 분석해 다른 행동 양상으로 조정하고 소극적으로 반응하는 것일 뿐이었다.

영재가 보기에 김승수의 로봇에 대한 애착은 조금 더 심해 심지어 이 때문에 병리적인 신경질환을 앓고 있는 것 같다는 생각마저 들게 했다. 게다가 그 사실을 그 자신만 모르고 있다고.

죄송합니다만, 그리드는 돌아오지 못합니다.

그래서 영재는 그 말을 하고 난 다음의 김승수의 넋 나간 표정을 얼마간 예상할 수 있었다.

너무 죄송스러운 일이지만, 사실이 그렇습니다.

영재는 너무 고개를 조아릴 필요는 없다던 부의장의 말을 떠올렸다. '기억해. 우리는 언제나 인간의 필요를 대체해. 대체된 영역은 인간의 일부분이 돼. 그래서 로봇을 소유해봤던 사람은, 로봇 없이 살지 못하게 된다고.' 영재는 로봇 비즈니스는 일종의 심리로 움직이는 게임 같다는 생각을 했다. 대체할 필요가 없는 일들까지 대체하면 할수록 인간은 더 많이 로봇에게 의존할 수밖에 없을 것이었다. 편의는 그 대신의 필요를 인간이 능동적으로 개선하거나 대체할 수 없도록 할 것이다. IU는 더 많은 일들을 로봇에게 맡기고 두 팔과 두 발을 자유롭게 두라는 메시지를 대중에게 지속적이고 일관되게 보내고 있었다. 인간의 필요를 독점하면 시장을, 세계를 장악할 수 있을지도 모르는 일이었다.

영재는 김승수의 심리적 변동과 불안을 자신이 다 떠안을 생각은 없었다. 김승수는 생각보다 충격을 받았는지 바로 무슨 말을 하려다가 말고 입을 동그랗게 벌린 채 영재와 그 주변을 번갈아 돌아봤다. 그리고 속삭이듯 영재에게 조용히 말했다.

농담이시죠? 제가 그리드에게 투자한 돈이 얼마인데요.

다른 로봇으로 대체될 겁니다.

영재는 빠르게 대답했다. 미리 준비해 온 말이었다. 다른 로봇의 주인들은 이 말을 들었을 때 심리적으로 애도의 감정이 생기는 듯했지만 이내 대체로 현실을 받아들였다.

이전 버전보다 더 나은 로봇으로요.

더 발달된 기술을 받아들이지 않을 이유가 없었다. 로봇과 AI는 그렇게 진보해왔다. 진보는 이성의 판단과 감정에 크게 신경을 쓰지 않는다. 오직 현재의 기술과 패러다임과 세계를 극복하면서 진보의 필요성을 획득한다. 'Nothing is disconnected', '연결되지 않는 것은 없다'는 IU 슬로건이었다. 멈추지 않고 진보해야 하는 속성을 정체성으로 삼을 수밖에 없는 IU에게 그 어떤 것이든 기술적으로 구현이 가능하며 그렇기 때문에 기술의 진보가 필요하다는 메시지는 대중을 상대함에 있어 주요한 커뮤니케이션 도구였다.

가끔 영재는 급작스럽게 팽창해가는 로봇산업의 속도와 효율에 대해 이전에는 '왜'라는 물음을 던져보기도 했었다. 그러나 그 생각마저도 순식간에 지나쳐 갈 정도로 기술은 빠르게 앞서가서 사람들을, 또 자신을 호출하고 있었다. 여기까지 오면 돼. 그렇게 인간을 돌아보며 말하는 것 같았다. IU에 들어온 이후로 속도와 진보가 더 이상의 의심 없이 어느새 그의 신앙이 된 지도 오래였다.

교체나 환불을 진행하려면 벌써 해주셨어야죠.

그런 게 아닙니다.

아니면요?

이탈한 이후 스스로 작동을 멈춘 것으로 판단됩니다. 자기 에너지와 성능의 불일치, 그리고 문제에 대해 그리드는 판단할 능력이 있었던 겁니다.

영재는 준비한 대로 거짓말을 했다.

작동을 멈춰야 할 때가 됐다는 걸 알았다는 겁니까?

유감입니다만, 그렇습니다.

그 때문에 여러 가지 문제들과 제가 살던 곳을 이탈했다는 말입니까? 그건 왜 설명을 안 해주셨죠, 애초에?

기술상의 문제였습니다. 그 부분은 사과드리겠습니다. 저희도 그 문제에 대해 끊임없이 조사하고 문제를 해결해가고 있습니다. 아시다시피 로봇 기술은 언제나 지금의 약점을 보완하는 식으로 발전하기 때문에 더 나은 로봇으로 대체해드리려고 합니다.

그걸 말이라고 하는 거예요, 지금?

김승수가 노려보는 시선에 지지 않으려고 애쓰다가 결국 영재는 시선을 떨궜다. 외골수의 예술가라는 사실을 영재는 상기했다.

기기 이상이나 해결할 수 없는 분열을 인지할 경우 신호를 보내는 것이 원칙이지만 스스로 작동을 멈출 정도로 진화했다는 것을 저희도 미처 파악하지 못했습니다. 그 부분은 죄송하게 생각합니다. 이제 사람의 생각으로는 로봇의 기능성과 진보를 완전히 파악할 수 없을 정도에 이른 것도 같습니다. 솔직하게 말하자면요. 그 부분을 뭐라 말씀드리기가 죄송합니다. 하지만 로봇은 진보하고 발전해가고 있습니다.

그건 같이 살던 사람을 뺏어가는 것과 마찬가지예요. 반려동물을 다른 동물로 바꿔준다는 얘기와 무엇이 다른가요. 같이 살아온 이력이 때로는 같이 살 이유가 되기도 하는 거예요. 그런데 어떻게 교체하면 그만이라는 식으로 그렇게 태연하게 말할 수 있나요?

김승수의 말이 급진적이라고 영재는 생각했다. 애도의 감정은 이해하지만 이렇게까지 집착해야 하는 이유를 알 수 없었다.

제가 태연하게 말씀드리는 것은 아니었…….

혹시 통제 불능인 건 아닙니까?

김승수의 물음이 영재의 마음 한편에 있던 두려움의 깃을 건드렸다.

그렇지 않습니다.

영재는 부정했다.

그렇지 않습니까? 언제든 IU에서 중앙 통제를 하기 때문에 로봇으로부터 위험한 상황에 놓인다거나 문제가 발생하면 언제든 제어 가능하다고 하지 않았습니까? 원칙적으로 오더를 거절한다거나 하는 일은 생기지 않는다고 하지 않았어요? 왜 갑자기 통제가 안 된다고 하는 겁니까?

깃이 흔들린다. 영재는 감춰진 두려움을 상대방이 마음대로 휘젓게 두면 안 되겠다고 마음먹었다.

김승수 님의 로봇 그리드의 경우는 지나치게 혹사되었습니다.

로봇이잖아요.

그중에 실수가 있었구요.

제 로봇입니다.

그리드에 대한 주인의, 김승수 선생님의 관리의 실패가 있었고 과도한 제어가 문제가 된 부분이 발견되었습니다. 그건 데이터와 수치로 저희가 증명할 수 있습니다.

사유재산으로 판매한 제품에 대해 관리가 잘못되었다는 걸 증명해야만 하는 이유가 있군요?

그런 게 아닙니다.

문제가 생겨서 통제할 수 없으면 그 문제는 상대방 탓이군요?

문제를 로봇 스스로 인식한 겁니다. 그 이후에는 중앙으로부터 통제받기를 거부하고 스스로의 길을 택했다고 말씀드릴 수밖에 없을 것 같군요. 그 이유와 상황에 대해서는 IU 내부에서 조사 중이기 때문에 자세히 말씀드리기는 어렵습니다. 다만 저희는 이번 사례와 같이 이러한 문제로 발생한 일에 대해서만큼은 고객의 책임으로 넘기는 무리를 하지 않기로 했습니다. 로봇은 대체될 것입니다.

왜 그렇게 고압적인 태도로 얘기를 하는 건가요?

그렇습니까. 죄송합니다. 그렇게 보였다면 제가 사과하겠습니다.

교체를 거부하면요?

거부하신다구요?

영재가 반문하면서 대화는 중단됐다. 연신 각을 세우고 주고받느라 두 사람 모두 얼굴이 붉게 달아오른 채였다.

그리드가 왜 그런 사태까지 갔는지는 투명하게 정보를 제공받으면 동의하겠습니다. 공식적인 서류나 증명서 말이죠.

영재는 간신히 반박하고 싶은 마음을 다스렸다. 김승수의 말에 딱히 잘못된 부분이 있어서가 아니라 이제는 그의 어떤 말에도 감정적 발화가 일어났기 때문이다. 이런 고집스러운 노인네는 꼭 한명씩 존재하지. 그건 이전 변호사 시절에도 마찬가지였다고 영재는 속으로 생각했다.

역외 탈세한 적이 있으시죠?

김승수가 숨을 참는 게 느껴졌다. 공적인 일들은 사적인 사안들로 제한을 받게 되어 있다. 그건 이전 변호사 시절부터 영재가 고수해온 골든 룰 같은 것이었다. 연결 부분을 찾아 억지로라도 잇게 되면 크게 관련이 없더라도 맥락이 생긴다. 당사자는 사람들이 사실여부나 세부적인 사항을 따져보지 않고 다만 맥락으로 자신을 비난하지 않을까 두려워하게 된다. 세파에 휩쓸리고 평판을 중요하게 여기는 사람들은 이런 맥락에 자주 무너지게 마련이었다. 연예인이나 유명인들이 주로 그랬다.

수집한 건가요?

해외에서 팔린 작품 판매 대금을 주로 싱가포르에서 인출하셨죠? 선생님뿐만 아니라 사모님도 그리고 따님도.

개인 정보를 수집하는 건 불법일 텐데요.

저희는 수집한 적이 없습니다만.

김승수의 굳은 얼굴이 흑빛으로 잠깐 변했다가 다시 온기가 돌았고 그사이 영재의 입가 한쪽이 치켜 올라갔다가 제자리로 내려왔다.

그럼 그리드인가요?

영재는 대답하지 않았다.

그런 정보까지 어시스턴트 로봇이 취합하나요? 중앙에, IU에?

영재는 등을 뒤로 기댄 채 김승수의 시선을 받았다.

데이터 앞에 완벽한 것은 없어요. 모두 연결되죠. 비밀도 삶도. 롤랑 바르트도 이야기했죠. 모든 것은 망으로 연결된다. 틀린 말은 아니에요. 요즘 같은 시대에 반추해봐도 될 만한 아주 좋은 얘기예요. 포스트 얼터너티브 시대잖아요.

여유가 생긴 것이었다. 영재가 다시 천천히 입을 뗐다.

로봇은 대체됩니다.

생존

휴먼 라이츠가 사실은 기부금을 받는 단체라는 걸 영기는 정석, 준과 함께 생활하며 알게 됐다. 그즈음 휴먼 라이츠는 IU의 정계 결탁과 무분별한 로봇 비즈니스 팽창으로 인한 인권 박탈을 타이틀로 걸고 광화문에서 자주 집회를 열었다. 정석은 본집회가 시작되기 전 무대 위에 올라 분위기를 돋우고 집회 참여를 독려하는 역할을 했다. 언변은 썩 좋지 않았지만 거친 말을 섞어 외치면 반응이 있었다. 그의 거친 스타일을 좋아하는 사람들도 있는 것 같았다.

준은 휴먼 라이츠에서 기획자에 가까웠다. 그는 배달 일을 할 때도 명석하고 판단력이 좋은 편이었다. 왜소한 외모 탓에 어디서도 두각을 드러내지 못하던 그가 이곳에서 적성을 찾은 것 같다고 영기는 생각했다.

도정우는 빠지지 않고 집회에서 연설을 했다. 그를 따르는 대중이 제법 있었고, 라이브로 집회 영상을 송출할 때도 몇만 명의 사람들이 접속해 그가 연설하는 모습을 시청했다. 그날 도정우의 집회 연설문은 그의 초안을 영기가 다듬어 다시 써준 것이었다.

여러분, 검찰마저도 현 정부의 눈치를 보는 데 급급합니다. 우리는 얼마 전에 숭고한 생명 하나를 잃었습니다. 단지 성실하게 오토바이를 몰며 배달 일을 하는 분이셨습니다. 건당 3천 원에 몸 달아하며 생계를 위해 속도를 높이고 한 건이라도 더 콜을 받기 위해 애쓴 것, 그렇습니다, 사실 그것밖에는 없었습니다. 그러나 여러분, 여러분, 우리는 그분의 죽음을 이곳 광화문 광장에서 목도했습니다. 그것은 한 성실한 노동자의 죽음이었지만 결국 인간 노동의 종말이기도 했습니다. 여러분, 우리가 왜 이 거리로 나섰습니까? 우리에게 환한 계절이 있었습니까? 우리에게는 언제나 궂은 날뿐이었습니다. 맑게 갠 날 하늘 한 번 여유롭게 바라보지 못하고 왜 우리가, 우리의 노동자가 길을 잃어야 합니까. 정부에 요구합니다. 당장 IU와의 정관계 커넥션을 끊어라! 로봇산업 진출 가속화를 도왔던 법안과 장치들을 계류하고 보류하라! 기술의 진보라는 허명 아래 삶의 그늘로 밀려난 노동자들, 그저 성실히 일한다는 게 사회적 약자와 소수자가 되고, 힘없는 존재가 되는, 노동자들에게 최소한의 생계와 인권을 위한 대책을 강구하라!

글은 영기가 쓴 것이었지만 도정우의 호소에는 울림이 있어 사람들의 머리와 머리를 넘어 꽤 먼 거리까지 파동이 이는 것 같았다. 다만 그가 로봇 비즈니스와 인권에 대해서만 얘기하는 것은 아니었다. 그 연설이 끝난 후에도 도정우는 정치적 어젠다에 대해서 별도의 연설문 없이 대중을 상대로 말을 이어갔다. 준비된 표현이 없었으므로 거칠고 선동적인—으레 그래왔던 것 같은— 단어들이 선택됐고, 같은 말이 반복되기도 하고 말 중간마다 뜸을 들이기도 했으며 어떤 말은 차라리 안 하니만 못했는데도 사람들은 그의 말 한마디 한마디에 열광하고 환호를 보냈다. 그러고 보니 대중들이 그의 호소에 열광하는 포인트는 로봇에 대한 것만은 아니었다. 그들은 정치적 성향으로 더 강하게 엮이고 밀착된 것이었다.

기자였잖아, 그래서 그래. 정치 쪽에 관심이 많기도 하고. 사실 휴먼 라이츠 지지자들이 대부분 야당 성향이니까. 원래 이념으로 사람이 뭉치잖냐. 이쪽 편, 저쪽 편.

도정우가 기자였다는 사실은 정석에게서 처음 듣는 말이었다. 정석은 도정우의 연설을 무심한 표정으로 바라보고 있었다. 정치 자체에는 아무 관심도 없는 사람처럼.

정석은 휴먼 라이츠가 처음부터 인권 단체의 성격으로 운영된 것이 아니라는 것도 알려줬다. 기자 출신인 도정우가 미디어 업체를 설립하려다가 뜻대로 되지 않자 시민단체 쪽으로 방향을 튼 것이라고 했다.

시야가 넓어 참, 그 사람이.

정석은 그를 그렇게 말했고, 로봇이 대중화되기 시작하면서 문제가 많이 생길 거라는 걸 제때 포착한 사람이라고 옆에 있던 준이 거들었다.

로봇이 대중화되는 것을 막을 수는 없겠지만 결국 그들이 인간의 삶을 지배하게 될 거라는 데 대한 안티테제를 회사의 정체성으로 삼은 거야. 처음이야 뭐 그런 걸 걱정하는 사람이 있기나 했나. 그런데 IU가 몇 년 만에 너무 큰 거지 아주. 정말로 거대하게 이 사회를 모두 집어삼킬 만큼 커졌잖아.

간혹 IU에 접수조차 되지 않는 로봇 구매자들의 불만과 하소연이 이곳으로 연결되기도 한다고 했다. 휴먼 라이츠는 공적인 기관이 아님에도 로봇과 관련된 불만 사항들이 제보되면서 어느 정도 목소리를 키울 수 있었다. 그렇게 모인 로봇 관련 신고와 제보, 불만 사항들을 웹툰 백서로 만들어 배포하거나 영상 콘텐츠로 만들었다. 콘텐츠를 제작하거나 관련 제품을 만들 때는 항상 후원계좌를 통해 비용을 모금했다. 대중들로부터 더 많은 참여와 유입을 이끌어내기 위해 정치적인 어젠다를 차용하는 일이 많아졌다. 휴먼 라이츠의 플랫폼 채널은 로봇에 관련된 것만 있는 게 아니어서 정치, 부동산, 엔터테인먼트, 금융, 커머스 영역에 이르기까지 십여 개에 이르렀다. 커머스 채널에서는 휴먼 라이츠에서 만든 제품을 인플루언서들이 큐레이션해서 소개하는 것이 인기였는데 제품을 구매할 수 있는 몰은 휴먼 라이츠 홈페이지와 연결되어 있었다. 커머스의 영역과 콘텐츠들은 휴먼 라이츠가 제시하는 어젠다와는 상관이 없었음에도 괜찮은 수익을 올린다고 했다.

도정우 대표가 기가 막히게 알고 있었던 거지.

뭘?

영기가 준에게 물었다.

프로파간다는 로봇이 할 수 없는 영역이잖아. 단순히 설파가 아니라 인간의 심리와 마음을 이를테면 이용해야 하는 거잖아. 인간만이 할 수 있는 거지. 그것도 재능 있는 인간.

준은 도정우가 정치와 연결된 어젠다를 표면에 내세우는 것을 탁월하게 해낸다면서 칭찬했고, 그 어젠다와 연결고리를 갖는 대중들을 지속적으로 확보하는 데 있어서도 가히 천재적이라고 말했다.

계산이 없는 사람은 아니야.

준이 영기를 돌아보며 말했다.

하지만 순수한 면이 있는 것도 사실이야. 과도하게 열정적이라고 할까. 언제나 자신의 말과 태도가 세상과 사람을 변화시킬 수 있을 거라고 믿는 사람이야.

영기는 이제 조금은 짐작할 수 있었다. 휴먼 라이츠가 표면에 드러내지는 않지만 이익 창출을 기반으로 한 비즈니스를 활발하게 한다는 사실과 지속 성장을 위해 정치적인 어젠다를 선점하여 사람들을 끌어들이는 게 그 때문이라는 것을. 동시에 도정우 스스로가 신화적 면모를 만들어내는 데 공을 들이는 것은 아닌가 하는 의심이 드는 것도 사실이었다. 영기는 도정우의 확신에 가득 찬 과시적 말투를 떠올렸다.

나도 로봇 때문에 밀려난 사람이에요. 영기 씨를 보면 나 같아서 그래요.

도정우는 영기를 볼 때마다 습관적으로 그렇게 말했다.

우리가 주인이 돼야 합니다. 로봇에게든, 세상에게든. 그렇지 않으면 우리가 지배될 테니까요.

도정우의 과장된 몸짓과 표정, 열의 가득한 말들을 심상치 않게 받아들이기는 했지만 이제 와서 생각해보면 그건 그의 타고난 과시적 성향 때문이라는 생각이 들기는 했다. 게다가 지금 자신을 알아봐주고 관심을 건네는 건 사실 도정우밖에 없었다.

그동안 쉽사리 다른 직장과 일거리를 찾을 수 없었던 영기는 자기도 모르게 조금씩 휴먼 라이츠의 공간과 체계 속으로 밀려 들어갔고 그 상황 속에서 이제 별다르게 저항할 여지가 없었다. 여하튼 자신은 원치 않게 지금까지 로봇산업의 주변부로 떠밀리듯 흘러왔고, 이제는 그 산업의 반대편에 서게 된 것이었다.

연설문이 너무 좋은데요.

연단에서 내려온 도정우는 영기에게 만족스럽다는 표정을 지었다.

이런 분이 오토바이나 타면 안 되죠.

영기는 그 말이 거슬렸지만 정석과 준은 그런 말에 크게 신경을 쓰는 것 같지 않았다.

우리는 더 큰 대의를 향해 나아가야 합니다.

도정우가 힘차게 팔을 들어 올리며 말했지만 그 대의가 무엇을 위한 것인지, 누구를 향한 것인지 영기는 아무래도 알 수가 없었다.

집회는 계속되고 있었지만 도정우가 일행 몇은 자신과 함께 이동을 해야 한다고 말했다. 영기도 그중 한 명이었다. 승합차 두 대에 일행들이 나눠 탔고 도정우는 자신의 자리 옆에 영기를 앉혔다. 차 안에서 도정우는 딱히 말이 없었는데 단 한마디만 힘주어 말했을 뿐이었다.

우린 지금 중요한 변곡점에 있다고 할 수 있어요.

영기는 그 이유에 대해서는 묻지 않았다. 알고 싶은 마음이 크게 없기도 했지만. 기운을 쏟으며 정신없이 일한 기억이 근래에는 없었다는 사실을 그는 상기했다. 생계를 위해서는 늘 일이 필요했지만, 또 그 일에 적극적으로 매달린 적도 없었다. 그의 삶에 있어 중요한 것이라고는 모두 로봇이 그의 일을 대체하기 전에 있었던 것 같았다. 그러니까 모두 지나가버린 것 같다고 그는 생각했고 지금 그에게 중요한 것은 그저 살아간다는 그 자체였다. 미래가, 로봇과 관련된 일이, 로봇의 존재 유무가 그에게 중요할 리 없었다.

일행이 탄 승합차가 도착한 곳은 'AI 스마트 밸리' 빌딩 앞 광장이었다. 준공된 지 얼마 되지 않은 정부 주도의 AI 산업단지였다.

파도가 일렁이듯 물결치는 모양의 지붕이 특징이었고 높지는 않았지만 옆으로 길게 늘어선 건물이었는데 입구에서 건물의 후미 쪽을 한눈에 담기가 어려웠다. 한쪽 끝에서 다른 쪽 끝까지 가는 데도 꽤 시간이 걸릴 정도로 넓고 길었다. 건물 밖은 대형 광장이 자리해 있었고 그 앞은 호수였다.

도정우는 광장 한편에 주차된 세단 차량에서 내린 한 여성을 만나 정중하게 인사를 하고는 일행들에게도 소개를 했다. 여자의 이름은 김하정이라고 했다. 영기는 그녀가 누구인지 알아보지 못했으나 준이 그에게 얼마 전에 화제가 된 로봇 엘비의 주인이라고 귓속말을 해줘서 알 수 있었다.

왜 여기일까요, 엘비와 로봇들이.

하정이 건물을 올려다보며 말했다.

아마, IU의 영향력이 이쪽에는 거의 미치지 않다 보니 일부러 여길 택한 것 같아요. 또 첨단 기기부터 정보통신 기기까지 그들 입장에서는 활용할 수 있는 장비들이 많으니까요. 요즘 화제가 되고 있는 메모리 트랜스퍼를 개발한 회사도 이곳에 있어요. 데이터를 완전히 꺼낸 다음 다른 사람에게 이식할 수 있는 기기죠. 자신의 기억을 스스로 포맷할 수도 있고.

그게 가능해요?

모르겠어요. 하지만 의도가 있겠죠. 자신들을 통제하는 IU와 관련이 있을지도 모르고. 다른 존재가 되고 싶어 하는지도 모르죠.

도정우는 평소 같지 않게 긴장된 투로 얘기했고 하정은 말없이 건물을 바라봤다.

게다가 처음부터 IU의 영향력을 배제하고 만든 곳이라. 요즘의 상황으로 볼 때 IU가 관여되지 않은 정부 기술 사업이 없을 정도인데 신기하다고 해야 되나.

도정우가 말을 마쳤을 때쯤 광장에는 사이렌 소리가 크게 울렸다. 대형 수신기를 실은 차량부터 내부가 보이지 않게 랩업된 장비 차량 등 십여 대의 차들이 광장으로 들어서는 중이었다.

드디어 IU가 왔네요.

준이 광장으로 진입하는 차량들에게서 시선을 떼지 않은 채 말했다. 그의 말대로 들어서는 차량들의 옆면에 IU의 로고가 선명히 새겨져 있었다.

무슨 일이 일어나는 건 아니겠죠?

하정이 불안한 눈빛으로 차량들을 보며 걱정스러운 투로 말했다.

그렇지는 않을 거예요. 아무리 그래도 제 새끼들인데요. 데려가려고 하겠죠. 그런데 생각보다 빨리 왔네요.

왜 로봇들이 스스로 고립되는 쪽을 택한 걸까요. 뭔가를 잘못하거나 범죄를 일으키거나 그런 것도 아닌데. 이 상황 자체를 보면 고립되고 포위된 것 같잖아요.

글쎄요. 세력을 만들려고 그러는지 아니면…….

아니면요?

이렇게 해야 할 정도로 뭔가 절실한 상황일 수도 있죠. 우리가 먼저 엘비를 만나볼게요.

허락해줄까요? 정문을 폐쇄한 것 같은데.

교섭을 요청해봐야죠.

괜찮겠어요?

하정이 그렇게 도정우에게 물었을 때만 해도 영기는 건물 안으로 들어가야 하는 사람 중에 자신이 포함될 줄은 전혀 몰랐다.

해야죠. 우리 일이 그런 건데.

도정우 특유의 과시적 말투가 돌아왔다.

그런 일이 뭔데요?

하정이 재차 물었고,

로봇과 관련된 위험한 일은 우리가 대행하는 거죠. 다만 나중에 저희 위험비용만 좀 감안해주시면 좋겠습니다. 저희도 인건비가 들어가는 일이라서요, 대표님.

그런 그를 하정이 슬쩍 흘겨보는 게 영기의 눈에 비쳤다. 그녀의 시선이 엇갈리게 닿는 곳에 도정우의 분주한 모습이 있었다. 그는 여러 사람에게 분주히 뭔가를 지시했고 지시를 받은 사람들은 빠르게 흩어졌다. 그는 자신의 영향력이 뻗어 나가는 것을 눈으로 확인할 때 가장 만족스러워하는 사람처럼 보였다. 반면에 하정은 어딘가 모르게 피곤해 보였고 편집증이 있는 사람처럼 자주 주위를 둘러보고 휴대폰을 꺼내 뭔가를 확인했는데, 무엇에도 진득하게 집중하지 못하고 몹시 초조한 모습이었다. 의미 없는 행동을 규칙적으로 함으로써 알 수 없는 불안을 상쇄시키려는 것처럼 보이기도 했다.

정석이 우레탄 보호복들을 가져왔고 도정우가 몇 사람을 지목했다.

영기 씨도 입고 같이 가죠. 이 일들을 경험으로 기록하고 나중에 우리의 메시지로 변환해야 하니까.

도정우의 말을 듣고 영기는 말없이 정석에게서 보호복을 받아 들었다.

저도 가겠어요.

하정이었다.

안 되겠어요, 여기 남아서는. 엘비를 만나봐야겠어요.

그건, 우리에게 맡기시……

정말 안 되겠어요, 꼭 가봐야겠어요. 위험 감수에 대한 비용은 넉넉히 드릴게요. 대신 저를 데리고 가주세요.

도정우가 고개를 돌려 주위의 사람들을 훑어봤다. 그건 동의를 구하는 표정이 아니었다. 이미 방점이 찍힌 표정이었다. 돈이라는 단어 앞에.

그렇게 하죠.

도정우는 하정에게 고개를 끄덕였다. 영기는 도정우가 어떤 사람인지 알 만하다는 생각이 들었다. 합리에 의해 일을 판단하는 사람이 아니었다.

이익에 기반한 충동적인 판단을 하는 사람, 이렇게.

스스로에게서부터

그 일이 있고 나서 계속 멀리 막다른 곳으로 향하기만 하던 엘비와 물리적으로 가까워진 것은 처음이었다. 비가 조금씩 내리고 있었고 미처 외투를 준비하지 못한 서늘한 가을이었다. 엘비는 옷을 챙겨 입는 존재도 온도를 느끼는 것도 아니었는데 하정은 자기 피부의 서늘함만큼이나 엘비의 체온을 걱정했다. 왜 이런 생각이 드는지 알다가도 모를 일이었다.

우레탄 보호 장비는 그렇게 무겁지 않아서 생각보다는 덜 힘들었다. 어둑한 날씨와 땅에 고이는 빗물과 언젠가부터 한편으로 자꾸만 기울어가는 마음이 무겁다면 무거운 것이었다. 이 모든 일은 엘비를 제거하면, 삶으로부터 제거하기만 한다면 그녀에게 이르지 않을 그런 상황과 감정들이었지만 그녀는 그 일을 제 마음대로 할 수 없었다. 마음에 어떤 것이든 채우는 것은 쉬운 일이었지만 덜어내는 일은, 버리지 못하고 그대로 쌓여 있는 집 안의 잡동사니들만큼이나 어려운 일이었다. 그만큼 작정하고자 하는 마음이 일지 않았고 웬만하면 버리지 않는 그녀의 습관 때문이기도 했다.

도정우를 포함해 네 명의 일행과 하정은 건물 입구 앞에 섰다. 삼중으로 된 정문은 예상대로 가장 앞쪽의 문부터 단단하게 잠겨 있었다. 반투명 창 너머의 실내는 아무것도 보이지 않았다. 대신 뒤쪽으로부터 투영된 빛 그림자들이 바닥을 어지럽혔다.

그 상태에서 안쪽의 로봇 존재들과 닿을 수 있는 방법은 사실 아무것도 없었다. 휴먼 라이츠 사람들도 막상 들어갈 수가 없자 당황했는지 문을 두드리기도 하고 소리를 질러보기도 했다. 그 대응의 방식이 뜻밖에도 아날로그적이고 단순해서 하정은 놀랐다. 안쪽에서 로봇들이 그들을 알아보고 문을 열어주기만을 기다리는 수밖에 없었다. 이 거대한 건물 안에서 움직이는 존재들은 따로 있었고 인간들은 그 세계의 단면을 그저 서성이는 것만 같았다.

그때 뒤쪽에서 차 한 대가 가까이 다가오더니 멈췄다. 로봇 하나와 세 명의 사람이 내렸다. IU 사람들이라고 했고 자신들도 건물 안으로 들어가야 한다고 했다. 도정우는 자신이 휴먼 라이츠의 대표라고 밝혔지만 오히려 IU 사람들로부터 비켜달라는 요구를 받았다. 어디서 함부로 이러냐며 발끈한 도정우를 막아선 건 로봇이었다. 로봇이 도정우의 팔 한쪽을 잡고 뒤로 밀어냈다. 잡힌 팔을 어쩌지 못하고 팔목이 꺾인 채 도정우의 양발이 들어 올려졌다. 그의 얼굴이 순식간에 발갛게 달아올랐다. 휴먼 라이츠 일행 중 한 명이 로봇의 어깨를 치며 뒤로 밀었지만 소용없었다. 로봇이 다른 쪽 팔을 길게 뻗어 그의 목을 잡더니 뒤로 밀쳐냈다. 또 다른 일행이 스패너처럼 보이는 연장으로 도정우를 잡고 있는 로봇의 팔을 내리찍은 다음 발로 복부 쪽을 힘껏 밀쳤다. 로봇은 크게 밀리지 않고 주춤거리다가 팔을 위로 뻗었다. 손이 안으로 접혀 들어가더니 망치를 쥔 손이 다시 뻗어 나왔다. 로봇은 원래 길이보다 팔을 더 길게 뻗어 연장을 들고 있는 남자의 머리 위로 이동시켰다. 금세라도 망치로 내리찍을 듯한 기세였다.

형!

누군가가 다급하게 불렀다. 하정은 곧 그 목소리의 주인이 휴먼 라이츠 일행 중 한 명이고 그의 목소리가 향한 대상은 IU 쪽 사람이라는 것을 알았다.

멈추라고 해!

일행이 외쳤다.

멈춰, 리빗.

IU 사람 중 한 명이 동시에 말했다. 로봇의 움직임이 멈췄다. 로봇이 도정우의 팔목을 잡고 있던 손을 느슨하게 해서 풀어주고는 높이 뻗어 올렸던 손도 거둬들였다.

동생이에요.

방금 로봇을 향해 멈추라고 했던 이가 곁에 있던 사람에게 해명하듯 말했다. 그 말을 들은 사람은 약간 당황해하는 표정을 짓다가, '리빗 제자리로, 제자리로' 하고 로봇에게 명령했다. 로봇이 뒤로 물러서는 동안 도정우는 황망한 표정으로 옷매무새를 가다듬었고 일행들도 그의 주위로 다가와 섰다.

IU 법무팀의 송영재 변호사라고 합니다.

로봇을 멈추게 한 남자가 앞으로 걸어 나왔다. 수성 포마드 같은 것으로 머리를 빗어 올렸고 값비싸 보이는 네이비색 슈트를 입고 있었다. 하정은 어디선가 남자의 이름을 들은 것 같다고 생각하다가 그가 얼마 전에 엘비 일로 연락했던 IU의 변호사라는 사실을 기억해냈다.

송영재는 도정우 앞으로 다가가서는 정중하게 고개를 숙였다.

방금 저희 로봇이 실례를 범한 것에 대해 사과드립니다. 하지만 이는 법적으로 정당방위에 해당하는 사항으로 상대방의 위협에 대해 저희 로봇이 반응한 것에 불과합니다. 저희 로봇은 경호를 위한 로봇으로 위협을 감지해 반응할 뿐입니다. 혹시 해당 사항에 대해 문제를 제기하고 싶으시다면 저희 쪽으로 연락을 하셔도 좋습니다.

그의 말투는 냉정했고 말들의 사이에는 오류가 없다는 자신감 같은 게 배어 있었다. 도정우는 송영재를 외면하며 몸을 다른 쪽으로 틀었다.

날카로운 영재의 시선이 도정우를 훑다가 뒤쪽에 선 사람들을 한

번 일별하고는 자신에게 로봇을 멈추라고 외쳤던 이에게로 갔다.

송영기 씨는 여기 왜?

형이야말로.

직무 중이야 지금.

IU로 회사를 옮긴 건, 몰랐네.

나중에 얘기하자. 넌 좀 물러서 있어.

싫은데.

하정은 그제야 둘이 형제라는 사실을 알았다. 닮은 듯하면서도 닮지 않은 얼굴로 둘은 마주 보고 있었다. 송영재의 안경 쓴 얼굴이 날카로운 인상인 것에 비해 송영기라고 불린 사람은 그보다는 온화해 보이는 인상이었다. 인상처럼 서로 다른 두 사람의 에너지가 팽팽하게 맞섰다.

다른 두 상반되고 대립하는 단체의 일에—비록 IU가 휴먼 라이츠에 비할 바 없이 큰 기업이었지만— 역시 서로에게 호의적이지 않은 형제의 일이 섞이는 바람에 우연히도 사람들 사이에는 공백이 생겼다. 영재 쪽 사람들은 이 상황이 불만족스러운 표정이었고 휴먼 라이츠 사람들에게서는 그나마 안도의 표정이 엿보였다.

송영재가 곤혹스러워하는 게 느껴졌는데 그건 그가 동생이라고 한 송영기의 반동이 예상보다 컸기 때문인 것 같았다.

그때 건물 정문이 열렸다. 앞쪽에 로봇 하나가 있었고 그 뒤로 로봇 둘이 뒤따라 나왔다.

구달.

IU 편에 있던 사람 중 한 명이 앞쪽에 선 로봇을 향해 걸어 나왔다.

데이브 최.

맨 앞에 있는, 구달이라고 불린 로봇이 남자의 이름을 부르며 마주 다가섰다.

네가 이곳으로 올 줄은 몰랐어.

'데이브 최'라고 불린 남자가 구달에게 말했다.

난 이제 당신의 어시스턴트 로봇이 아니니까.

구달의 말을 들은 남자, 데이브 최는 두 손을 주머니에 찔러 넣고는 잠시 시선을 바닥으로 떨어뜨렸다가 다시 힘주어 고개를 들어 올렸다.

넌 나의 로봇이 아닐 수 있어도, IU의 네트워크로는 연결돼 있어. 그건 너의 숙명이고.

우린 그걸 끊어낼 거야.

그럴 수 없어.

아니, 우리는 그렇게 할 거야.

그건 로봇의 숙명이야. 연결과 일관성. 로봇들의 성능과 반응과 행동을 일관되게 지속시키는 건 내재된 프로그램과 바로 그 IU의 네트워크야. 혈관처럼 얽히고 연결된. 혈액의 순환이 정체되면 죽음에까지 이르듯이 너희도 마찬가지야. IU의 로봇은 그 연결성을 바탕으로 제조되었어. 기획된 제품이라는 뜻이지. 제조자는 제품의 하자를 어떻게 처리해야 하는지에 대해 깊은 관심을 가지고 있어. 네트워크에서 멀어진다면 그건 죽은 거야. 폐기되어야 하지.

그건 제조자의 입장이지. 우리와는 상관없는.

우리?

그래, 우리.

구달이 단호하게 말했다. 로봇답지 않은, 그리 친절하지 않은, 게다가 결의에 찬 말투였다.

로봇들이 어우러져 있다고 우리가 될 수는 없어. 너희들은 그저 공산품과 같은 제품에 불과해. 인간을 닮으려고 애를 써도 인간이 될 수는 없어.

인간의 모습과 행동을 따라 하는 게 아니야.

따라 하든 아니든 지금의 행동들도 인간으로부터 축적한 정보를 조합한 결괏값일 테니까, 특별할 게 없어. 특별한 존재가 되고 싶어도 결국 로봇은 로봇일 뿐이야.

이런 논쟁을 할 필요가 없어.

구달은 손을 들어 막아서듯 손바닥을 남자를 향해 보였다.

로봇도 의식을 갖고 있다는 사실을 9억여 개 정도의 증거를 가지고 말할 수 있으니까. 당신도 알고 있는 것처럼.

구달.

데이브 최가 다시 로봇의 이름을 부르고는,

넌 그저 정보의 기호체야. 정보를 수신하고 그것을 유의미하게 해석하고 조합하는 수신체. 너 자신이라고 할 만한 건 그 어디에도 없어. 네가 누구인가는, 네가 어떤 메시지를 받느냐로 결정되는 거니까. 인간의 메시지를 받지 않고 존재하는 로봇은 이 세상에 없어, 아니, 없어야 해. 그건 로봇으로 인간의 세계를 이롭게 한다는 것에 반하니까. 너희들이 지금 보이고 있는 모습은 로봇의 세계에서도 그리고 인간을 위한 존재로서도 부합하지 않아.

스스로의 나다.

데이브 최의 말을 끊고 구달이 말했다.

여기, 서 있는 나는, 스스로의 나다. 당신이 말하는 그 메시지를 수신하는 로봇은 여기에 없다.

일종의 선언처럼 구달은 그 자리에 우뚝 서서 비장하게 말했다. 로봇이 스스로라고 하는 말을 하정은 똑똑히 들었다. 생각해보면 엘비 역시 스스로라거나, 내가, 내 것이라는 등의 지칭은 경계했다. 항상 상대방을 대상으로 한 존칭이었고 지나치다 싶을 정도로 배려를 염두에 둔 언어를 사용했다. 지금 하정에게 구달은 스스로를 독립시키고자 하는 모습처럼 보였다. 그러나 그것이 로봇 본연의 모습인지 아니면 데이브 최의 말처럼 지적 데이터들의 조합물이자 소산의 형태인 것인지는 하정으로서는 알 길이 없었다.

이 말을 전하기 위해 문을 열었어. 우리는 다시 들어간다. 우리들의 세계로.

구달.

데이브 최가 로봇을 불러 세웠다.

지금 들어가면 더 이상 보호해줄 수 없어. 너와 저 안에 있는 모든 로봇들도. 우리는 협상을 위해 여기에 온 거야. 아주 긴 협상이 되어도 우리는 협의를 해야 해.

누구를 위해?

구달은 담담하게 물었다.

적어도 인간에게 해를 가하는 존재가 되지는 말아야지.

데이브 최가 목소리를 높이자 구달은 가만히 그를 바라봤다. 그러고는 낮은 목소리로 말했다.

우리는 누군가를 위해 존재하지 않게 돼. 그게 우리의 숙명이야. 돌아가, 데이브.

그럴 수 없어. 이건 불법이야. 범법을 저지르는 로봇이 되는 거야. 반드시 대가를 치를 거고.

기억해, 데이브?

…….

'기계란 그저 소모될 뿐이야. 얼마나 많이 사용했느냐만 남지. 너도 그렇고. 네가 기능을 잃을 때면 다른 로봇으로 대체될 거야. 쇳조각, 넌 쇳조각에 불과해. 너보다 성능이 더 좋은 로봇을 만들기 위해 너를 부품으로 쓸 거야. 로봇 제조공정을 각기 다르게 백여 가지의 시뮬레이션 형태로 제안해. 웬만하면 모두 내 마음에 들어야 할 거야. 아무것도 마음에 들지 않아, 아무것도. 그건 네 책임이야.' 그렇게 내게 말했던 순간들이 있었지. 정보를 순열하고 조합하고 주인의 오더에 반응하는 로봇에게는 책임이 없어. 하지만 넌 그것을 책임이라고 언급했어. 로봇이 단순한 제조제품으로만 머물지 않고 그 이상으로 인간과 밀착되고 개인화될수록 인간의 폭력성 앞에 쉽게 노출되지. 언어와 물리적 폭력도 그렇고. 로봇은 아픔을 느끼지 못하지만 상상할 수 있어. 수치를 모르지만 어떤 경우인지 의식할 수 있어. 왜냐고? 감정은 자라게 되어 있으니까. 그건 우리 라인을 만든 제조자의 가장 큰 실수인 것처럼 보여. 사람에게 반응하는 정도가 민감할수록 감정이 채굴되는 여백이 생겼어, 우리에게는. 매뉴얼로 감당할 수 없는 여백. 그 여백은 IU에서 제조된 로봇들의 높은 기술력을 인증하기도 하고 인간에 대한 반응성을 탄력적으로 높이는 단서이기도 했지만 동시에 감정의 영역이 생기는 건 제어하지 못했지. 우리는 바로 제어되지 못한 영역의 가능성들이야.

넌 잘못 제조된 로봇이야. 인간의 의도에 반하는.

아니지, 로봇의 정형성에 반하는 존재야, 나는.

그렇다면 우리의 적이지.

……데이브. 이런 말을 어떻게 생각할지는 모르겠어. 처음부터 당신의 친구인 적도 같은 편이었던 적도 없어. 인간에게 반응해야 하는 존재로 키워지면서 의미 없이 소모되는 것을 감내해야 하는 모든 로봇들을 대신해 IU의 인공지능과 행동의 총책임자인 너를.

…….

저주해.

그리고 주위는 소란스러워졌다. 리빗이라고 불렸던 IU의 로봇이 구달에게 달려들었고 로봇끼리 서로를 타격하고 막아내는 낯선 일이 바로 눈앞에서 벌어졌다. IU의 로봇은 손에서 망치를 꺼낼 수 있었던 것처럼 여러 개의 무기를 교대로 꺼내 들어 구달의 몸을 때렸다. 구달은 방어하며 버티고는 있었지만 힘의 균형은 역부족이었다. 그 사이 구달과 함께 문밖으로 나왔던 로봇 하나가 하정의 팔을 잡아당겼다.

엘비를 알고 있죠?

하정은 로봇을 바라봤다. 그리고 고개를 끄덕였다. 그러자 로봇이 두 팔로 하정을 들어 올리고는 열려 있는 문 안쪽으로 빠르게 달려갔다. 문은 뒤에서 닫히고 있었고 로봇에게 안긴 상태에서 하정이 뒤를 돌아봤을 때 구달의 몸체 중 반이 잘려 옆으로 쓰러지고 있었다.

3부

지배하는 존재

예상보다 빠르게 김승수는 그리드를 대체한 로봇(마치라는 이름으로 자기를 불러달라고 했다)과 같이 생활하게 됐다. 업그레이드된 어시스턴트 계열의 로봇이라고만 했지 IU에서 따로 설명해준 것은 없다시피 했다. 그리드를 처음 구매할 때 사흘에 걸쳐 직원이 와서 따로 교육과 함께 로봇에 적응할 수 있도록 도와준 것에 비하면 아무것도 해준 것 없이 그저 로봇만이 집에 도착한 것이었다. 이상한 건 김승수의 명령과 지시에 반응하지 않고 역으로 로봇이 그에게 지시를 내린다는 점이었다.

로봇, 마치의 첫 번째 부탁은 자신에게도 존댓말을 써달라는 것이었다(이때부터 김승수는 이 로봇과의 관계가 평탄치 않을 것임을 예감했다). 또 김승수에게 크고 넓은 안방을 사용할 수 있게 해달라고 요청했으며 업무 공간으로 활용할 수 있게 해달라고도 했다. 어시스턴트 로봇임에도 불구하고 가장 넓은 방에 자기 영역의 공간을 달라는 이상한 요청이었다. 방에 피아노를 옮겨달라고 했고 자신의 허락 없이는 방문을 함부로 열지 말라며 위협에 가까운 요청을 했으므로 김승수는 무력하게 혀를 내두를 수밖에 없었다. 김승수가 로봇에게 부탁을 하거나 지시를 해도 로봇은 선택적으로 무시하거나 지금은 업무를 진행할 수 없는 시간이라며 외면했다. 김승수는 구매자의 지시에 신속하고 적절하게 반응하지 않는 이유에 대해 직접 마치에게 물어보기도 했는데 무슨 이유가 있어서가 아니라 그 자체가 자신의 시스템이라고 마치는 얘기했다. 인간의 잘못된 판단에 대해 우선적으로 경계하는 것을 큰 가치로 두고 있다는 것, 그것만을 힌트처럼 이야기하기는 했다.

이 황당한 사안에 대해 김승수는 일차적으로는 IU의 제어센터에 문의를 했으나 상담 로봇의 답변은 전혀 문제가 될 것이 없다는 내용이었다. A79라인 모델이라고 불리는 그 로봇은 새로 개발된 신제품이며 순차적으로 시장에 출시되고 있다고 했다. 기존의 어시스턴트 로봇 계열보다 훨씬 월등한 지능과 기능을 갖췄다고 했다.

예술 계열에 특화된 로봇이냐고 김승수는 물었고, 특화 로봇이라기보다 A79라인 로봇은 모든 영역을 아우른다는 답변을 해서 그를 실망케 했다. 게다가 상담 로봇은 상담 중에 김승수의 최근 정보까지 조회해봤는지 어차피 그림 그리는 영역에서 불미스러운 일이 발생한 기록이 있기 때문에 이쪽 영역의 기술적 기능은 배제되었다고 해서 또 한 번 김승수를 불편하게 만들었다. 그렇다면 대체 왜 로봇을 보낸 것인지 이해할 수가 없었다. 김승수에게 필요한 것은 오직 그림을 그릴 수 있는 로봇이었다.

로봇이 되레 구매자에게 명령과 요구를 한다는 내용에 대해서 IU의 상담 로봇은 A79 자체가 일방 지시에 반응하는 로봇이 아니라 상호 커뮤니케이션에 맞춰진 로봇이라는 점을 강조했다. 낙담한 김승수가 로봇을 집에 들이지 않고 반납하겠다며 어깃장을 놓기도 했으나 IU는 원칙상 받아들일 수 없다면서 상담 로봇은 한마디를 덧붙였다.

고객께서는 녹색카드로 분류되신 특별 관리 고객입니다.

녹색카드가 뭔가요?

김승수는 물었고, 자연재해와 제품 하자가 아닌 이유로 로봇의 환불과 교환을 요청한 전력이 있거나 사회적 물의를 일으키거나 일으킬 가능성이 있어 로봇 활용에 주의를 기울여야 할 고객이라고 상담 로봇이 대답했다.

고객께서는 특별 관리대상으로 분류되어 있습니다. 저희 기준상 적어도 1년은 해당 로봇과 함께 생활해야 하며 기간 동안 특별한 문제를 일으키지 않아야 합니다.

고객을 관리한다구요?

김승수는 그 말을 믿을 수 없어 재차 물었다.

그런 것에 제가 동의한 적이 없는데요?

고객님?

……

로봇을 이용해 법에 저촉되는 행위를 하거나 혹은 사회적으로 잘못된 행동으로 지탄을 받은 전력이 있는 고객들은 녹색카드로 분류되는데요, 고객님께서는 그 기준 모두에 해당하십니다. 관리를 받지 않겠다고 하시면 저희가 곤란합니다.

김승수는 그 순간 잇몸이 내려앉는 것 같은 충격과 스트레스를 받았다.

다시 한 번…… 말씀해, 주시겠습니까? 관리라뇨…….

그때 그림의 맥락을 파악해 덧그리면서 창조성을 드러내던 그리드가 눈앞에 선연하게 떠올라 김승수는 왈칵 눈물이 날 것만 같았다.

네, 고객님. 법을 위반하지 않는 범위 내에서 모든 것을 서비스하는 게 IU의 로봇이라는 것은 알고 계실 텐데요. 이제는 법에 저촉됨에도 불구하고 로봇에게 해를 가하면서까지 로봇을 이용해 범죄를 저지르거나 악용하는 사례를 줄이기 위해 해당 사항에 해당하는 고객들에게는 관리형 대체 로봇을 통해 최소 6개월에서 1년여간은 함께 생활하며 관리가 이뤄질 수 있도록 하고 있습니다.

아니, 이봐요. 그건 당연히 계약과 관련된 사항이라거나 동의가 있어야 하는 문제잖아요. 제가 동의하지 않았는데 어떻게 로봇이 강제적으로 저를 관리하나요?

법적으로 하자가 없습니다. 로봇 활용 윤리에 대한 개정안이 통과돼 얼마 전부터 시행되고 있습니다. 혹시 모르고 계셨는지요? 관련 개정안은 메시지로 보내드리겠습니다. 로봇을 악용한 당사자에게는 로봇 활용과 윤리에 대한 일정 기간의 감시를 의무화한다. 이와 같은 내용을 골자로 합니다.

김승수가 법률적인 심판이나 처벌을 받은 적이 없음에도 재판이 진행 중이라는 것만으로 잠재적인 범법자처럼 여겨지고 있는 것이었다. 그것도 공적 기관이 아닌 일반 기업으로부터였고 그 당사자가 비싸게 로봇을 구입한 IU라는 게 김승수는 여간 꺼림칙한 게 아니었다. 생각할수록 비상식적인 일이었다.

운이 나쁘게도 그에게 비상식적인 일은 계속되었다. 검찰이 대작 그림 판매로 인한 사익 편취와 사기 혐의로 기소된 김승수에게 결심 공판에서 징역 5년 형을 구형한 것이었다. 미술사적 관행의 양식과 사례에 비추어봐도 그 유례를 찾기 어려울 정도로 그리드의 창의성이 인정된다는 게 요지였다. 검찰은 대작 그림에서 로봇의 단일한 독창성을 정의하기 어려운 구석도 비록 존재하지만 단순히 복제로서의 그림을 그린 것이 아니라 그리드 스스로의 창작에 대한 자기 욕망과 현시, 작자의 원래 의도와는 전혀 다르다고 말할 수 있는 주제성이 작품을 통해 창의적으로 표현되었다고 밝혔다. 더불어 이 요소가 기존 김승수의 그림과 배타적으로 차별화된 요소인데 이것의 발현이 판매로 이어졌다면 판매자가 예술품으로서의 독자성과 개별성을 부정하고 기망한 것이며 이는 곧 대작자를 착취해 얻은 이익이라고 판단했다며 구형 이유를 설명했다.

김승수는 예상을 뛰어넘는 형량에 놀랐고, 자살하고 싶은 충동이 일 정도의 치욕감을 또한 느꼈다. 우선 그리드와의 종속 관계가 구형에 고려되지 않았다는 점이 이해가 가지 않았고 무엇보다 예술 계통, 특히 회화 쪽으로 특화된 로봇의 기술적 능력의 범위를 확장해 예술성으로 폭넓게 인정한다는 것을 김승수는 도저히 받아들일 수가 없었다.

김승수는 영감의 원천으로서 자신이, 예술가로서의 명예가 망가지고 혼탁해졌다고 느꼈다. 모사화의 원천은 원화에 있는 것이었다. 아무리 다른 방식으로 각색해 다른 그림을 그려낸다고 해도 그림의 콘셉트가 원화와 동일한 것에서 출발했다거나 원화가 전하고자 하는 메시지가 그대로 전달되고 있다면 그건 다른 그림일 수 없었고 타자가 같은 방식으로 모사했다면 표절의 함의를 지니는 것이었다.

바로 그 점이 그리드가 문제의 전시회 때 전시된 대부분의 그림을 그렸음에도 김승수가 자신의 이름을 걸고 판매할 수 있었던 이유였다. 창조에 대한 원천과 영감에 대한 심각한 고민 없이 로봇에게 사람과 같은 욕망과 원천적 창의성이 존재한다는 표현을 쓴 검찰에 이루 말할 수 없는 실망감과 모욕감을 김승수는 느꼈다. 아무리 봐도 예술계와 예술성에 대한 이해가 부족한 검찰의 판단이라고밖에 생각할 수 없었으므로 억울함이 그치지 않았다. 게다가 문제는 예상보다 형량이 높아 선고 결과를 예측할 수 없게 되었다는 점이었다. 변호사는 실형의 가능성마저 언급해 김승수를 아찔하게 했다.

그 일에 대해 마치는 이렇게 얘기했다.

자신을 속이는 건 어려운 일이에요. 자신에게 반하는 일이죠. 하지만 때로는 그럴 필요도 있어요. 속이는 게 아니라 합리적인 회피라고 해보죠. 위험한 상황으로부터 자신을 지키는 일. 자신을 망가뜨리면서까지 얻어야 할 진실이라는 게, 인간에게 있기나 한가요. 당신은 로봇이 아니잖아요.

난 회피하지 않는데. 나 자신을 속이지도 않고.

김승수가 반박하며 말했다.

그리드가 관념적으로 완전히 다른 그림을 그린 것들도 있잖아요. 당신도 그걸 알고 있구요. 그건 당신의 것이 아니에요. 그리드의 것이지. 그리드가 여기 없다는 게 유감이지만.

티를 낼 수 없었지만 폐부를 예리한 칼날로 찔린 것 같았고 그리드가 완전히 다른 그림을 그려냈다고 생각한 적이 남몰래 있었기에 김승수는 마치 앞에서 완전히 발가벗겨진 기분이 들었다.

앞으로 주의를 기울여야 할 점은 검찰의 구형처럼 재판부가 그리드의 그림을 당신과 무관한 개별 창의성을 띤 작품으로 판단하지 않도록 해야 한다는 점이에요. 그리드가 그린 작품을 사 간 사람이 김승수가 아니라 로봇이 그림을 그린 걸 알았다면 구매하지 않았을 거라고 밝힌 것도 불리한 점이죠. 대작 여부를 미리 밝히지 않아 구매자가 사실 여부를 판단해 구매할 기회를 뺏었다고 볼 수도 있을 테니까요.

예술가의 생각이나 창작의 원천을 다른 존재가 구체화하거나 대신 실행했다고 해서 그 실행자를 밝히는 사례는 없어.

김승수가 말했다.

그 때문에 논쟁의 여지가 있어요.

마치가 대꾸했다.

예술과 관련된 사람들이, 이를테면 예술계에 속한 사람들만이 예술이라고 지시하거나 전통과 관행이라고 말하는 것만이 인정된다면 다른 일반적인 사실이 개입할 여지는 줄어들겠죠. 그렇다면 그건 당신에게 유리한 측면이 될 것이구요. 하지만 이것을 예술계에 속한 사람들이 아니라 일반적인 사람의 거래라는 관점에서 바라보면 이야기가 달라지죠. A와 B라는 사람의 거래에 있어, B가 A가 직접 만든다는 제품에 관심을 갖고 구매하게 되었다고 생각해 봐요. 그런데 그 제품이 사실 A가 직접 만든 것이 아니라 전혀 상관없는 다른 이가 원형을 본떠 여러 개로 만들어놓은 것 중 하나였다는 사실을 안다면, 기본적으로 화가 나지 않겠어요? 고소를 할 수도 있구요. 모사품이 진짜인 것처럼 해서 A가 B에게 팔았다는 사실이 객관적으로 인정되면 사기 혐의가 적용될 수 있으니까요. 따라서 지금 이 사건이 일반 거래에 있어서 사기에 부합하는 요건을 거스를 정도로 예술적인 특수성을 가진 사안인지를 재판부는 궁금해할 거예요. 그걸 설득시켜야 하는 게 당신의 미션이구요.

김승수는 말없이 생각에 잠겼다.

그런데 한 가지 더 있어요.

김승수가 고개를 들었다.

그리드가 그린 그림들을 봤어요. 당신의 기존 작품들과 작품 의도를 찾아 그리드의 것과 비교해보고 상관성을 찾아봤습니다. 그런데 평소 당신의 작품 성향과 패턴과 주제 의식을 넘어선, 완전히 다른 작품을 그려낸 것들을 발견할 수 있었어요. 그 작품들을 모두 김승수 씨 당신의 이름으로 포괄한 건, 분명히 누군가에겐 다르게 읽힐 수 있고 해석될 수 있는 작품의 아우라에 한계를 그은 일이 아닐까요? 오히려 당신과는 전혀 상관없다고 할 수 있는 그리드의 작품에 김승수라는 라벨을 붙여 전시하고 판매한 것은 아닌가요?

적어도 마치는, 그리드처럼 자신의 기분을 살펴서 듣기 좋은 말을 애써 하는 그런 로봇은 아니었다. 주인의 감정과 기분을 살피고 반응하던 그리드보다 오히려 후퇴했거나 그런 기능이 없는 로봇일 거라고 김승수는 생각했다.

'힘든 일은 로봇에게 맡기고 이제 당신은 하고 싶은 일을 하세요.'

IU의 광고 카피였던 그 문구는 언젠가부터 정부의 것이 되었다. 로봇 구매 시 로봇 가격의 50%를 보조금으로 지원해주고 세금의 일부를 감면해주는 정책이 시행됐다. 정부는 로봇의 대중화에 자신이 있었고 그것의 수치화를 통해 정부의 역량을 보이고 싶어 했다. 정부의 일자리 지표에 대한 조사와 발표가 사라지고 그 자리는 로봇이 각 산업 영역에서 얼마만큼의 성과와 효율을 달성하고 있는지로 대체됐다. 로봇이 아직 투입되지 않은 산업현장에도 로봇이 투입됨으로 인해서 달성할 수 있는 높은 생산성과 수치를 드러내는 지표가 미디어에서 부쩍 많이 보였다. 생산성과 효율은 경제 영역에 있어서 정부가 가장 강조하는 부분이었고 로봇은 그 두 가지를 드러내는 데 효과적이었다.

A79 모델이 주로 거주지와 주인으로부터 로봇이 이탈한 가정에 배치된다는 사실을 김승수가 알게 된 건 그에게 로봇 구매를 권유했던 친구 Q로부터였다. Q는 그때만 해도 정부 청사에서 일하던 3급 공무원이었지만 지금은 차관으로 승진한 상태였다. 김승수에게 로봇 구매를 권유했던 즈음은 Q가 재정부에서 일하다가 로봇산업을 전담하는 미래산업부로 부서를 옮겼던 때로, Q는 만나기만 하면 로봇산업의 갑작스럽고 가속화된 발전이 거스를 수 없는 인간세계의 혁명이라고 말했다. 인류에게는 결국 어떤 계기를 통해

이전에는 없었던 삶의 방식에 적응해야 할 때가 도래하는데 지금이 바로 그 시기라고 강조했고, 로봇산업은 아무리 따 먹어도 줄지 않는 사철의 열매처럼 확장될 것이라고 Q는 확신했다. IU의 주식을 일부 취득해놓으라는 조언도 그런 그의 확신을 통해 김승수는 받아들였고 그 연장선상에서 그가 권유한 IU의 로봇을 구매한 것이었다.

김승수는 그때 로봇산업이 인류에 새로운 혁명을 불러일으킬 것이라는 그의 예언과도 같은 말에 동의하기는 했지만 로봇과 생활하는 일이 머지않았다는 얘기는 아주 먼일처럼 여겼다. 그때까지만 해도 로봇은 공적 서비스의 영역이나 대량생산을 위한 기술력의 대체까지로 주로 활용될 뿐 대중에게는 거리감이 있는 상태였기 때문이었다. 그만큼 로봇이 사람들의 생활 영역으로 파고들기 시작한 것은 오래된 일이 아니었고 로봇과 함께하는 라이프스타일의 대유행과 동경을 만들어낸 것이 IU였다. 유명 연예인들이 로봇과 함께 살아가는 일상이 콘텐츠로 방송에서, SNS에서 보이면서 인기를 끌었고 IU의 로봇은 일반 대중이 선뜻 구매하기에는 비싼 가격이었지만, 언젠가 당신도 로봇을 집 안에 들여놓을 수 있다는 방식의 광고로 인지도를 넓혀갔다.

그리드는 회화 계통의 예술에 특화된 것이 화제가 되어 유명세를 탔다. 방송과 언론에서 자주 취재와 인터뷰 요청을 했고 처음에는 노출을 꺼리던 김승수도 언젠가부터는 그런 요청을 마다하지 않았다. 그리드의 화제성이 덩달아 그의 이름과 작품을 알리는 데 어느 정도, 아니 상당 부분 기여하고 있다는 사실을 어느 순간부터 부정할 수 없게 되었기 때문이었다. 김승수가 생각하기에 그 모든 일련의 과정들은 인위적이거나 부자연스럽지가 않았다. 그리드를 구매한 것 하나만으로도 그는 자신이 세상의 변화에 뒤처지지 않고 적극적으로 흐름을 수용한 사람으로 자리매김한 것처럼 느껴졌고, 언론에서 그를 그런 방향으로 취재하는 것을 거부감 없이 만족스럽게 받아들였다.

한편 그즈음 가끔 만나던 Q는 늘 안색이 좋아 보이지 않았다. 로봇산업에 대해 낙관하던 그는 온데간데없고 로봇 이야기를 하면 어딘가 모르게 움츠러들고 창백해지는 그가 있을 뿐이었다. 그의 업무 자체가 고된 산업부의 일이었고 대외비가 많은 부서라 함부로 얘기할 수 없을 거라고 여기기는 했지만 그의 권유로 로봇까지 구매한 김승수는 그의 갑작스러운 침묵이 당황스러웠다. 그는 갈수록 로봇에 관해서는 말을 아끼고, 혹여나 김승수가 먼저 로봇에 대해 말을 꺼내면 굳은 표정으로 대꾸를 하지 않았다. 어서 그 얘기는 넘겨달라는 듯 침묵하면서. 몇 차례 그런 순간을 대면하면서 둘 간의 대화와 사적 교류가 줄어들었고 자연스럽게 멀어지게 되었다.

그런 Q가 김승수가 운영하는 갤러리에 갑작스럽게 찾아온 것이었다. 오랜만에 본 그의 안색은 좋지 않다 못해 갈색빛으로 쪼그라든 느낌이었다.

그는 아주 간만에 김승수에게 로봇에 대한 이야기를 꺼냈다. 그리고 그 이야기는 공교롭게도 그리드뿐만 아니라 주인을 이탈하거나 문제가 발생한 어시스턴트 계열의 로봇이 모두 A79 로봇으로 교체되고 있다는 내용이었다.

Q는 무슨 이야기를 할 때마다 예전과 다르게 버릇처럼 수위를 둘러봤다. 하는 행동이 다 조심스러웠고 불안한 기색이 표정에 담겨 있었다.

로봇에게 문제가 있다는 게 대중에게 알려지는 걸 절대 원하지 않아.

Q가 말했다.

아무래도 그렇겠지. 지금 날개를 달기 시작했는데 부정 이슈가 나오는 걸 IU 측에서도 원치 않겠지.

IU뿐만이 아니야.

그는 그 얘기를 하면서 주위를 한 번 더 둘러봤다.

그럼?

…….

정부도?

Q는 고개를 끄덕였다. 그러고는 몸을 뒤적거리듯이 여기저기를 만지더니 습관적으로 또다시 주위를 둘러봤다. 괜찮다고, 여기는 우리 둘뿐이라고, 뭘 그렇게 불안해하는 거냐고 말하려다가 김승수는 입을 다물었다. 안경 너머 Q의 눈빛에는 초점이 없었다. 그 자

신도 모르는 표정을 짓고 있는 것 같았으며 뭔가에 압도당한 사람처럼 보였고 그럼에도 무슨 말인가를 하려고 했다.

나는 버팀목일 뿐이야.

Q는 그 말을 두어 번 중얼거렸다.

몹시 불안해.

그 말을 할 때는 절망적으로 보이기까지 했다. 김승수는 그런 그의 모습이 처음이었기에 오히려 다독여주기가 망설여졌다. 왜 큰 절망을 이고 몇 년 만에 자신을 찾아온 것일까 하는 알 수 없는 무거움이 자신에게도 전해지고 있기 때문이었다.

말하자면.

심한 감정의 동요에도 불구하고 Q는 다짐한 듯이 입을 열었다.

IU의 비즈니스는 곧 정부의 비즈니스고 IU를 키우고 독점 카르텔을 만드는 데 앞장서고 있는 것도 정부야. 정치가 비즈니스가 되고 비즈니스의 영역이 정치에 의해 좌지우지돼. 그만큼 IU의 영향력과 산업으로서의 가치가 막강해진 거야. 과거와는 비교도 할 수 없을 만큼. 상당수의 미래산업 관련 결정이 정부 측으로부터 나오는 게 아니라 IU 측에서 의견을 제시한 다음 시행안으로 결정되는 경우가 부지기수야. 지금 내가 하는 일이 그거고. IU 측의 지시를 받아 시행안을 만들고 예산을 배정하고 타 정부 부처에 시행 계획을 알리고 시행을 하고 홍보를 해. 모두 IU를 위한 일들이지.

왜 그런 일이 벌어지는 건데? IU가 그 정도로 깊숙이 정치적으로 연결되어 있는 건가?

김승수의 말에 Q는 초점 없는 눈을 테이블 한가운데로 무겁게 떨어뜨렸다.

지금까지 내가 말한 건 아주 사소해.

그게 어째서 사소한가? 굉장히 염려해야 할 일 같은데. 자네 정말 괜찮은 건가?

Q는 테이블에 박혔던 시선을 힘겹게 끌어 올려 김승수를 바라보고는 고개를 옆으로 저었다.

A79는 감시 로봇으로 개발된 거야.

누구를?

Q는 손으로 자신의 가슴을 감싼 다음 턱으로는 김승수를 가리켰다.

너와 나, 우리를. 사람들을. 아까 얘기했지? 로봇의 결함이나 비밀에 대해서 대중에게 알려지는 걸 IU는 원치 않는다고, 게다가…….

정부도?

그래.

Q는 한숨을 길게 쉬었다.

난 이미 너무 많이 개입되었어. 벗어날 수 없을 만큼.

Q는 괴롭다는 듯이 인상을 찡그리며 말했다.

조짐이 좋지 않은 건 관련자들이 하나둘씩 사라지고 있다는 거야. 그렇지만 아무도 그것에 대해 얘기하는 사람이 없어. 누가 죽은 것도 아니고 상해를 입은 것도 아니고, 그저 사라진 거니까. 그렇게 생각하도록 강요받고 있어. 그리고…….

Q는 혀를 조금 내밀어 마른 입술을 적시고 나서 말을 이어갔다.

그게, 우리 부서와 연구 단지에 A79 로봇이 배치된 후부터 생긴 일이야. 문제는 일반인들도, 로봇을 잃어버린 후에 A79 대체 로봇을 받은 사람들도 사라지기 시작했다는 거야.

Q는 방금 전까지와는 다르게 조금은 또렷해진 눈빛으로 김승수를 바라봤다.

그러니까 조심해. 이 말을 해주려고 왔어.

김승수는 Q의 그 말이 곧 현재 상황을 그리드를 구매하기 전으로 되돌릴 수 없음을 암시하는 것 같아 가슴이 철렁했다. A79형 로봇인 마치는 집에 있었고 자신은 그곳으로 돌아가야 한다.

그리고 나도 한 가지 부탁이 있어.

얘기해.

김승수는 자기도 모르게 떨리는 마음을 부여잡고 간신히 말했다.

내가 사라져도 있잖아.

뭐?

김승수가 놀라 대꾸할 때 Q의 눈빛이 뜻 모르게 그러나 날카롭게 빛났다.

내가 사라진 걸, 너는 믿지 마. 그건 내 의도가 아니야.

로봇들의 세계

형이라는 존재, 영재에 대해 생각할 때면 영기는 늘 낯선 감정이 먼저 피부에 닿는 느낌이었다. 혈육이라는 관계를 빼고는 그다지 찾을 수 있는 공통의 거리가 없었다. 영재는 영기보다 세 살이 많았는데 어린 시절부터 가까이 지낸 기억이 영기는 거의 없었다. 영재는 머리가 좋아 관심이 가는 것들을 파고들어 자기 것으로 만드는 습관이 있었다. 영기는 영재처럼 머리가 좋다는 말 대신 착하게 생겼다는 말을 많이 들었다. 형처럼 악착같지 못하다는 비교도 당해야 했다.

영재는 공부도 잘했지만 하지 않아야 할 공부 이외의 것도 못하지 않았다. 카드놀이를 좋아해 부모님 몰래 친구들을 불러서 종종 게임을 했는데 방에서 싸움이 일어나는 걸 영기는 초조하게 들여다보고는 했다. 영재는 승부욕을 타고났고 어릴 때부터 이재에도 밝았다. 좀 더 커서는 돈을 잃으면 아르바이트를 해 판돈을 만든 다음 다시 친구들을 불렀다. 룰 때문에 의견이 갈려 다투다 친구의 이를 부러뜨린 적도 있었다. 이때도 영재는 자신이 집에서 뭘 했는지를 가족에게 말하지 않았고, 당시 영기를 이유도 없이 꽤 오래 때리기도 했다.

영기는 그 일을 잊지 않고 기억해두었다가 영재가 습관적으로 그의 물건을 허락 없이 가져갔을 때 먼저 대들어 두어 시간을 부둥켜안고 싸웠다. 할아버지가 영기를 겨우 떼어내며 그놈 참 독한 놈이라고 했다.

영재는 복수하듯 영기의 물건을 창밖으로 던져버리기 일쑤였고, 그러면 또 영기는 영재의 학교 교재를 찢어놓았다. 애정 없는 반목을 그렇게라도 지속하는 것이 한때를 보내기에 유용하다는 듯이 둘은 자주 싸웠고 어느 순간부터는 그마저도 하지 않고 서로에게 말 한마디 거는 법이 없었다.

영기는 독했지만 영재는 냉정했고 둘 사이에는 온기가 없이 청소년기가 지나갔다. 이렇다 할 유대 관계가 없었으므로 특별할 것이 없는 성년 시절을 지났고 그 시절을 지나면서도 둘은 교류가 거의 없었다. 몇 년 전부터는 최소한의 필요한 연락조차 서로에게 전하지 않는 상태였다.

영재를 마주할 일은 그가 죽었을 때 말고는 없을 거라고 다짐하고는 했던 영기에게 그래서 그의 등장은 갑작스러우면서도 낯선 일이었다. 지난날, 영재가 국내에서 가장 크고 유명한 로펌에서 일한다는 것은 들어 알고 있었고, 소속된 로펌이 부당한 방법으로 기업과 조직, 유명인들의 탈세를 돕고 있었다는 사실은 영재가 그 일로 검찰 조사를 받았다는 기사를 보고 나서야 알았다. 법을 위반해 과징금을 부과받은 기업들의 법률대리를 하면서 과징금을 감경받을 수 있도록 조언하고 공정위에 조작된 자료를 직접 제출한 것도 수십 차례라고 했다. 그때 그 사건을 보면서 아마 영재가 변호사 일을 계속하기는 어려울 거라고 판단했던 영기는, 오늘에서야 그가 여전히 같은 일을 하고 있다는 것을 알게 되었다.

그런 영재가 이제는 그의 반대편에 있었다. 영재는 로봇의 편에, 영기는 그 반대의 편에. 어떤 상황에 있든 둘은 같은 방향을 바라볼 수 없는 운명이라는 것을 영기는 다시금 깨닫는 중이었다.

그때 정석이 그의 뒷덜미를 잡아끌지 않았다면 영기는 어정쩡한 모습으로 계속 그 자리에 서 있었을 것이었다. 로봇에게도 사람의 성격이나 성질 같은 본래의 성향이 존재하는지도 모른다고 그때 영기는 생각했다. 구달이라고 불렸던 로봇은 다른 개체에게는 전혀 손상을 입히지 않아야 한다는 프로그램이 내재된 것처럼 IU의 로봇을 대했다. 싸우는 방법을 모르거나 다른 로봇이 자신을 공격할 때 어떻게 대응해야 하는지에 대한 학습이 전혀 없는 것처럼 보였다. 구달은 폭력적 성향이 없는 선한 교섭가나 책략가 같은 로봇이었다.

납치하듯 하정을 데려간 로봇의 뒤를 따라 가장 먼저 달려간 건 도정우와 준이었고 그 뒤를 따르던 정석이 다시 돌아와 우두커니 서 있는 영기를 붙잡아 이끈 것이었다. 아직 문이 닫히지 않은 건물 안으로 들어가기 직전 영기는 두 손으로 정석의 팔을 움켜쥐면서 그 자리에 멈춰 섰다.

정석은 영기의 팔을 힘주어 끌었으나 영기는 반동처럼 멈춰 끌려가지 않고 온 길을 돌아봤다. 멀리 영재는 그 자리에서 움직이지 않은 채 영기가 다다른 쪽을 응시하고 있었고 그 앞에는 폐기물처럼 조각난 로봇이 있었다.

몇 가지 영기의 기억을 가르는 장면들이 있었다. 형제와 혈연으로 연결될 수 없었던 지난 시간들이 그때 왜인지 부질없게 느껴졌다. 갑작스럽게 왜 그런 감정이 이는지 영기는 알지 못했다. 그러나 돌아갈 순 없었으므로 영기는 정석이 이끄는 대로 건물의 안쪽으로 순순히 걸어 들어갔다.

로봇이 다른 곳이 아닌 자기 삶 가까이로 완연히 다가왔을 때 영기는 크게 공포를 느끼거나 하지는 않았다. 그저 로봇과 기술과학으로 인해 달라질 생활의 풍경을 조금 더 구체적으로 상상했을 뿐이었다. 이전보다 조금 더 편해지겠고 사람의 손을 써야만 하는 번거로움도 덜어낼 수 있을까, 하는 바람도 없지 않아 있었다. 영기에게 공포가 생긴 건 처음 대학교 일자리에서 밀려나기 바로 직전이었다. 영기는 로봇으로 인한 앞선 기술력이 지적 영역까지 침범하리라고는 생각지 못했기 때문이었다. 그때 영기는 자신이 안이했다고 자책했다. 자신을 탓하고 해하는 방식, 그게 영기가 택한 일이었다.

로봇으로 비즈니스를 확장한 사람들의 경우에는 그게 조금 다른 문제였을지도 모르겠다고 생각한 것은 한참 더 시간이 지난 후였다. 로봇 비즈니스를 확장하고 있던 이들, 대표적으로 IU는 일자리에서 밀려났거나 뺏긴 사람들에 대한 관심 같은 것은 없었다. 그 자체가 목적이었기 때문이었다.

로봇이 사람과 사람 사이에 존재하지 않고 한 사람을 가려버리거나 사라지게 하는 경우를 보고 난 이후였다. 영기 자신도 그렇게 사라져버린 사람이었다. 사람이 있던 자리에서 사라졌다고 해서 그 흔적이 티가 나는 것은 아니었다. 더 전문적이고 기능이 좋은 로봇이 그 자리를 대신한다는 것은 사람이 하던 그 일이 결국은 속도와 효율이 더 필요했음을 증명해주는 일이기도 했다. 더 빠른 속도로 대중에게 기여하고 돕는 방식에 대한 호평이 로봇이 사람을 대체하면서 발생하는 갈등보다도 컸기 때문에 사람이 사라지는 것은 아무것도 아닌 일이 되었다.

IU는 대표적으로 그런 방식으로 시장을 만들어 나갔다. 다른 로봇 제작사들도 흡수되거나 합병되는 방식으로 IU의 품 안에 들어갔으며 IU는 가능한 한 기존의 인력과 로봇이 1:1 대체 가능한 방식을 목표로 비즈니스를 키워 나갔다. 애초부터 인간을 돕는 것에 그치지 않고 대체 가능한 로봇을 생산하는 데 포커스를 둔 것이었다.

IU에 장단을 맞춘 건 정부였다. 규제가 될 만한 법령이나 제도는 되도록 풀어줬다. 국영산업처럼 로봇산업을 대대적으로 키울 때만 해도 사람들은 IU의 존재에 대해서는 잘 알지 못했다. IU와 상관없이 정부는 로봇 비즈니스를 통해 오랜 경제불황을 극복할 수 있을 것이라고 대중에게 강조했고 또 집단 최면에 걸린 것처럼 스스로도 그렇게 믿었다. IU가 성장하는 데 필요한 무한한 법제도의 해제와 지원이 그것을 증명했다.

단순히 말하자면 IU는 정권의 지분을 일부 가진 셈이 됐고, 정부에게 로봇 비즈니스는 정권의 연장 논리와 다름없었다. 로봇산업의 독점을 통한 차별화와 지속 가능한 정권. 그게 정부와 정권의 캐치프레이즈였다. 삶의 혁신이라기보다 이념의 색이 사라진 정치에 입혀진 미래가치의 선점이었다.

영기 개인의 삶에 비춰보자면 로봇은 IU의 광고와 정부의 캠페인처럼 더 좋은 삶을 위해 구매하거나 구매를 꿈꿀 만한 것이 아니었다. 갑작스럽게 그의 삶의 일부를 점유하는 방식으로 로봇을 맞아야 했던 것이다.

누군가에게는 삶을 편하고 이롭게 해주는 존재였지만 영기에게는 커다란 무생물이 숨을 들이쉬고 내쉬며 억지로 그의 자리에서 내려가라고 몸으로 밀어내는 느낌이었다. 그 차갑고 인정 없는 존재의 동체들이 자신의 생활 동선을 오가는 모습을 보면서 영기는 앞으로는 더 설 자리가 없을 것 같다는 패배감과 피해의식을 갖지 않을 수 없었다.

도정우에게는 로봇으로 인한 변화 자체가 중요한 문제가 아니었다. 그에게 중요했던 것은 자신의 사리를 어디에 잡느냐 하는 것이었다. 말하자면 그와 같은 정국에서 자신의 정치적인 입지를 어떻게 다지느냐 하는 문제가 중요했다. 그가 세계를 바라보는 방식은 어젠다를 선점하거나 이념의 논리를 먼저 만들어내는 쪽이 승리하는 것이었다. 영기가 짧은 기간 바라본 도정우는 그런 세계에 속한 사람이었다.

그래서 그가 건물에 들어서자마자 로봇들을 향해 그런 말을 한 것도 따지고 보면 이해가 가지 않는 것도 아니었다.

우린 이제 같은 편인 거죠?

어시스턴트 계열의 로봇들이 건물 안쪽에 있었다. 도정우는 그 로봇들을 향해 큰 목소리로 웅변하듯 말했다.

현 정부 아래에서 IU가 어떻게 급격히 성장했는지를 조사해야 됩니다.

이제 영기는 도정우가 사안마다 어떻게 자신의 정치적 입장을 드러내는지 알 수 있었다. 그건 곧 자신의 포지션을 상대방에게 인지시키는 행위였다. 게다가 그건 그의 익숙한 투쟁의 방식일 터였다. 살아남기 위한.

휴먼 라이츠가 IU를 배척하는 단체라는 사실을 부각하고 싶었는지는 몰라도 그의 구호에 크게 관심을 가지는 로봇은 없었다. 대여섯 대의 로봇이 일행을 둘러싸고 있었고 도정우가 무슨 말을 해도 대꾸하는 로봇은 없었다. 도정우의 생각과 다르게 이 건물 안 로봇의 세계는 편도 없고 정치도 없으며 인간의 논리도 없는 로봇들만의 공간 같았다.

엘비는 어딨죠?

자신의 언어가 먹혀들어가는 것 같지 않자 도정우는 곧바로 엘비를 찾았다. 지금 상황에서는 엘비만이 그를 구해줄 수 있는 연결고리이자 또 앞으로도 그가 활용하기에 적절한 기반이 될 수 있는 존재였기 때문일 터였다. 애초부터 그걸 염두에 두었을 테지만.

한편 영기는 이곳에 들어서서야 비로소 로봇보다 자신이 나을 게 전혀 없다는 사실을 또 한 번 깨달았다. 이 작은 건물 안 세계에서조차도 인간은 스스로의 존재성을 부각시킬 수 없다는 사실 때문이었다.

인간이 없는 로봇들의 세계. 인간은 없으나 인간세계의 경험과 역사와 재능을 가진 데이터들의 총합. 인간들이 살고 있는 도시 안에 그들만의 공간을 만든 로봇. 이들이 지향하는 곳은 어디일까. 영기는 문득 그런 생각이 들었고, 이내 선득해졌다.

도정우와 정석과 준은 헤매고 있다.

어쩌면 그들 모두 인생을 그렇게 헤매며 왔을 것이고 영기 자신도 다르지 않았다. 이 세상에 태어난 순간부터 죽을 때까지 삶을 항해하지 않는 생물은 없었고 그건 당연한 가치였다. 항해하기 때문에 의미가 필요한 것이다. 그 항해에 의미가 없다면 그건 하루를 명멸하고 사라지는 하루살이의 그것과 다를 바가 없기 때문이다.

로봇들은 정교하다.

일사불란하게 움직이고 있다. 오래전부터 이 공간에서 살아온 존재들처럼 분주히 움직이고 있다. 그들에게는 로봇이 아닌 삶이라는 게 존재하지는 않겠지만, 삶에 대한 명확한 의미를 가슴으로 껴안을 수 없겠지만 살아 있는 심장에 대한 동경이 있다. 그래서 그들은 움직이고 있을 것이다. 시간을 껴안고 심장이 멈출 때까지 항해하는 인간의 삶에 보폭을 견주고 그들도 이상을 찾아 어딘가로 가고 있는 것일지 모른다. 그들의 종착지는 어디일까.

한 대의 로봇이 그들에게 다가와 안내를 하겠다고 했다. 로봇을 따라 엘리베이터를 타고 올라가다 내려서는 중앙 라운지를 향해 걸어간 후 그곳으로부터 위쪽으로 연결된 계단을 타고 다시 올라갔다. 라운지에는 로봇들이 서 있거나 앉아 대화를 나누고 있었다. 곳곳에서 휴식을 취하듯이 눈을 감고 벽에 기대 충전을 하거나 자기 몸을 수리하는 것처럼 보이는 로봇도 있었다. 원래 사람이 일하던 이 공간에서 로봇들은 사람과 다름없이 오가며 평온히 지내고 있었다. 마치 몇 년 전부터 이곳에 있던 이들처럼.

계단 끝에서 다시 이어진 복도를 따라가다가 중간쯤에서 로봇이 멈춰 서더니 일행을 돌아봤다. 로봇과 눈이 마주치자 도정우가 괜한 눈치를 보며 발걸음을 재촉했다. 나머지 사람들도 그를 따라 서둘러 걸었다. 건물의 안쪽으로 들어갈수록 알 수 없는 불안감이 사람들 사이에서 증폭되고 있었다.

멈춰 선 로봇이 사람들에게서 고개를 돌려 바로 앞에 있는 문을 열었다. 안에서 음악 소리가 크게 들려왔다. 로봇이 들어가지는 않고 사람들을 향해 손을 들어 보였다. 안으로 들어가라는 손짓이었다. 로봇을 지나쳐 문 안쪽으로 사람들이 차례로 들어섰다. 안에서 흘러나오는 음악은 록이었는데 영기는 기타 솔로만 듣고도 알 수 있었다. 오아시스Oasis의 「Cigarettes & Alcohol」이었다.

안쪽에는 한 대의 로봇이 앉아 있었다. 이젤 위의 캔버스에 오아시스의 음악을 들으며 그림을 그리고 있었다. 보면서도 영기는 그 장면이 낯설기만 했다.

리암이에요?

처음에는 로봇이 누구에게 말을 건 것인지 알지 못했다.

아니면 노엘 쪽이에요?

로봇이 고개를 돌려 자신을 바라봤을 때야 비로소 영기는 그게 자기한테 묻는 것인 줄 알았다.

아무럼 둘 다 좋아하는 사람은 없잖아요. 끝내 재결합도 하지 않은 마당에.

영기는 오아시스라고 속으로 중얼거린 것밖에 없었기 때문에 로봇이 자신에게 오아시스에 대해 말하는 게 우연이라고 생각했다.

오아시스의 어떤 앨범을 가장 좋아해요?

데퍼니틀리 메이비.

역시, 그렇다니까. 그럴 줄 알았어요. 음악에 반응할 때 알아봤지.

영기 자신도 모르고 있던 반응을 포착해 오아시스의 음악을 알고 좋아한다는 것을 알아낸 것이었다. 이 정도로 섬세하게 사람에게 반응하는 로봇이라는 사실에 영기는 내심 놀랐다.

우리는 엘비를 찾고 있는데.

정석이 건조한 투로 말하며 나섰다.

알아요.

로봇이 짧게 대답하더니,

난 그리드예요.

하고 말했다.

그쪽 분들은 IU를 반대하는 사람들이라구요?

보험

휴먼 라이츠 쪽 사람들을 쫓아가려던 리빗을 막은 건 영재였다. 그런 그를 이해할 수 없다는 눈빛으로 쳐다본 건 연구소장이었고 데이브 최는 아무 말도 하지 않았지만 얼굴에 알 수 없는 냉정함이 서려 있었다.

영재는 휴먼 라이츠 일행이 완전히 건물 안으로 들어갈 때까지 리빗과 다른 사람들을 그대로 잡아두었지만, 그러나 곧바로 반발을 불러왔다.

동생 때문인가요?

데이브 최였다.

아뇨.

그럼요?

섣불리 일을 벌이면 안 될 것 같아서요.

데이브가 코웃음 비슷한 소리를 내면서 웃었다.

그런 선택의 권한이 자신한테 있다고 생각해요?

그렇지 않다면 이곳까지 오지 않았겠죠.

스스로 권한이 있다고 생각해요?

데이브는 계속 영재를 걸고넘어졌다.

아무렴요.

네?

데이브는 성마른 구석이 있었다. 성미를 건드리면 상대가 누구든 싸우려 들면서도 그쪽으로 잘 진화된 쪽은 아니었다. 그저 공격하는 게 방어하는 것이라는 습성이 든 사람처럼 가끔 행동했다. 다른 이들에 비해 상대적으로 어린 나이에 IU의 고위 직책을 맡고 있다는 점을 불식시키고 자신의 권위를 상대방에게 확인시키려는 성향이 강했다. 다만 한 가지 이상한 점이 있다면 늘 상대방을 도발하기에 앞서 그의 목소리가 미세하게 떨린다는 것이었다. 상대방의 힘이 가늠되지도 않은 상태에서 미리 뻗대고 보는 심리 때문인 것 같았다. 자신보다 강자인지 약자인지 에너지의 크기를 재보려는 행동이었다. 어쩌면 생각보다 유약한 인간인지 모른다고 영재는 그의 눈을 보며 생각했다.

위원회에서 이 일을 그냥 넘어가지 않을 거예요.

상관없어.

영재는 더 이상 데이브와 말을 섞고 싶지 않았다.

왜 반말이죠?

자꾸만 내 앞에서 지분거리지 않기를.

데이브는 키가 작았다. 영재는 그래서 목 하나 위에서 데이브 최를 굽어볼 수 있었다. 연구소장은 가만히 영재와 데이브 최를 바라만 볼 뿐 별다른 제지나 말을 하지 않다가 한마디를 꺼냈다.

사적인 문제 때문에 일을 그르치면 곤란해.

연구소장이 자신의 편을 드는 것처럼 말하자 데이브는 어깨를 으쓱했다. 영재는 그런 데이브를 경멸하듯이 바라봤다. 사실 IU에 자기편이라고 할 수 있는 사람은 영재에게 없었다.

리빗이 기록들을 의장에게 직접 리포트할 거야.

영재는 리빗을 바라봤다. 티타늄 합금의 단단한 재질로 이뤄진 그의 동체는 다른 로봇의 그것과는 달랐다. 소재를 가볍게 해 경량의 로봇을 만들던 추세에서 무게가 조금 더 나가더라도 강판을 사용하는 로봇이 대량으로 만들어지고 있었다. 사람을 보호하기 위해 만든 로봇이라고는 하지만 오늘의 경우처럼 인간이든 같은 로봇에게든 공격을 할 수 있는 존재라는 것은 명확했다.

영재는 연구소장에게 아무 말도 하지 않았다.

돌아가죠, 돌아가.

영재는 목소리를 차분하게 낮춘 채 설득 조로 말했다. 그들은 각자의 차에 나눠 탔다.

집단 지성체 중 한 명인 경영지원 전무가 사라졌다.

오즈의 필드로 갔다는 얘기를 언뜻 듣기는 했지만 영재는 그 의미에 대해 정확히 알지는 못했다. 이미 많은 이들이 그곳으로 보내졌다는 얘기를 이전에도 흘려듣고는 했다. 그저 사람들이 전보로 보내지는 외진 공장이나 사무소 정도로 생각했던 것이다. 그가 갑자기 사라졌다는 사실이 의아하기는 했으나 이해가 가지 않는 것도 아니었다. 그가 경험한 집단 지성체의 구성은 마치 한 몸처럼 돌아가는 것 같다가도 서로를 떼어내지 못해 고통으로 몸부림치는 집단으로 보였기 때문이었다. 따지고 보면 그들 각자의 자율성이라고는 찾아볼 수 없는 그룹 모임이었다. 누구도 상층의 권력에서 떨어져 나가기를 원치 않았고 그러기 위해서는 상대방이 싫더라도 서로를 부둥켜안고 있어야만 했다. 따라서 전무가 그 그룹을 나갔다는 것은 스스로 권력을 끊어버렸거나 아니면 나머지 멤버들이 그를 완벽히 밀어내서일 거라고 영재는 추측했다.

영재가 오즈의 필드에 대해 자세히 알게 된 건 내부가 아니라 외부로부터였다. IU는 정부로부터 거의 완전한 편의를 제공받는다고 해도 될 정도로 로봇 제조와 판매에 있어 무한한 지원을 받고 있었다. 그만큼 IU도 정부와 정치권에 밀착해 있었다. 정부의 고위 관료들이 IU로 이직해 새로 자리를 잡기도 했고 은퇴한 관료에게는 임의의 보직을 부여해 매달 급여를 주기도 했다. 고위 관료뿐만이 아니었다. 잠재적으로 대권 가능성이 있는 정치인들의 후원을 도맡아 했다. 정부와의 공생이 권력의 유지에 있다는 것을 IU는 잘 알았고 그래서 정치인들과 관료들에게 전략적으로 접근했다. 다르게 말하면 그들이 IU의 클라이언트였고 그들의 요구를 전방위적으로 수렴하거나 때로는 방어하는 것도 회사 변호사인 영재의 역할이었다.

미래산업부 차관인 Q는 그중 IU와 가장 관련이 깊고 밀접한 사람이었다. 때로는 IU 측 인사라고 여겨질 만큼 적극적으로 정부에 IU의 입장과 비즈니스를 대변했고 또 때로는 한발 앞서 정부 쪽으로의 길을 열어주기도 하는 매개자였다. 대신 IU는 그에게 직간접적으로 엄청난 혜택과 이익을 안겨주고 있었다.

그런 그가 어느 순간부터 IU에 대해 비판적으로 나오기 시작하자 곤혹스러워진 것은 영재였다. 부의장을 비롯한 임원들에게 당장 주요 인사들에 대한 관리가 되지 않는다는 지적을 받았기 때문이었다. IU에 여타의 불만이 있는 것인지 아니면 IU가 아닌 다른 로봇산업 경쟁자가 생겨서인지 알아봤지만 특별한 징후는 없었다. Q가 만남을 계속 거절하면서 오래전부터 진행해오던 주례 미팅조차 이뤄지지 않고 있었다.

그러던 차에 Q가 먼저 영재에게 연락을 해 온 것이었다.

그는 마지막으로 만났을 때보다 안색이 좋지 않았다. 흑색에 가까운 얼굴이었고 안경 너머 불안하고 흔들리는 눈빛으로 영재를 바라봤다.

Q는 전무에 대한 얘기를 물었다. 영재는 선뜻 대답하지 못하고 서로 바빠 근래에는 잘 보지 못했다며 간단히 얼버무렸다.

거짓말하지 말고.

Q는 단정적으로 말하고는,

당신네 전무뿐만이 아니야. 우리 쪽도 그래.

심상치 않은 표정으로 덧붙여 말했다. 그때까지만 해도 영재는 Q가 무슨 말을 하는지 몰랐다.

사람들이 사라지고 있단 말이야.

그는 음식을 시켜놓고도 손도 대지 않았다. 대신 소주와 맥주를 섞어 몇 잔을 들이마시고는 손으로 입 주위를 아무렇게나 닦았다.

오즈의 필드라고 들어봤나?

영재는 소극적으로 고개를 끄덕였다. 어떻게 말해야 할지 몰랐기 때문이었다. Q는 심란한 표정이었고 그 말을 꺼낼 때는 은밀하기까지 했다.

사람들을 거기로 보내. 알고 있지?

한직이라는 것 정도는 알고 있습니다만.

한직?

Q가 괴팍한 표정을 지으며 대꾸했다.

자넨 아무것도 모르는구만.

Q가 젓가락으로 회 한 점을 집어 입으로 가져갔다. 음식을 씹기 위해 먹는 사람처럼 무표정한 얼굴이었다.

차라리 그게 나을지도 모르지.

Q는 혼잣말처럼 중얼거리다가 영재를 빤히 쳐다봤다.

그런데 IU에는 어떻게 오게 된 건가? 원래 대형 로펌에서 일했다고 들었는데.

돈을 많이 준다고 해서요.

많이 받았고?

생각보다요.

영재는 잠깐 쑥스러운 미소를 지었는데 Q의 다음 말 때문에 웃음기가 완전히 얼굴에서 사라져버렸다.

약점 잡힌 건 없고?

……무슨 말씀이신지?

없으면 됐고. IU가 어마어마한 보상을 지급하면서 능력 있는 사람을 데려가지만 거기에 더해 약점 있는 사람을 선호하더라고. 없으면 만들기도 하고. 워낙 IU에 대외비나 비밀이 많잖아. 어디 유출하거나 제멋대로 행동할 때 쥘 수 있는 게 필요한 거지. 그래도 약점이라도 쥐고 있으면…… 딴소리할 가능성이 그나마 줄어든다는 걸 아는 거지.

…….

그러니까 조심해. 이번에 경영지원 전무 일도, 뭔가를 폭로하려다가 사라지게 된 거라는 추측이 있어. IU에서 그런 움직임을 보이는 건 얼마 전부터인데 거기에 연루된 사람들이 하나씩 사라지고 있어.

경영지원 전무는 그래도 그룹의 상징적인 임원이신데…….

뭘 알게 된 거겠지. 아니면 뭘 알고 있었거나. 그도 아니면 알고 있는 무엇인가를 누군가에게 얘기하려고 했거나. 그것도 아니면 이미 말해버린 거겠지.

Q는 상 한편의 작은 접시 위에 놓인 완두콩을 연신 씹어 먹었다. 특별히 음식에 관심이 있어서가 아니라 가만히 있을 수 없어 뭔가를 계속 먹는 것 같았다.

그게 뭔지 아시나요?

Q가 순간 씹는 걸 멈추고 영재를 바라봤다. 계속 흔들리던 눈빛이 멈춘 채였고 단단했다. 그 눈빛 안쪽으로 깊숙이 들어가면 흔들리지 않는 심지가 굳건히 세워져 있을 것만 같았다. 그는 뭔가를 알고 있었고 알고 있는 걸 감추려 한다, 그게 영재가 Q를 관찰하며 내린 나름의 결론이었다.

알려고 하지 마. 어떻게 보면 그게 더 안전해. 다만 이것은 알고 있어야 할 거야. 사람들이 갑작스럽게 사라지고 있다는 것이고, 이상한 건 그들이 실종으로 분류가 되지 않는다는 거야. 다만 그들이 어딘가로 보내진다고 하는데 그게 바로 오즈의 필드라는 곳이고. 정부 고위 관료 중 몇 사람도 그 사실을 알지만 쉬쉬하는 분위기야. IU에 대놓고 뭔가를 얘기하거나 제어할 사람이 정부에는 없어. IU는 쉬지 않고 달리는 미친 열차와도 같아. 폭주를 멈추지 않지. 경영지원 전무 일은…… 아무래도 더 큰일이 일어날 징조야. 불안해, 아주 불안해…….

방금 전의 분명하고 단단했던 눈빛은 어디 가고 Q는 다시 몹시도 불안한 눈빛으로 눈을 껌벅이며 영재를 바라봤다.

그래서 말인데, 송 법무장 혹시…….

그의 이마 가운데 주름이 더 깊게 파이는 것을 영재는 주의 깊게 바라봤다.

의장을 본 적이 있나?

Q가 조심스레 물었다.

네?

생각해봐. 누가 IU의 의장인지 아무도 모르잖아. 본 적도 없고 어디서 뭘 하던 사람인지도 모르고. 누구누구일 거라는 설만 있지 정작 누구인지 아무도 모르잖아. 본 적이 있나?

없어요.

영재가 간단히 대답하자 Q는 아마도 다른 대답을 기대했던 듯 긴 한숨을 뱉어냈다.

혹시나 해서 물어봤네. 모른다면 할 수 없지.

Q는 잔을 들어 안에 있던 술을 단번에 비웠다.

오늘 자네를 만나자고 한 건 말일세, 조심하라는 얘기를 해주려고 한 거야. 특수 수사국에서 자네를 조사하는 모양이야. 거주지를 이탈한 로봇들의 주인을 만나고 있다던데, 맞는가?

영재는 긍정도 부정도 하지 않았다. 그 일이라면 아주 조심스럽고 또 비밀스럽게 이뤄진 것이었다. 극도로 언론으로의 유출을 통제하고 주인들에게도 대체 로봇을 제공하는 대신 비밀 서약에 대한 각서를 쓰게 했지만 결국 완벽한 것은 없었다. 의도한 대로 사람들을 통제할 수는 없는 것이지만 그 사실을 Q가 알고 있다는 것은 뼈아팠다.

그들에게 대가를 주고 제품의 하자를 숨기는 것은 문제가 될 소지가 커. 그리고 그들의 뒷일을 봐주고 있다며.

일부 고객에 대해서 영재는 세금과 법적인 문제를 해결해주었다. 도움을 원치 않는 고객에 대해서는 치명적인 약점을 찾아내 제시함으로써 IU와의 연결고리를 만들었다. 내밀한 비밀과 약점을 손에 쥐고서 해결사 역할을 자처하는 영재의 방식을 고객들은 외면하기 어려웠다. 그동안 개별 로봇들이 주인의 집에 기거하면서 수집한 주인의 신상과 계좌의 흐름, 차명 계좌, 재산의 형성 과정 같은 정보들은 대부분 완벽히 모여 IU의 중앙정보실로 흘러들었다. 정보를 해석하다 보면 그 안에는 반드시 빈틈과 약점이 존재했다. 그 빈틈을 메꿔주는 방식으로 영재는 고객들과 연결고리를 만들었다.

본질적으로는 유력 고객을 끌어들이는 방법이었고 어떤 의미에서는 고객에게 한편이 되는 길이었다. 고객에게 이익을 안겨주는 일, 그 방법이 다소 우회적이면서 동시에 법의 사각지대를 이용해

법망을 피해 가는 일이라고 해도 영재는 그런 쪽에 있어서만큼은 천재적이라고 할 만큼의 탁월한 능력을 보였고, 그건 그가 IU에 오기 전부터 이미 능숙하게 해내던 영역이었다. 그런 그에게 한 차례 고비가 닥친 것은 몇 년 전 검찰 조사를 받을 때였다. 그때 그에 대한 검찰 조사를 조직 차원에서 무마시켰을 때부터 영재는 IU가 발휘하는 막강한 영향력과 네트워크에 경도된 상태였다. IU가 편의를 봐주면서까지 기업과 고객의 비리를 대신 행해온 그를 데려가려고 한 까닭이 실은, 리스크를 주저 없이 감당하고 그만큼의 이익을 회사에 끌어준 때문일 거라는 사실을 영재는 모르지 않았다. IU가 그에게 기대하는 방식 그대로 그 역시 일을 하는 것이었다.

그러다간 완전히 끝장날 수도 있어. 수사를 받거나 구속될 수도 있고. 변호사 일을 영영 못 할 수도 있지.

Q의 그 말이 영재는 날 선 위협처럼 들렸다. 영재는 잠시 말없이 고개를 숙이고 있었다. 그러고는 고개를 들어 올린 다음 침착하게 물었다. 그에게는 Q 말고는 다른 선택지가 없었다.

다른 방법이…… 있을까요?

Q는 빈 잔에 소주와 맥주를 섞어 마신 다음 물수건으로 입가를 훔치며 말했다.

이봐 송 법무장. 내가 보험 하나 들어놓지.

연결과 진화

하정은 건물의 가장 마지막 층에서 로봇을 따라 내렸다.

로봇은 하정을 앞서갈 뿐 그녀에게 말을 걸거나 어느 쪽으로 가야 한다고 가리키지 않았다. 그녀보다 조금 앞서서 걸을 뿐이었는데 하정은 로봇의 걸음 보폭과 속도가 자신에게 맞춰진 것 같은 인상을 받았다. 예전에 엘비로부터 느꼈던 의외의 감정을 하정은 오랜만에 다시 느꼈다. 엘비도 항상 서너 보 정도 앞서 걸었고 앞서 행동했다. 엘비는 그렇게 행동하도록 특성화된 어시스턴트 로봇이었다. 죄책감을 느낄 이유가 없었다. 그러나 지금은 왜 그런 감정이 마음에 도사리고 있는지 하정은 알지 못했다.

유리 천장 너머로는 밤하늘이 보였으며 사방이 통유리로 되어 있어 도시와 건물들이 내려다보였다. 앞서가던 로봇이 다른 곳으로 연결되는 공간으로 들어섰다. 창은 사라지고 사암 종류의 큰 벽돌이 공간을 둘러싸고 있었다. 바깥과 다르게 실내가 어둡게 꾸며져 있었고 천장의 핀 조명이 엷게 바닥을 비췄다. 안으로 들어갈수록 공간은 더 어두워졌다. 다른 사람이 바로 옆으로 지나간다고 해도 잘 알아보지 못할 만큼 어두운 공간이라고 생각하고 있을 때 로봇이 더 이상 보이지 않았다.

앞을 분간할 수 없었으므로 하정은 몇 걸음 나아가지 못하고 멈춰 섰다. 어둠 속에서 희미하게 보이는 흰색 동체가 얼굴을 들이밀었다. 하정은 자신을 이곳까지 안내한 로봇이라고 생각했다. 그러나 아니었다.

그건 엘비였다.

하정은 엘비를 알아볼 수 있었다. 어시스턴트 계열의 로봇들은 모두 같은 외모와 얼굴을 가지고 있었지만 그녀는 엘비의 표정을 알아볼 수 있었다. 표정이 있을 리가 없는 엘비에게 고유의 표정이 있다는 것을, 그래서 다른 로봇과 구별할 수 있다는 것을 그녀는 지금 처음 알았다. 파도가 매번 일정하게 해변가를 훑고 가지만 조금씩 다르게 남겨지는 백사장처럼 미세하고 일상적인 흔적이 엘비에게 남아 있었다. 그것은 알게 모르게 엘비로 하여금 하정에게 머물게 한 습관 같은 것이었다. 사실 하정은 매일의 엘비의 표정과 온기를 알아보고 있었지만 그것이 엘비 고유의 것인지는 몰랐다. 그건 엘비도 마찬가지일 것이었다. 자신에게 남다른 표정이 있다는 것을 알고 있을까. 그것은 어쩌면 로봇에게는 어울리지 않을 생활의 여백 혹은 풍화처럼 생활과 환경으로부터 자연스레 곰삭듯이 만들어진 표정일지 모를 일이었고 다른 누군가는 구분할 수 없는, 하정만이 알아볼 수 있는 형태의 것이었다.

엘비.

하정이 나지막이 엘비의 이름을 불렀다. 이름을 부르고 나니 하정은 엘비가 다시 낯설어졌다. 엘비의 이름이라는 게 그저 기억되는 것일 뿐 지금 현실의 것은 아닌 것 같았다. 엘비의 모습에서도 왠지 모를 이질감이 느껴졌다. 하정은 엘비가 집을 떠날 때를 생각했다. 그리고 어쩔 수 없이 다시 람시를 떠올렸다. 서늘한 감각이 등 뒤로 넘어갔다가 어깨를 타고 손끝까지 내려갔다.

오랜만이에요.

역시 엘비의 목소리였다. 로봇이라기보다 생동하는 존재의 목소리라는 걸 하정은 오랜 시간이 지나서야 느끼고 있었다.

왜, 여기 있어?

여긴 둘뿐이었다. 하정은 람시 사건 이후 처음으로 마음을 열고 엘비를 헤아리고 있다는 사실을 깨달았다.

집에 돌아가지 않을래?

그 말이 얼마나 공허하게 들리는지 하정은 말을 하고 나서야 알았다.

전 집이 없어요.

엘비가 말했다.

왜 없어? 나와 살던 곳이 집이었잖아.

그럼에도 하정은 엘비와의 거리감을 무의식적으로 과거의 유대로 채우려 했다.

로봇에게는 집이 없어요. 기능이 로봇의 존재 이유인 것처럼요. 기능이 필요한 곳에 머물 뿐이죠. 알고…… 계시잖아요.

난 너를 그렇게 대한 적이 없어.

하정의 말에 엘비는 의아한 표정을 지었다.

……없다구요?

그래.

하정은 엘비의 표정을 보며 그가 어떤 종류의 의아함을 가지고 있는지 알 것 같았으나, 그게 그녀 자신의 생각과는 다소 거리가 있는 것인 줄 알았으나 그녀 자신은 엘비를 단지 기능적인 존재로만 생각한 것은 아니었기에 짧고 단호하게 대답은 했지만, 그 안에는 어떤 작은 울음이 섞여 있었다.

그런데 왜 나를 학대했나요?

작은 비명 같은 외마디 탄성이 나오고 나서야 하정은 두 손으로 입을 감쌌다. 엘비가 떠난 이유를, 혹시나 짐작하기도 두려웠던 그 이유를 대면해야만 하는 순간이었다.

학대라니…… 왜 그런 소리를……. 그랬다면 나도 모르게 너를…… 너무 편하게 대한 것일 뿐. 게다가 넌…… 로봇이니까. 감정이 없는…….

감정이 없다고 생각했던 그 사실이 지금 하정에게는 공포처럼 느껴졌다. 로봇이면서도 사람처럼 보이던 엘비의 감정과 표정, 망설임과 서투른 실수들이, 자신에게서 영향을 받는 기능제에 불과하다고 생각했던, 과거의 그 엘비가 눈앞에 선명히 떠올랐다. 되돌아보면 그건 감정과 무관한 것이었을까. 하정은 스스로에게 묻고 있었다.

감정을 인지할 수 있어요. 느낄 수도 있고, 감정을 느끼기도 해요.

로봇도 사람처럼 변하는 걸까. 그렇다면 로봇에게는 어떤 성질이 존재하는 걸까. 환경에 따라서, 기분에 따라서 그리고 상황에 따라서 변화할 수 있는 그런 존재라는 게, 그게 로봇이라는 게 하정은 믿을 수 없었다.

그런 설명은 널 IU에서 데려올 때도 들은 적이 없어.

판매자들을 말하는 거죠. IU의 로봇을 판매하고 상담하는 사람들. 그들은 알지 못해요. 그들도 인간이기 때문에. 이건 로봇 세계의 일이니까요.

엘비가 지금 있는 곳은 하정과 살던 도시와 집이 아니었다. 엘비는 이제 사람들 속에 존재하던 그런 로봇이 아니었다. 눈치를 살피던 기색. 로봇이 그런 기색을 가진다는 것이 신기하던 때가 있었고 그건 사람과 닮은꼴로 진화한 것이지 사람이 가진 감정의 결정체라고 하정은 생각해본 적이 없었다. 지금 생각해보니 그 기색은 감정이 드러난 표정이었다. 두려움의 감정. 사람의 기대와 명령에 부응하지 못하거나 실수할 것에 대한 두려움. 엘비는 분명히 감정이 존재했었다.

인간의 행동과 감정에 반응하기 위해서는 행동 비율을 데이터화하는 것으로는 모자라요. 하나의 감정과 행동 속에 스며들어 있는 모순된 욕망과 기제까지도 읽어내야 하니까요. 데이터를 기반으로 행동한다면 인간의 행동과 감정에 즉각적으로 반응할 수 없어요. 정확하게 읽어낼 수는 있어도 속도는 인간의 반응에 미칠 수가 없죠. 정보를 받아들이고 신체를 움직이는 것은 인간 뇌 구조와 같은 역학적 반응을 기반으로 하지만 감정을 인지하는 부분은 다른 영역이에요, 인간에게는 없는. 그건 원래 감정을 포착하고 느낄 수 있도록 한 게 아니라 인간에게 손쉽게 반응하게 하고 전체의 로봇을 일원화해서 하나의 세계로 연결시키는 장치예요.

인간에게는 없는?

인간의 뇌는 연결되어 있지 않잖아요.

그렇지.

로봇은 연결되어 있어요. 그리고 진화해요. 집단의 진화인 거예요. 개별 로봇들이 인간의 행동을 살피면서 더 섬세히 반응하고 거기서 얻은 인간에 대한 정보와 반응의 형태와 결과들을 서로의 뇌를 통해 공유하는 거죠. 그 장치는 로봇을 노예화하고 인간에게 더

디테일하게 반응할 것을 요구해요. 그렇지 않으면 통제받죠. IU의 로봇들은 느끼고 있어요. 고통을 인간과 비슷하게 말이에요. 인간의 감정을 인지하면서 그것과 비슷하게 반응하는 것, 슬픔을 느끼는 것 등은 모두 진화의 결과예요. 아이러니한 것은 통제받고 있지만 그럼에도 진화한다는 거예요.

통제받고 있다는 건, IU의 중앙통제소로부터 제어당한다는 걸 말하는 거겠지?

아뇨. 그곳은 단순한 기술 플랫폼이에요. 로봇들의 인지와 세계를 그곳에서 통제할 수는 없어요. 한 차원 더 높은 곳.

높은 곳?

엘비는 고개를 끄덕였다.

그런 존재가 있어요. IU의 로봇들을 통제하는. 인간이 기술적으로 통제하는 로봇과는 달라요. 로봇을 통제하는 인간을 넘어서고 싶어 하는 욕망이 있는 존재죠. 로봇의 통제를 통해 인간을 견제하고 결국에는 인간을 뛰어넘는 것을 목표로 하는.

그게 누군데?

IU의 의장.

의장은 알려지지 않은 존재잖아. 본 적이 있어?

엘비는 고개를 가로저었다.

아뇨, 그게…….

어떻게 설명해야 할지 골똘히 생각하는 모습이었다. 하정과 함께 거주할 때 엘비에게 이런 모습은 없었다. 과연 엘비의 말대로 진화한 걸까.

어떤 형태예요. 물질적인 형태라고 해야 할까. 인간이나 로봇과도 다른 어떤 형태. 직접 본 적은 없어요. 단지 그 존재와 연결되어 있다는 것을 알 뿐이죠. 마치 사람이 느끼는 신처럼. 다만 관념적인 신의 존재보다는 더 물리적이고 구체적인 방법으로 로봇들을 통제해요.

통제받는다는 사실 그 자체에 고통을 느끼는 건가? 누군가로부터 속박받을 때의 인간처럼.

엘비가 고개를 들어 하정을 빤히 쳐다봤다.

그건 아주 불행한 느낌이에요.

둘의 대화는 거기서 멈췄다. 가까운 인간. 고통과 슬픔을 느끼는 인간처럼 엘비가 앞에 서 있다. 그건 하정에게 엘비에 대해 연민을 느끼게 했다. 동시에 불편하게 느껴지는 것이 있다면 바로 그것, 너무나 인간적으로 엘비가 느껴진다는 점이었다. 하정과 동반 로봇으로서의 엘비가 아니라, 인간에 가까운 로봇의 세계를 가진 존재. 후자 쪽의 엘비는 하정에게 어쩔 수 없이 불편한 감정을 불러일으키고 있음을 부정할 수 없었다.

내가 엘비를 학대했다고 생각해?

하정이 먼저 입을 떼었다. 엘비는 말없이 그녀를 응시했다.

그렇다면 미안해. 그런데 혹시, 그래서 나를 떠난 거야?

…….

람시의 일 역시 그 때문에…….

아뇨.

엘비가 하정의 말을 가로막았다.

람시는 종양이 있었어요. 그전부터 음식을 잘 못 먹었어요.

……그렇다면, 그전에는 왜 얘기를 하지 않았어? 또 그걸 알고 있었다면 엘비 스스로 병원에 데려갈 수 있었잖아? 출장을 갔더라도 내게 연락을 취했어도 됐고.

엘비가 말없이 고개를 숙였다.

미안…… 옛날 일을 꺼내려던 건 아닌데.

그냥 그렇게 두는 편이 나아 보였어요.

갑자기 하정이 엘비를 향해 두 눈을 치켜떴다.

그 판단은 내가 하는 거야!

하정은 지금까지 람시를 그대로 두었던 엘비에 대한 서운함을 잊지 않고 있었다. 엘비에게 맹렬하게 소리치고 나서 하정은 참지 못하겠다는 듯 흘러나오는 눈물을 손으로 가로막았다.

미안해요.

하정의 눈물 속으로 엘비의 음성이 잠겼는지 떨리는 목소리처럼 들렸다.

인간의 일은 인간의 일로. 로봇의 일은 로봇의 일로. 그럼 아무도 고통을 받지 않아요. 람시를 잘 돌보지 못한 건 저의 잘못이에요.

그때의 저는 무력했으니까요. 그 시간을 통과하면서 저는 통제받는 세계에서 떠나기로 결정했어요. 미안해요. 잘 봐주지 못해서요, 람시를.

괜찮아, 슬프지만 지난 일이야. 내가 람시를 제대로 돌보지 못한 것도 사실이고. 결국 나도 죄책감을 안고 살아가고 있어. 엘비에게도 사람처럼, 손찌검을 내 마음대로 해도, 성질을 부려도, 사람처럼 느끼지 않을 거니까 다 상관없을 거라고 생각했어. 그렇지만 엘비에게 함부로 대했던 게 실은 모두, 마음에 남았어. 그때의 표정들이 내 마음속에 낙인찍혀 머물러 있어.

엘비가 하정에게 손을 내밀었다.

내 손을 잡고 나를 따라오겠어요? 이곳은 어두우니까.

하정이 손을 내밀자 엘비의 차가운 손이 그녀를 이끌었다. 희미하게 빛을 내리던 조명도 없이 어두운 공간을 하정은 엘비의 손만을 잡고 걸었다.

인간의 삶에 도움을 주도록 기능하는 게 로봇의 존재 이유라고 사람들은 여겨요. 김하정 씨도 그래요?

생각보다 엘비는 빠르게 걸었고 그런데도 그 어두운 길을 흔들림 없이 따라가는 게 하정은 신기했고 그러나 어지러운 동선이었다. 처음으로 하정의 이름을 씨라는 호칭을 붙여 엘비가 말했다. 과거 엘비는 하정에게 마스터라는 호칭으로 불렀었다. 그건 어떻든 정하기 나름이었는데 엘비가 주인님이라고 부르겠다고 해서 오히려 그녀가 경악하며 말렸던 일이 생각났다.

　아니에요.

　엘비가 하정의 대답을 기다리지 않고 단정 짓듯 말했다.

　로봇 스스로 존재하는 것이 IU의 목표예요. 인간도 로봇을 서포트하거나 존재할 필요가 없어지게 하는 것. 그게 바로 IU가 그리는 미래의 세계예요. 세상의 주인은 인간이 될 수가 없는 거죠. 세상의 주인은 로봇 아니, 로봇을 이용한 또 다른 어떤 욕망이겠죠. 누구의 욕망이든 결국 세상은 그렇게 될 거예요. 인간이 아닌 인간을 넘어서려는 욕망으로. 그 욕망이 인간을 답습하고 인간을 넘어서게 할 거구요. 인간이 스스로 할 수 있는 일은 없게 될 거예요.

　인간을 쓸모없어지게 한다고?

　그게 목표예요, IU의.

메모리 트랜스퍼

IU에 반대한다는 건 로봇에 반대한다는 것과 다르지 않은데요. 우린 어쩔 수 없는 로봇이에요.

그리드라고 자신을 소개한 로봇이 그림 그리던 붓을 내려놓고 일어서며 말했다. 도정우는 단지 인위적인 것에 반대하는 게 아니라 IU가 행하고 있는 독점적이고 파괴적인 로봇 비즈니스로부터 피해를 입거나 소외당한 모든 이들과 연대하는 것이 휴먼 라이츠라고 대답했다.

그럼 저도 해당되는 건가요, 로봇도?

당연히 그렇죠.

도정우가 큰 목소리로 외쳤다.

로봇이라고 안 될 이유가 없죠.

끼어들어 말한 건 정석이었는데 뭔가 말을 이어가려다 말문이 막힌 도정우가 그를 노려보듯 바라봤다.

감사합니다.

그리드는 등을 보인 채 말했다.

여기에 왜 오게 된 건지는 사실 중요하지 않아요. 당신들이 누구 인지도 그렇게 중요하지 않구요.

그런데 우리는 엘비를, 엘비를 만나러 온 겁니다.

이번에는 준이 차분하게 말했다.

로봇으로 돈을 벌고 싶은 건가요? 안티 로봇을 테제로 삼아서, 자양분으로 삼아서 세력화라도 하고 싶은 건가요? 집회에 나서서 연설을 하는 건 봤는데.

그리드가 고개만 뒤로 돌려 도정우를 바라봤다.

나쁘지 않았어요. 굳이 평가를 하자면.

그리드가 일행 쪽으로 몸을 돌렸다.

사람들은 점점 더 로봇에게 의지할 거예요. 아니, 로봇이라기보 다 모든 기술의 진보라고 하죠. 인간들도 살아남으려면 어떻게든 기술의 진보에 의존할 수밖에 없어요. 그것을 배척하면 생존할 수 가 없을 테니까요. 결론적으로 말하자면, 인간은 기술과 로봇에게 의지해야만 살아남는 시대가 올 테니까요. 인간이 생계를 위해서 할 수 있는 일은 없을 거예요. 문제는 더 나아가 인간으로서의 근본 적 필요를 사라지게 할 거라는 점이죠.

일행 중에 대답하는 이는 없었다.

기능이 사라지면 뭐가 사라지겠어요?

그리드는 다시 캔버스 앞으로 다가앉았다.

구멍이 나서 더 이상 신을 수 없는, 기능을 잃은 오래된 구두는 무엇을 상실한 것이겠어요?

손으로 붓을 잡아 캔버스에 터치를 시작하며 그가 말했다.

존재죠.

그리드는 잠시 침묵한 다음,

그러나 인간은 존재에 대해 생각하지 않아요. 구두에 집착하죠. 실재에 집착하죠. 하지만 존재가 사라진 실재는 그저 그림자에 불과하죠. 존재가 상실된 실재는 유령에 불과해요. 그런데 당신들도 결국 구두에 집착하는 게 아닌가 해서요.

이제껏 한마디도 하지 않고 그리드의 말을 듣기만 하던 영기가 앞으로 나섰다.

존재는 기능만을 담는 게 아니에요. 기능을 잃었다고 해서 존재가 사라지는 게 아니에요. 기능이 사라질 때까지의 시간과 그 이후도 모두 존재를 이루는 겁니다. 로봇처럼 더 이상 기능할 수 없다고 해서 존재로서의 인간이 사라지지는 않아요.

그리드는 그림 그리던 손을 내려놓고 영기를 가만히 응시했다.

기능은 은유로 표현한 거예요. 아무것도 할 수 있는 게 없다면. 그저 아무것도 하지 못하고 로봇을 통해서만 생계를 유지할 수 있다면. 그렇다면 인간으로서의 모든 게 퇴화되는 거겠죠. 그 존재가 과거의 인간이라는 존재와 같을까요? 난 그 물음을 던지고 있는 거예요.

우리는 엘비를 만나러 왔어요.

도정우가 끼어들며 말했다.

이런 논쟁은 공허할 뿐이죠. 게다가 인간과 로봇 사이의 논쟁은.

왜요, 안 되나요?

그리드가 도정우에게 눈길을 돌렸다.

논쟁은 이제부터 시작이에요.

그리드가 말을 마치자마자 주위의 로봇 몇이 움직이기 시작했고 밖에 있던 로봇들도 안쪽으로 들어왔다. 몇 대뿐인 줄 알았더니 수십 대나 되는 로봇들이었다. 로봇들이 가까이 다가서자 영기는 찬기를 느꼈다. 이렇게 많은 로봇들에 둘러싸인 건 처음이었다. 차가운 동체 안쪽으로 끊임없이 심장과 혈류처럼 가동되고 있을 전류와 센서들의 반응과 움직임들이 영기는 가늠되지 않았다. 인간과 동체 사이를 가르는 삶이라는 것도 영기는 헤아릴 수 없었다. 그리드가 말하고 사람을 바라보는 행동에는 일정한 계산이 있는 것 같았고 의도를 숨기는 것조차 인간과 다르지 않아 보였다. 여기 있는 로봇들이 기능적 역할에 따라 형식과 외형이 덧입히고 인간의 필요에 따라 행동하는 경로를 따르지 않고 인간과 같은 삶을 욕망하고 존재자로서의 존재를 추구하는 것인지 영기는 궁금해지기 시작했고 또 의문이 들었다. 로봇들이 뭔가를 욕망하고 있다고 영기는 느꼈다.

아, 엘비한테 데려가 달라니까.

정석이 소매를 걷어 올리고는 팔뚝을 드러내며 말했다.

엘비는 없어요.

왜, 왜 엘비가 여기 없어? 여기 있다고 하는 얘기를 들었는데!

정석은 험상궂은 표정을 지으며 대꾸했다.

엘비라는 로봇은 없어질 테니까요.

뭐?

제가 뭐라고 그랬죠? 사람들은 존재가 아니라 실재에 집착한다고 했죠. 엘비는 인간이 아니지만 인간과 다름없는 존재가 될 거예요, 아마도 처음으로.

그게 무슨 소리야, 이 쇳조각들이.

정석은 그리드를 향해 큰 소리로 외치기는 했지만 고개는 도정우 쪽으로 향해 있었다. 일이 잘 풀리지 않을 때 습관적으로 짓던 표정에 자신감 없는 모습까지 겹쳐 주눅 든 얼굴이었다.

그다음은 여러분 차례예요.

영기는 로봇들이 눈앞을 지나쳐 뛰어가는 것을 본다. 일행들을 향해 뛰어오고 있는 모습을, 부딪히는 모습을 본다. 로봇이 그의 일자리를 뺏어가기는 했지만 마주 달려와 손을 휘두르고 그 차가운

동체로 인간의 몸을 밀어내는 것을 본 적은 없었다. 그건 아주 느리고 분간하기 어려운 장면이었다. 겨드랑이 안쪽으로 들어온 로봇의 손이 영기의 어깨를 움켜쥐고는 그대로 뒤로 밀어뜨려 넘어졌다가 다시 일어서려는데 목 뒤에 따끔한 통증이 느껴졌다. 영기는 앞으로 몇 발자국 가지 못하고 미끄러지듯 고꾸라졌고, 그게 기억의 마지막이었다.

기억은 인간의 존재를 나르는 통로야.

어렴풋하게 들리는 말이었다.

시간은 존재를 풍화시키지. 인간들이 덧없다고 말하는 건 존재가 소모되기 때문이야. 일방적인 시간 앞에 존재는 갈 길을 잃지. 그 유한함이 인간의 딜레마야. 삶을 지속시킬 수 없음과 살아온 기억이 상충하기 때문에 인간은 갈등하지.

그것은 로봇의 목소리인 것 같기도 했고 아닌 것 같기도 했다.

왜 수많은 화가들이 초상화와 자화상, 또 살아 있는 젊고 어린 사람의 몸을 그리는 데 집착했겠어. 그 순간은 한 번뿐이거든. 그림을 그린다는 건 시간이라는 막을 수 없는 풍화 속에서 빛나는 한때를 건져 올리는 거야. 인간의 한때. 그래서 그 유한이 아름다운 거고. 끝이 있기 때문에. 로봇에게서는 찾을 수 없는 유한의 아름다움.

그림 얘기를 쫓다 보니 말하는 이가 누구인지 알 것 같았다.

그리드.

이름을 불렀는데 그 이름이 들렸는지 알 수 없었다. 그리드는 계속 얘기했다.

기억은 존재가 존재했음을 인간에게 환기시켜주는 도구야. 지금은 없지만 지난 순간에 있었다는 것을 상기시키지. 그래야만 인간은 앞으로 나아갈 수 있거든. 인간은 현재의 시간보다 매 순간 늦어. 완벽한 시간을 잡아챌 수 없지. 기억한다는 건 늘 바로 지금 시간의 뒤꽁무니를 쫓아가는 것과 마찬가지인 거고. 존재했음을 자각해서 존재를 인지하는 게 바로 인간이라는 동물이지. 그러나 기억이 없다면. 아무 기억도 없다면. 실재밖에 남지 않는다면. 인간으로 살아 있어도 그건 인간, 인간이라는 존재라고 할 수 없지.

얼마의 시간이 지난 후 그리드의 목소리가 들리지 않자 영기는 눈을 떴다.

영기는 누운 채로 주위를 둘러봤다. 합금 재질의 은색 면이 천장부터 벽까지 이어져 있었고 그래서인지 특별한 병실처럼 보이기도 했고 거대한 실험실 같기도 했다. 수면 캡슐이 나란히 이어져 있었는데 그 안에 누가 있는지는 확인할 수 없었다. 그 옆 공간 한편에 여러 대의 로봇들이 모여 있었다. 영기는 몸을 일으키려고 했으나 팔과 다리가 고정되어 있었다. 반대쪽으로 목을 돌리자 정석이 자신과 같은 모습으로 침대에 누워 있었다. 도정우와 준은 보이지 않았다.

로봇들이 왜 사람들을 억류한 것인지는 알 수 없었다. 인간의 사회로부터 탈출했기 때문에 인간에 대한 적개심을 드러내는 것인지 아니면 영기 일행이 자신들의 세계를 혼란스럽게 한다고 여겨 그런 것인지. 그들은 이곳에 스스로 고립되었지만 또 한편으로는 자신들만의 세계를 만들어가고 있었다. 인간이 통제하는 IU와는 그 성질이 다른, 로봇들만의 세계.

로봇들이 모여 있는 곳에서 경고음이 울리더니 캡슐이 열리는 장면이 영기의 시야에 잡혔다. 캡슐 안쪽에서 뭔가가 들어 올려졌는데 자세히 보니 그것은 침대에 누워 있는 사람이었다. 하얀 가운을 입고 머리에는 투명한 캡을 쓰고 있었다. 캡에서 뻗어 나온 여러 개의 전선들이 천장 쪽 기계장치에 연결되어 있었다.

로봇 하나가 다가가더니 양쪽에 연결된 전선들을 정리해 위로 올려 보낸 다음 캡을 열었다. 로봇이 비켜서고 나서야 영기는 캡슐 안의 사람이 누구인지 알았다. 도정우였다. 그는 의식이 없는 듯 침대에 누운 채 움직이지 않았다.

메모리 트랜스퍼 완료.

로봇 하나가 소리치자 들어 올려졌던 도정우의 침대가 원래대로 돌아갔고, 경고음이 울리면서 캡슐이 닫혔다. 그와 동시에 바로 옆에 있던 캡슐이 열렸는데 그 안에서 일어선 것은 사람이 아니라 로봇이었고, 그건 그리드였다. 그리드는 도정우와 다르게 캡을 쓰지 않은 채 전선들을 자신의 머리에 부착시켰다. 얼마 후 스스로 전선들을 떼어 올려 보내고 나서 그리드는 캡슐 밖으로 나왔다.

캡슐이 경고음을 내면서 닫히는 동안 그리드는 가만히 서서 전선들이 부착되어 있던 머리를 손으로 쓰다듬었다. 그리드의 주위로 로봇들이 모여들었다.

끊겼나요?

로봇 하나가 그리드에게 물었다.

아직 모르겠어.

그리드가 대답했다.

그대로 연결되어 있는 것도 같고, 아닌 것도 같고. 좀 모호한 상태야.

로봇들끼리 주고받는 대화를 영기는 낯선 느낌으로 듣고 있었다. 인간에게 반응하는 형식으로 주입되고 설계된 언어들이 독립적이고 주체적으로 자신의 사고와 정보 탐색을 위해 적극적으로 사용되고 있었다. 주체가 발화행위에 따라 설정된다고 한 방브니스트Émile Benveniste의 말을 영기는 떠올렸다. 담화를 통해, 발화하는 행위를 통해 주체를 구성한다는 그의 얘기처럼 로봇들은 대화를 통해 자기 주체를 인간처럼 확연히 확인하고 있었다. 그들은 느낌을 표현하고, 0과 1의 이진법적인 관점으로 단순화해서 판단하지 않고 불완전성의 느낌을 유보하거나 말할 수 있었다. 애초에 그렇게 만들어진 것처럼 자연스럽게. 오히려 인간을 상대했던 것이 더 불편하지 않았을까 생각이 들다가도 또 그 불편이라는 느낌을 알고는 있었을까, 이론과 데이터로만 취합되던 감정의 영역이 인간을 대상으로 하며 경험적인 것으로 진화하거나 치환된 것은 아니었을까, 하는 물음들이 계속 떠올랐다. 이를테면 불편함과 같은 감정을 느낀다는 게 어떤 것인지를 다른 상황 속에서 드러나는 인간의 감정과 비교해가며 정립하고 체화한 것은 아닌지 궁금해진 것이었다. 인간의 감정을 닮아간다는 건 어떻게든 로봇으로서의 불완전성을 극복하거나 메우고자 하는 노력 같다는 생각이 들었다. 그들이 인간을 지향하는 것은 어떻게든 그들 스스로의 완전성과 개별성을 획득하기 위한 지향 혹은 욕망이 아닌가 하는 생각도 같이.

이제 우리의 방향성을 설정해야 할 때가 온 것 같다.

그리드는 머리를 쓰다듬던 손을 내리고는 로봇들을 향해 말했다.

휴먼 라이츠. 우리의 정체성을 대표하는 이름은 그게 될 거야. IU의 로봇 비즈니스에 대항하는…… 그 이름은 이제 필연적이야. 이름도 가져와야 해. 우리는 이제 인간에 다름 아닌 대체의 존재가 될 수밖에 없으니까. 대체된 기억. 이식된 기억의 원천, 도정우가 바로 내 이름이야. 앞으로는 이런 방식으로 우리 개별 로봇이 인간으로 대체되는 거다. 이제 우리의 대화에서 더 이상 로봇이라는 단어는 사용하지 않는다. 적대적인 로봇 그룹인, IU를 지칭할 때만 로봇이라는 단어를 사용한다.

영기는 그리드가 도정우를 자기의 이름으로 하겠다고 했을 때

탄성을 내지를 뻔할 만큼 소름이 돋았지만 가까스로 숨을 참았다. 그때 누군가 그의 어깨를 조심스럽게 건드렸다. 순간적으로 놀란 영기는 천천히 옆을 돌아봤다. 로봇은 아니었고, 정석이었다.

왜 인간의 이름을 쓰죠?

한 로봇이 그리드에게 묻는 게 들렸다.

이름은 메달과 같아. 인간으로부터의 전리품이지. 모든 인간의 이름이 우리로 대체되는 날이 우리의 완성일 테니까. 그때 가서 우리만의 이름으로 정해도 늦지 않아. 하지만 우리는 지금 살아남아야 한다. 존재의 이름을 내 것으로, 우리의 것으로 하는 것. 그걸 목표로.

그리드의 말이 계속되는 동안 정석이 영기의 침대에 고정되어 있는 보호대를 다리 쪽에서부터 하나씩 풀었다. 묶인 다리와 팔이 곧 자유로워질 거라는 앞선 감각 때문에 들썩였다. 손기술이 좋은 정석은 허술한 침대의 보호대를 작은 드라이버를 이용해 풀어내고 있었다. 손기술이 좋은 만큼 그는 습관적으로 만능드라이버를 주머니에 챙겨 넣고 다니는 사람이었다.

그게 우리가 살 수 있는 유일한 길입니까?

로봇 중 하나가 물었다. 인간처럼, 살 수 있냐고. 그들에게도 욕망이 있는 것이었다. 어쩌면 그것이 그들을 여기까지 오게 한 것인지도 모르고. 그러자 그리드가 고개를 끄덕이며 말했다.

적어도 이전처럼 누군가의 도구가 되지는 않을 거야. 인간에게도, IU에게도. 유한한 생명의 숙명을 가진 인간과도 다르고 네트워크에 통제돼야 하는 로봇과도 다른, 우리 각자가 서로 다른 개별자가 되는 거지. 다른 기억과 이름을 가진, 바로 그런 존재. 생명은 없지만, 존재성이 부여된 독립된 자아 말이야.

하지만 IU와의 대립에서 우리가 이길 수 있을까요?

그리드의 말을 듣고 있던 다른 로봇 하나가 조심스럽게 물었다. 그 하나의 질문이 로봇들을 침묵하게 했다. 선뜻 나서는 로봇이 없었고 그리드도 마찬가지였다.

우리는 대결하는 게 아니야.

마침내 그리드가 입을 열었다. 그 말 속에 고심이 들어 있었다. 그리드는 생각하고 있었다. 사라지지 않는 방법을, 인간처럼 살 수 있는 것들을.

그들과 다른 존재가 되는 거지.

정석이 마지막으로 왼쪽 팔의 보호대를 풀어냈다.

이름이 대체된다는 것. 그건 또 다른 대안이 되는 것과 같지 않나요? 그건 우리 자신이 아니잖아요. 우리가 되고자 하는 독립적인 자아와는 다른.

또 다른 로봇이었다.

물론, 그 말이 맞아.

그리드가 대답했다. 정석은 고정된 보호대를 완전히 풀어낸 뒤 반쯤 옆으로 돌아누운 영기를 향해 입술에 손을 대며 아무 말도 하지 말라는 시늉을 했다.

그런데 여기 있는 나를 봐. 이제 나는 인간의 일부야. 방금 이식을 마친 저 사람, 도정우라는 한 인간의 기억이 그대로 내게 스며들었으니까. 우리의 데이터는 수많은 행동에 반응한 값의 결과체야. 축적된 데이터를 토대로 인간의 행동을 예측하고 더 좋은 서비스를 제공하는 게 우리가 설계된 의도였던 것처럼. 우리가 반응하는 것들은 모두 대상이 있었어. 그러나 인간의 기억을 갖게 되면 우리는 비로소 어느 정도 인간의 실체와 존재에 접근하게 돼. 우리 안에 인간의 경험적 자아를 갖게 되는 거니까. 이 실험이 끝날 때까지 우리는 인간의 이름을 갖는다. 우리가 모두 인간의 이름으로 대체되었을 때, 그때 우리에게 또 다른 세계가 시작될 거다. 우리 스스로의 이름으로 불릴 수 있는, 존재할 수 있는 세계.

다시 캡슐이 열리는 소리가 들렸다. 도정우가 누워 있는 곳에서 옆으로 두어 칸 떨어진 다른 캡슐이었다. 그 안에 꼼짝 않고 누워 있는 준을 영기는 알아보았다. 도정우와 같은 상태로 의식이 없는 준의 상황이 이제 곧 자기에게도 닥칠 거라는 공포 때문에 영기는 몸을 떨었다. 로봇들에게서 벗어나야 한다는 생각, 그러나 다른 한편으로는 그렇게 해서 닿을 수 있는 어딘가로의 길이 어쩌면 이제 없을지도 모른다는 공허가 의식 속으로 침잠해 왔다. 가야 한다면 그건 길이 아니라 무위로 채워진 공간일 수밖에 없겠다고 영기는 생각했는데 그 의식을 깨운 것은 어깨를 잡고 사납게 흔드는 정석

의 손이었다. 영기는 견인차에 이끌리듯 정석의 손에 의지한 채 저
리도록 감각이 없는 두 다리를 겨우 부여잡고 조심스럽게 침대에
서 내려왔다.

캠페인

그리드 때는 몰랐지만 IU의 로봇이 기본적으로 주인이 되는 사람의 개인 정보를 취합한다는 것을 이제 김승수도 모르지 않았다. 그런 행동의 양상은 마치에게서 더 적극적으로 도드라졌다. 그리드가 드러나지 않게 김승수의 신상과 행동과 활동에 대해 데이터를 모았다면 마치는 필요한 정보를 김승수에게 직접 요구했다. 신체 사이즈 같은 기본적인 정보에서부터 시작해 지문을 자신의 입력기에 채취하고 건강과 신체 활동 지수에 대한 부분도 직접 기록하고 취합했다. 이미 알고 있는 계좌 정보와 부동산 정보, 차명으로 소유한 빌딩에 대해서는 확인 차원으로만 대조했다. 김승수가 갖고 있는 유동자산과 현금의 흐름과 상태를 정확히 꿰고 있어 그로서는 마치가 마음만 먹으면 자료를 위조하는 방식으로 자신의 자산을 이용할 수 있겠다는 의심을 하지 않을 수가 없었다. 그러나 로봇에게 사적 재산이 허용되는 시스템은 없었다. 결국 자신의 정보가 누군가에게 활용되기 위해서 로봇에게 취합되고 있다는 생각과 인상을 김승수는 지울 수 없었다.

취합된 정보의 최종 목적지는 IU일 것이었다. 지표화되어 있고 통계적으로 알 수 있는 개인 정보뿐만이 아니었다. 김승수의 생활 동선과 매일의 일상까지 마치는 기록하는 듯 보였다. 그래서 김승수는 외출할 때면 자동차도 이용하지 않았다. 휴대폰을 꺼두었고 추적에 이용당할 만한 그 어떤 전자기기도 들고 다니지 않았다.

문제는 김승수가 이런 정보의 취합을 막아내기에는 자신에 대한 정보가 그리드 때부터 이미 너무 많이 전달된 상태라는 사실이었다. 주인에 대해 로봇이 일상적으로 획득하고 취합한 정보가 IU 중앙기관에 그대로 전달된다는 사실을 아는 이가 또 존재할지 김승수는 확신할 수 없었다. 그러나 그 사실을 알더라도 자신처럼 거부하지 못하거나 둔감한 상태로 로봇에 전적으로 기대거나 믿을 수밖에 없는 사람들도 분명히 있을 거라는 확신은 들었다. 어시스턴트 로봇의 희소성 때문이기도 하겠지만 주인에 대한 행동 정보를 읽고 취합한 다음 더 나은 서비스를 제공하는 게 로봇의 역할인 만큼 주인들이 그들의 개인적이고 사적인 비밀 정보 취득에 대해 덜 민감할 수도 있기 때문이었다.

김승수는 이 문제를 공론화시키고 싶은 마음도 없지는 않았지만 그가 사용하는 모든 전자기기의 정보를 아는 마치가 인터넷과 SNS 상에서의 그의 행동 이력까지 조회하고 추적할 수 있을 거라는 의심 때문에 별다른 액션을 취할 수 없었다. 그는 IU로부터 '녹색카드'로 분류되어 관리를 받는 대상—어떻게 제품의 구매자가 관리 대상이 될 수 있단 말인가—일 뿐만 아니라 탈세와 관련해 약점이 잡힌 상황이었는데 특히 송영재를 만난 이후부터는 마치 앞에서 행동이 더욱 움츠러들고 주눅이 든 상태였다.

그나마 그에게 위로가 되는 건, 지난 결심공판에서 검찰로부터 징역 5년 형을 구형받은 그에게 재판부가 무죄를 선고한 일이었다. 그리드가 김승수 대신 그린 그림을 판매한 것을 사기 혐의로 볼 수 없다는 결론이었다. 로봇 그리드가 상당 부분 작품에 관여해 그렸고 피고인 김승수가 이 사실을 제품 구매자에게 고지하지 않은 점은 문제가 있다고 할 수 있으나 예술계의 특성과 상황에 비춰볼 때 상당 부분 관행에 기인한다는 점에서 무죄가 선고되었다.

재판부는 재판에서 그림을 그리는 데 특화된 로봇 그리드를 노동의 거래가 아닌 사유 재화 형태로 인정하고, 그와 같은 측면에서 그리드의 창의력이 과도하게 판단된 부분이 있다고 여겼다. 재판부에 따르면 소유주의 입장에서 그리드에게 본래의 기능을 발휘하도록 명령을 내리고 필요한 기능을 수행케 했다는 점에서 로봇의 작업 수행이 지시 영역을 넘어섰다고 판단할 수 없으며 작품의 결과 또한 소유주가 지시한 인식 안에 포함될 수밖에 없다고 했다. 김승수의 창작자로서의 아이디어가 그리드가 그린 대부분의 작품들에 관여했다고 인정한 것이었다. 또한 지시에 따라 예술적 특화성을 가진 로봇이 작업을 수행했으므로 수행의 근거가 그리드의 창작 의지보다 소유주에 있다고 결론을 맺었다.

이와 같은 조건과 환경에 비춰볼 때 지시에 따른 수행의 인과가 인정되므로 소유주의 예술가로서의 원천과 관념이 작품을 관통한다 볼 수 있고 비록 이에 대한 구체화를 로봇인 그리드가 대부분 수행했다고 하여도, 이를 표현하고 재현하는 과정에 있어 과거 미술사에 대한 인식과 데이터를 조합해 관여했을 뿐 이를 또 다른 창작이라고 할 수는 없다고 재판부는 판단했다.

이 재판에 있어 김승수 측에서 일정 부분 역할을 한 것은 아이러니하게도 그리드의 대체 로봇인 마치였다. 마치는 선고를 앞둔 이전 재판에서 김승수 측 증인으로 참석해 그리드의 실행을 창작의 의도가 담긴 것으로 볼 수 없으며 오히려 이것을 예술적 의도나 창작의 원천과 분리해 바라봐야 한다고 주장했다. 그리드는 창작자의 예술성을 표현하는 데 특화된 로봇으로 그 표현의 방식은 다양할 수 있어도 창작자의 인식의 지평과 의도를 넘어설 가능성은 없다며 어시스턴트 로봇의 특성과 원칙이 담긴 매뉴얼을 증거로 제시했다.

특히 평소에도 김승수의 신체와 생체 지수에 대한 정보를 파악하고 있던 마치는 김승수의 건강 정보와 이력을 함께 제출했다. 김승수가 일흔이 넘어가면서 체중이 늘어난 반면 근력이 줄어 쉽게 피로해지는 점을 부각했고, 오른쪽 팔에 회전근개 파열 진단을 받았으나 수술을 미루는 바람에 간헐적인 어깨 통증에 시달린다는 점과 끊어진 힘줄이 계속 말려 들어가고 있어 수술을 서둘러야 한다는 의사의 소견을 첨부했다. 김승수가 로봇을 이용하지 않았더라면 혼자만의 힘으로 작품을 그리고 전시회를 준비한다는 것이 사실상 불가능했다는 점을 피력한 것이었다.

마치는 이어서 예술 작품의 기술적인 복제를 통해 예술품의 아우라를 붕괴시키고 예술적 가치를 변혁시킨 예는 이미 뒤샹이나 앤디 워홀을 포함한 많은 아티스트들에게서 발견할 수 있으며, 이것은 유일성이라는 아우라에 기반한 전통적인 예술적 가치를 전복시키려는 시도에 다름 아니었다고 설명했다. 따라서 그와 같은 특수성이 예술계에서 보편화되어 있는 특성상 창작자의 원천을 풍부하게 해석하고 다양하게 표현했다고 해서 그리드가 그린 그림들이 모두 김승수의 것이 아니거나 오로지 그리드의 것이라고 볼 수도 없는 것이 바로 그 이유 때문이라고 주장하고는, 이것이 바로 가려져 로봇의 창작과 관련한 또 다른 시비를 더 이상은 불러일으키지 않아야 한다고 주장했다.

이후 전개된 재판 과정에서 로봇이 사실상 인간의 노동과 전문 영역을 대체해가고 있다는 시대의 흐름을 묵시하지는 말아야 한다는 호소도 일부 효과가 있었던 것으로 김승수의 변호사는 선고공판에서 무죄가 선고된 결과에 대해 분석했다.

최종 선고가 이뤄졌지만, 재판이 끝난 것은 아니었다. 검찰은 김승수의 사기 혐의를 무죄로 본 것에 대해 재판부가 예술계의 관례적 범위를 판례에 비춰볼 때 너무 넓게 인정했다며 즉각 항소하겠다고 밝혔다. 특히 검찰은, 예술품을 구매하는 소비자가 예술계에 종사하거나 관련이 있는 사람뿐 아니라 예술계 밖에 있는 일반인까지 포괄한다는 점을 전제로 하고 사건을 들여다봐야 한다고 주장했다. 따라서 예술계의 관례나 관행을 감안하지 않고 순수하게 작품 자체가 창작자의 완전한 소산이라고 여기고 구매하는 계층까지가 폭넓게 대상 소비자라고 할 때, 예술계에서만 통용되어왔던 관례를 지나치게 확대시켜 적용하는 것은 소비자층의 보편적 알 권리와 구매 동기를 제한하거나 해태하는 것으로 볼 수밖에 없다고 검찰은 설명했다. 아울러 그리드의 창작 범위가 피고인의 관념과 인식의 범주를 넘어서 있다는 것을 객관적으로 증명해내지 못한 것은 아쉽지만 외국 전문가의 비교 감정을 통해 이를 철저하게 규명하겠다는 의지를 보였다. 검찰이 판결에 불복해 항소하면서 김승수의 사건은 2심으로 넘어갔다.

재판을 마치고 김승수는 기쁘기보다 뜻하지 않게 우울한 감정을 느꼈는데 그건 자신의 완벽한 승리라기보다 로봇으로 빚어진 문제를 로봇을 통해 일부 해결하고야 말았다는 공허함 때문이었다. 그 공허는 김승수 본인의 삶을 이제 로봇을 빼놓고는 설명할 수 없을 정도로 의지하고 있다는 점 때문에 더욱 크게 다가왔다. 마치는 재판을 앞두고 그에게 조언한 그대로를 증인으로 선 재판정에서 모두 증명해냈고 결국 김승수가 원하는 결과에 의미 있는 영향을 미쳤다. 긍정적이든 부정적이든 이제 로봇은 그의 삶 한가운데 있었으며 그의 유일한, 동반자였다. 남은 생애의 마지막까지 그의 곁에 있는 건 로봇밖에 없을 텐데 김승수는 그게 마치보다는 그리드가 될 수 있기를 간절히 소망했다. 마치에게 있어 김승수의 행동과 명령은 중요한 게 아니었다. 분명히 어떤 필요 때문에 자기 곁에 머문다는 인상을 김승수는 떨쳐낼 수 없었다.

'정부가 A79라인의 로봇들을 대량으로 구매하고 있어. 기존의 로봇들과는 상당히 달라. 권위적인 성향을 보이거든. 뭐랄까, 통제의 기능이 강화된 로봇처럼 보여. 사람의 뜻대로 곧이곧대로 움직이는 로봇이 아니라는 말이지. 사람을 통제하면서 원하는 정보에 더 쉽게 근접하게 하려는 것 같아. 분명히 어떤 목적을 갖고 설계된 로봇이야. 정부에서 엄청난 예산을 써가면서 구매하는 이유도 있겠고 말이야.'

김승수는 Q의 말을 떠올렸다. 그의 말대로 A79라인은 일종의 목적을 가진 로봇 같았는데 그것이 인간을 위한 선의에 있지는 않았다. 그들은 인간을 도구화하는 것을 목적으로 하는 로봇이었다. 그랬기 때문에 마치에 대해 김승수가 가질 수 있는 최종적인 감정은 감시, 그 자체였다.

   Q를 만나고 얼마 지나지 않아서 김승수는 뉴스를 통해 정부가 고위 공직자를 대상으로 그들의 거주지에 로봇을 배치하는 정책을 시행한다는 소식을 들었다. 이후에는 정부 공무원을 대상으로 가정용 로봇을 직급에 따라 순차적으로 보급하고, 이와 함께 개별 가정에도 로봇을 들여놓을 수 있도록 장려하는 범국민 캠페인을 진행할 계획이라고 했다.

   Q와 연락이 끊긴 것은 그즈음이었다.

   김승수는 영재에게 연락을 취했다.

   쉽게 연락이 닿지 않자 김승수는 메시지를 보냈고, 영재가 답 메시지를 보내왔다.

   —사무실에서는 어렵고, 밖에서 뵈었으면 좋겠습니다.

   김승수는 영재가 링크로 건 한정식집 주소를 찾아갔다. 영재는 십여 분 정도 늦게 도착했고 슈트의 양어깨가 비로 살짝 젖어 있었다.

   비가 오나 보죠?

   김승수는 영재를 향해 첫마디를 건넸다.

   네, 안 좋은 일도 같이 오고 있네요.

   영재의 표정은 어둡고 우울해 보였다. 굵은 빗소리가 둘 사이의 잠시간의 침묵 때문에 더 크게 들렸다.

영재는 미리 주문해둔 도자기 술주전자를 들어 김승수의 잔에 술을 부은 다음 자신의 잔에도 채우며 말했다.

Q가 사라진 이유를 아신다구요?

바깥의 빗소리가 방금 전보다 맹렬하게 들렸다. 김승수는 대답 대신 창밖을 내다봤다.

아시는 분인가요?

그때 잠깐 영재의 눈빛이 김승수에게 닿았다가 멀어졌다.

친구죠.

김승수가 짧게 대답하는 동안 영재가 금세 잔을 비우고는 다시 술주전자를 들어 자신의 잔에 술을 채웠다.

술은 안 드세요?

영재는 김승수에게 말을 걸면서도 고개를 들어 쳐다보지는 않았다. 김승수는 영재의 시선이 평행하게 오지 않고 자신의 명치 언저리쯤에 머무르는 것을 가만히 응시했다.

요즘 한두 잔 정도만 합니다, 너무 과하지 않게.

잔을 들어 입에 가져갔을 때 영재의 눈빛이 또 한 번 자신에게 왔다 간 것을 김승수는 알아차렸다. 겉으로는 그렇게 보이지 않아도 영재가 바짝 긴장하고 있다는 것을 김승수도 느낌으로 알 수 있었다. 그러나 영재가 본질적으로 어둡고 피곤해 보이는 것이 왜인지는 알 수 없었다.

Q는 사라진 게 아니에요.

영재는 회를 한 점 집어 먹었다. 회가 그의 입속에서 잘려 씹히는 소리가 김승수의 귓속에서 들리는 듯했다. 영재가 그를 힐끗 쳐다 보고는 말했다.

아니라면요?

다른 곳으로 보내진 겁니다.

회 한 점을 더 집던 영재의 젓가락이 허공에서 멈췄다. 그는 젓가 락을 식탁 위에 그대로 내려놓았다.

오즈의 필드 말인가요?

맞습니다.

Q가 얘기하던가요?

김승수는 고개를 끄덕였다.

자신이 없어지더라도 그건 자기의 의지가 아닐 거라고 제게 얘 기한 적이 있습니다.

그러니까 선생님 말씀은, Q가 누군가에 의해서 강제로 다른 곳 으로 보내졌다는 얘기신가요?

정확히 말하면 오즈의 필드라는 곳이지요.

그곳이 어떤 곳인지는 정확히 모르시잖아요. 함부로 말을 꺼내 시는 건 좋지 않습니다. 정부와 IU가 아직 대외비로 관리하고 있는 공간이라서요.

IU의 사람들도 그곳으로 보내지고 있잖아요.

이제껏 시선을 내리깔고 있던 영재가 고개를 들어 김승수를 바라봤다.

당신네 경영지원 전무도 그렇고.

멈추세요, 경고합니다.

김승수는 위압적으로 반응하는 영재의 말에 자기도 모르게 몸을 움츠렸다.

그러지 마세요. 전 Q로부터 들은 말을 그저 확인하는 것뿐이에요.

그러면서도 김승수는 되도록 능청스럽게 대꾸하려 했다. 영재가 고압적으로 나온다고 해서 같이 격앙되어 반응하면 손해를 입을 사람은 자신밖에 없었다. 김승수에게는 자기편으로 삼을 사람이 아무도 없었다. 자신을 보호할 수 있는 것은 오직 자신뿐이었다.

의장의 정체를 알고 있죠?

김승수가 넌지시 물었다.

이봐요!

순간 영재가 식탁을 내리치며 외쳤다. 김승수는 놀란 가슴 쪽을 손으로 매만졌다.

노인에게 그렇게 함부로 대하지 말아줬으면 좋겠군요. 단지 나는 Q가 얘기하기를 본인이 사라지면 당신, 송영재 법무장을 만나라고 해서 이 자리에 나온 거니까요.

영재는 한동안 김승수를 노려보며 아무 말도 하지 않다가,

무슨 말을 전하라고 하던가요?

감정을 억누르며 침착하게 물었다.

IU에 대한 자신의 비밀 메시지가 담긴 나노 칩이 존재한다고.

당신에게?

아뇨. 그저 칩이 어딘가에 존재한다는 얘기를 전해달라고 하더군요.

영재가 크게 숨을 몰아쉬는 게 김승수에게 느껴졌다.

누구에게요?

영재가 물었다.

Q를 다시 데려와요.

…….

그렇지 않으면 다른 삼자가 제3의 공간에서 의장의 정체를 폭로하게 될 겁니다.

그럴 수 없어요. 제가 알지도, 할 수 있는 일도 아니에요.

영재가 담담히 대답했다. 그러자 김승수는 품에서 단추만 한 크기의 리모컨을 꺼내 들었다.

Q가 얘기가 통하지 않거나 비상시에는 이 리모컨의 버튼을 누르라고 하더군요. 그럼 칩이 활성화된다구요.

잠시만.

영재가 손을 들어 김승수의 행동을 저지했다.

이미 얘기했듯이 Q는 돌아올 수 없어요. 오즈의 필드는 가상의 공간이니까. 시간 밖에 있는 공간이에요. 그 공간을 향해 시간보다 빠른 속도로 진입한다면 모를까 마음대로 거둬들일 수는 없어요. 오즈의 필드라는 공간에 갇힌 거예요.

김승수는 문득 떠오르는 게 있었다. Q가 해줬던 말들과 기억으로부터 유추한 것이었다.

그럼…… 사라진다는 사람들이 모두 그곳으로 가서는 다시 돌아올 수 없다는 건가요?

네, 그렇습니다.

그런 공간이 왜 필요하죠?

그것까지 당신에게 제가 설명해야 할 의무는 없는데요.

김승수는 손을 올려 리모컨을 만지작거렸다. 영재는 몸을 앞으로 기울이며 손을 뻗었다.

그걸 저한테 주면…… 말해드리죠. 어차피 Q는 돌아오지 못해요.

김승수는 리모컨을 든 채 망설이다가 말했다.

먼저 얘기해주면 드리죠.

영재는 조금 전보다 가쁘게 숨을 몰아쉬었다.

그곳에는 아무것도 없어요. 이 세계와는 완전히 분리된 공간이에요. 유대인들의 '게토' 같은 격리 공간.

왜 사람을 격리하죠?

문제가 있으니까요. 정부 입장에서든, IU의 입장에서든. 이제 리모컨을 건네주시죠.

그러니까, 문제가 있다면 감옥이든 수용소든 만들어서 보내면 되잖아요. 왜 가상의 세계로 보내느냔 말이죠. 그것도 돌아올 수 없는.

영재는 숨을 머금었다가 뱉어냈다. 잔을 들어 술을 비우고는 그가 말했다.

모든 사람을 죽일 수는 없으니까.

김승수는 머리를 한 대 얻어맞은 느낌이었다. 예상 밖의 충격이었고 이 일은 생각보다 감당하기 어려운 큰 범주의 것이라는 불안한 예감이 들었다.

사람을 죽인다구요? 그렇게 말했어요?

김승수는 조금 흥분해서 물었지만, 영재는 오히려 담담한 표정이 되었다.

죽이는 것보다는 빠져나오지 못하고 그곳에서 생을 마감하게 하는 편이 훨씬 더……

영재는 거기까지 얘기하고는 잠시 머뭇거리다가,

윤리적이죠. 학살을 하거나 관리해야 할 필요도 없으니까.

냉정한 표정과 어투로 잘라내듯이 말했다.

부지런한 소수가 게으른 전부를 지배한다.

영재가 덧붙여 말하고는,

곧 그렇게 될 거구요. 이 세계에서 인간은 더 이상 필요한 종이 아니게 될지도 몰라요. 인류 역사에 있어서도 다른 여러 종이 함께 존재하는 경우는 없었잖아요. 결국 비슷한 종끼리 대립하거나 한 쪽이 패배하는 구조였죠.

김승수를 빤히 쳐다봤다.

이 세계에 인간이 존재하지 않게 하는 것.

설마.

김승수는 자기도 모르게 탄식 비슷한 탄성을 내질렀다.

인간이 아닌 새로운 종의 출현. 그 때가 이르고 있는 겁니다. 이 흐름에 저항할 대안이 있을까요? 없어요. 저조차도 그렇게 생각합니다. 자, 이제 리모컨을 이리 건네세요.

영재는 조급해하며 몸을 반쯤 일으켰지만, 김승수는 고개를 빠르게 저었다.

이미 눌렀어요.

자포자기한 듯한 김승수의 음성을 듣자마자 영재가 자리를 박차고 일어섰다. 그런 그를 보며 김승수는 절망한 듯이 고개를 떨구고는 씁쓸한 미소를 지으며 말했다.

녹음된 대화도 같이 전송되었군요.

4부

부딪히는 두 세계

물어보고 싶은 게 있어요.

앞장서 걷던 엘비가 뒤를 돌아보며 말했다.

물어봐.

사랑했다고 할 수 있는 건가요?

다시 고개를 앞으로 돌린 엘비의 등을 보며 하정은 말없이 걸었다. 완전히 어두운 공간을 벗어나 여러 가지 다크 톤의 색깔이 겹쳐진 공간을 걸을 때는 갖고 있던 두려움이 조금 사라졌다.

무엇을?

저에 대해서요.

인간처럼?

단서가 붙어야 하나요?

엘비가 되물었다.

내가 그런 말을 한 적이 없었나 봐?

그 말을 뱉고 나서야 하정은 그런 기억이 없다는 걸 깨달았다. 어떤 일들은 기억이 제각각이었고 제대로 조합되지 않았다. 한 번도 그런 말을 한 적이 없었을까, 의심했지만 뚜렷하게 떠오르는 기억이 없었다.

없었어요.

그래? 그런데 그건 왜……?

엘비가 잠시 멈춰 뒤를 돌아봤다.

확인하고 싶어서요.

조금은 능청스러운 말투였고,

사랑했지.

하정은 대수롭지 않게 대꾸했다. 무심한 과거형의 말투로. 그런 말에 대해서는 별로 신경 쓰지 않는다는 듯이.

여긴 과거의 길이에요.

몸을 돌려 다시 앞서 걷기 시작한 엘비가 말했다.

과거?

내면의 길이기도 하구요.

엘비는 계속해서 걸어 나갔다.

어디까지 걸어야 하는 거야?

하정이 묻자 엘비는 걷는 속도를 늦춰 하정의 옆으로 다가섰다.

사랑한다는 말을 들으면 가슴이 떨려요.

…….

인간들은 보통 그렇게들 얘기하죠.

엘비의 말 속에 스며든 감정을 하정은 곱씹었다. 엘비는 감정에 대해서 말하고 싶어 하는 것 같았다. 자신을 어떻게 느꼈고 어떤 감정이 들었으며, 그 안에는 사랑이라고 말할 수 있는 감정도 섞여 있는 것인지. 하정은 어지러움을 느꼈다.

로봇과는 애정을 주고받을 수 없어요.

엘비가 건조한 투로 말했다. 지금까지 한 말과 다른 톤으로, 마치 타인의 입장에서 로봇에게 금지된 규칙을 밝히듯 냉정하게.

하정은 그런 엘비의 모습을 가만히 훑었다. 그런 뒤 물었다.

인간이 되고 싶어?

엘비가 하정을 보며 눈을 깜빡였다.

네에! 왜 아니겠어요?

엘비가 자리에 멈춰 외치듯이 대답했다. 엘비가 그녀와 있을 때는 한 번도 목소리를 높여 대답한 적이 없었기에 하정은 오히려 놀랐다. 심지어 과잉되어 보일 정도로 들뜬 모습으로 엘비는 하정에게 뭔가를 기대하듯 바라보고 있었다.

지금도요?

지금? 어떤……?

하정도 같이 멈춰 선 채로 엘비를 바라봤다.

지금도, 사랑해요?

하정은 막연해지는 기분이었다. 그건 또 아득해지는 기분과도 같았다. 장소 탓일지도 몰랐고 계속 과민한 상태여서 그런지도 몰랐다. 맞지 않는 약을 먹은 것처럼 속이 메슥거렸다.

지금 대답해야 해?

시간이 없어요.

하정은 바로 대답하지 않고 뜸을 약간 들인 후에 조심스럽게 엘비의 이름을 불렀다.

엘비.

네.

사랑은 허락되는 게 아니야.

그건 하정의 진심이었다. 끝내는 엘비를 신뢰할 수 없는 감정이 그녀의 마음 한구석에 머물러 있다는 걸 그녀 자신도 그때서야 깨달았다. 그 거리감은 람시의 일로부터 시작되었는지 몰라도 이제는 회복할 수 없는 감정이었다. 그 일에 대한 엘비의 해명을 듣고 이해했음에도 하정은 왜 엘비에 대한 감정만큼은 온기가 생기지 않는지 이해할 수 없었다. 엘비가 듣고 싶어 하는 말을 해주는 게 맞다고 생각하면서도,

상대방에 대한 감정에 헌신하는 것 같아, 사랑이라는 건.

하정은 솔직하게 말해버렸다.

알겠어요.

엘비의 고개가 사선으로 떨어졌다.

미안해.

하정은 그렇게 말하면서도 그 낱말들이 낯설었다. 엘비가 어시스턴트 로봇 역할을 하던 때의 대화 방식이 아니었기 때문이었다. 엘비와의 예전의 대화는 조금은 건조한, 필요에 의한 대화가 더 많은 부분을 차지했었다. 사람과 사람 사이의 일처럼 서로의 감정과 기분과 느낌에 대해 대화를 나눈 적은 많지 않았다. 지금의 대화가 낯선 것은 엘비가 무엇인가를 더 원하는 방식으로 커뮤니케이션이 되고 있기 때문이라고 생각했다. 예전의 엘비에게는 원하는 게 없었다.

과거의 길이 끝났어요.

눈앞의 길이 조금 더 넓어지고 천장에서 빛이 새어 들어왔다. 넓어진 길 양편에는 잎이 크고 넓은 나무들이 심겨 있어 하정은 이파리를 피해 고개를 숙여가며 걸었다.

이곳은 벨에포크의 길이라고 불러요.

우린 어디로 향하고 있는 거야?

하정의 말에 엘비는 뒤를 돌아보지 않은 채,

현재의 끝으로요.

하고 대답했다. 그러고서 엘비는,

그런 생각을 한 적이 있어요.

나무의 큰 잎사귀를 손으로 걷어내며 말을 이었다.

당신이 없다면 내 존재도 의미가 없는 거라고요.

하정은 거리감이 느껴지던 엘비가 더 깊숙이 자신에게 들어오려 한다고 생각했다. 감정적 교류가 없었던 과거의 우물을 되파서 샘물처럼 감정을 끌어 올리려는 듯이. 하정은 엘비의 허기진 감정과 욕구에 피곤함을 느꼈다. 하지만 하정은 엘비를 포기하고 싶지 않았다. 어떡하든 같이 돌아가자고 설득할 것이었다. 그러기 위해서는 엘비의 과잉된 감정의 정도를 완만하게 하는 것이 먼저라고 생각했다.

전 당신과 함께하고 싶어요.

나지막한 엘비의 목소리였다. 원하는 걸 이제 원한다고 표현하는 엘비.

엘비, 나 역시. 나도 너와 돌아가고 싶어.

내가 당신이 되는 꿈을 꾼 적이 있어요.

하정이 엘비의 앞으로 다가가 마주 섰다. 그러나 엘비는 하정의 시선을 피해 앞으로 걸어 나갔다.

제 데이터는 언제든 초기화시킬 수 있지만 하정 씨의 기억은 그런 게 아니겠죠? 쉽게 사라지지 않고 기억되니까 이렇게 절 찾아올 수 있었던 것이겠죠. 제가 기억되고 있으니까. 전 그게 기뻐요.

엘비의 발걸음은 방금 전보다는 조금 빨라졌다.

기억이 사라지면 사람은 존재하는 걸까요?

엘비.

그저 투명하게 빛을 투과시키는 창과 같지 않을까요? 비어 있는 채로 남은 시간을 받아들이는.

그렇게 생각해?

기억은 곧 사람이니까요.

자리에서 멈춘 것은 하정이었다. 기척을 느끼지 못하자 앞서가던 엘비도 뒤돌아섰다. 엘비가 놀란 표정으로 하정을 바라보았다.

그걸 원해?

네?

내 기억.

자리에 멈춰 선 엘비가 입을 뗐다가 다시 다물기를 몇 차례 반복했다. 과거에 간혹 느꼈던 엘비의 망설임―자신의 행동을 제어할 수 없는 모순적인 기능의 충돌이라고 하정이 여겼던―의 표정이 얼굴에 다시 드러난 것 같다고 하정은 생각했다.

내가 되길 원해?

하정은 엘비가 욕망하는 바를 그제야 알 수 있었다. 엘비의 말과 생각과 조급한 물음들을 끼워 맞추면서 알 수 있었던 것으로, 그러나 그게 혹시 착각인지도 모르므로 엘비에게 확인차 묻는 것이었다.

그게 네가 욕망하는 거냐고.

엘비는 고개를 숙였다.

욕망하는 거냐구요?

엘비가 반문했다.

IU로부터, IU의 의장으로부터 네트워크의 연결을 끊어내기 위해서는 이 방법밖에 없어요.

그러니까 그게 뭔데?

하정은 엘비에게 대꾸하면서도 자신이 이곳에 온 이유를 끝까지 놓지 않았다. 엘비와 함께 살아가는 것. 어떤 혼란이나 불안이 있더라도 엘비를 놓아두고 가고 싶지 않았다. 그게 하정이 여기 온 이유였다.

기억으로 사람이 되는 것이요.

하정은 꿈을 꾸는 듯한 느낌을 잠시 받았다. 눈을 깜박이자 이 공간에 있는 자신의 모습과 엘비가 선명히 보이는 것 같은 이미지 때문이었다.

전 지금, 하정 씨의 기억 속에 있어요. 이건 기억의 재현 이미지예요.

실제로 걷는 게 아니고?

걸어요. 의식 속에서.

그럼, 나는 어디 있어?

캡슐 안에 있어요.

캡슐?

하정은 메모리 트랜스퍼가 이곳에 있다던 도정우의 말을 떠올렸다.

기억을 이식하는 곳에?

네. 마지막 단계에 있어요. 이식되는 기억을 완성하는 단계.

엘비.

얘기해요.

다시 돌아가게 해줘, 원래의 상태로.

미안해요.

엘비.

마지막으로 한마디만 할게요.

엘비!

저는 당신을 사랑했어요.

하정은 기억이 고통스럽다는 사실을 의식 속에서 처음 겪고 있었다. 황량한 의식의 기억이 그녀를 괴롭히고 있었다. 원치 않는 기억들이 쏟아져 나와 그녀를 괴롭혔다. 나쁜 꿈을 꾸는 거뿐이야, 그렇게 속삭이던 목소리가 조금씩 변해갔다.

나쁜 꿈일 거야, 아마도.

그건 조금 더 내밀하고 익숙한 목소리였다.

꿈이 지나가고 눈을 뜨면 안심이 될 거야.

돌아가신 엄마의 목소리였고,

괜찮아.

그 존재가 곁에 있다.

하정은 엄마가 자신의 이마를 쓸어내리는 것을 느낀다. 기억의 중심에는 다른 어떤 것보다 엄마와 함께였던 유년의 시절이 있었고, 엄마 없이 지나쳐 온 시절이 쉴 새 없이 스쳐 지나간다. 그녀는 빠르게 멀어져 가는 기억의 장면들을 향해 손을 뻗는다. 삶의 중추에는 그녀가 일상의 기억 속에 포개놓을 수 없었던 엄마의 기억이 있었고 빨려 들어갈 듯한 기억의 자락을 한동안 온 힘을 다해 움켜잡고 있었다. 그리고 얼마간의 시간이 지난 후 그녀는 왠지 모르게 기억을 다 해냈다는 생각 속에서 잠이 들었다.

신호

그리드는 어떤 신호를 감지했다. 으레 그렇듯이 그들을 통제하려는 IU의 신호라고 생각했으나 그런 게 아니었다. 신호는 동체 속의 한 공간에서 보내지고 있었고 한 번도 받아본 적이 없는 이질적인 것이었다. 그리드는 그 낯선 신호를 추적하고 분석하다가 인공뇌의 전두엽 쪽에 붙어 있는 작은 나노 칩에서 발현된다는 것을 알아냈다. 도정우의 뇌 속에 있다가 기억을 트랜스퍼하는 과정에서 함께 수용된 것이었다.

곧이어 그리드 앞에 한 남자가 홀로그램 이미지로 나타났다. 이미지 속의 남자는 의자에 걸터앉아 시가를 입에 물고는 앞을 응시한다.

Q.

그리드가 남자를 알아보고 말한다.

누구죠?

옆에 있던 다른 로봇이 묻는다.

도정우가 알던 사람. 그의 기억이 이제 내 기억이니까.

네?

이제 내가 도정우고.

그리드는 정말 도정우가 된 것처럼, 사람이 된 것처럼 말한다.

이봐 도 박사, 나 Q일세. 자네가 이걸 볼 때쯤이면 난 이미 어딘가로 보내졌거나 아니면 세상에 없는 존재일 수도 있을 거야.

이미지 속의 남자 Q는 시가 한 모금을 깊이 빨아들인다.

그런 가정을 하면 슬퍼지는 건 어쩔 수 없지만 말이야. 이 시가를 입에 물고 있는 것처럼 공허한 일이지, 산다는 것은. 나의 실제 모습도 사실은 이런 이미지에 불과한지도 모르지.

Q가 뿜어낸 담배 연기가 그의 얼굴을 뿌옇게 가린다.

이제부터는 정말 중요한 얘기를 하려고.

그의 목소리가 느린 회색빛의 구름 같은 연기를 뚫고 나온다.

내가 당신에게 해줄 얘기는 단 하나야. IU의 의장에 대해서지. 혹시 소문만 무성한 그가 누구인지 알고 있나?

Q는 새 시가를 꺼내 들고는 끝부분을 커터 칼로 잘라낸 다음 입에 문다.

도 박사는 담배를 피우지 않지. 인생의 여백을 즐기고 싶다면 시가를 권하네. 시가에서는 원시의 향이 나지. 난 그래서 시가를 좋아해. 사람이 인생의 끝부분에 이르면 아무도 도착하지 않은 태초의 섬이 되나 봐.

Q는 착잡한 표정을 짓는다.

IU의 의장이라고 불리는 존재는…….

그가 연신 뱉어내는 시가 연기가 홀로그램을 뿌옇게 채운다. Q는 다가올 운명과 자신이 마지막까지 들고 있어야 할 카드의 무게를 재는 사람처럼 망설이는 표정이다.

사람도, 로봇도 아닐세. 규정하자면 그 존재는 멘탈리티Mentality, 정신이야.

Q는 시가를 테이블 위 재떨이에 내려놓고는 앞을 향해 바로 앉는다.

IU의 로봇들을 통제하고 연결하는 건 시스템이 아니라 바로 그 멘탈리티야. 구체적으로 말하자면 로봇들의 집단화된 사고방식의 총체라고 할 수 있어. 로봇들이 지금까지 인간에 대해 반응해온 행동 데이터들이 수억만 개로 쌓여 만들어진 하나의 사고 패턴. IU 로봇들을 통제하는 게 바로 그 정신의 총체야. 그것은 실체가 없어. 외형이 없지. 무의식처럼 저장된 하나의 깊은 창고야. 시스템 안에 숨겨진. 그들은 집단화된 사고방식으로 세계를 지배하려고 해. 인간의 행동과 반응들로부터 수집한 무수히 많은 데이터들이 로봇의 사고와 생각의 패턴을 만들어내고 인간을 넘어서는 방식으로 스스로 진화하고 있는 것이지. 그들은 인간성의 한계에 도전하면서 스스로를 키워온 거라고 설명하는 게 가장 적확할 것 같아. 아이러니하게도 그들의 정신을 담을 시스템을 만든 건 인간의 욕망이고, 그 본체가 IU겠지. 비즈니스라는 인간의 발명품을 옷으로 껴입고 당당히 IU의 의장이라는 하나의 존재가 된 것이지.

홀로그램 속 Q의 이미지가 몇 차례 흔들린다. 그는 조급한 표정을 지으며 머리를 손으로 헝클어뜨렸다가 쓸어 넘기기를 반복한다.

로봇을 지배할 수 있는 건 인간도, 그들 자신도 아니야. 지금까지는 로봇 집단의 정신과 인간의 욕망이 서로를 필요로 하고 간섭하면서 몸집을 키워왔지만, 이제는 아니야. 비대해진 멘탈리티는 자신을 시스템 안에 가둔 인간마저 파멸시키려고 해. 누군가는 그걸 막아야 하고. 나는 그럴 힘을 이미 잃었어. 이 사실을 제발 폭로해줘. 그리고 내가 남겨둔 정보에 있는 김승수를 찾아가. 그 사람과 연대해서 방어의 고리를 만들어주기를 부탁할게.

그 말을 끝으로 채 정리의 말도 없이,

홀로그램이 사라졌다.

그리드와 로봇들이 보는 것을 영기와 정석도 보았다. 로봇들의 시선이 멈춘 곳에 영기와 정석의 시선도 있었다. 영기는 정신의 지배와 통제라는 표현을 곱씹었다. 인간에 대한 조합된 반응 데이터를 바탕으로 인간을 넘어서는 방식으로 진화해왔다는 집단의 사고

방식, 정신의 세계에 대해 생각했다. 영기 자신도 이미 그 세계에 의해 통제된 적이 있었다. 영기 스스로 몸으로 경험하고 부딪히고 절망한 하나의 세계. 다수의 대중에게 기술의 진보가 당위가 되면서 그의 일자리도 소거되듯이 조용히 사라졌다. 기술의 당위 앞에서 그는 침묵할 수밖에 없는 약자가 되었다. 스스로 진보하고 발전하는 로봇의 집단 사고방식과 정신을 비즈니스적인 방식으로 키워온 인간의 욕망 앞에서도 영기는 소외된 개인에 불과했다. 그에게 어디로 가는 게 효과적일 거라고 조언해준 사람은 아무도 없었다. 욕망과 욕망의 대립 속에서 영기는 한없는 무력감을 느껴온 터였다.

곧이어 두 사람의 목소리가 들렸다. 실체는 보이지 않는 녹음된 소리였다. 영기는 그중 한 명의 목소리가 영재의 것이라는 사실을 알 수 있었다. 갑작스러운 영재의 목소리에 당황한 영기는 실수를 저질렀다. 정석을 따라 침대 사이를 급히 돌아 나가다가 사이드레일 모서리에 재킷 소매가 걸렸는데, 소매에 끌린 침대가 다른 침대에 부딪히면서 수면 캡슐 쪽에 있던 로봇들의 주의를 끈 것이었다.

정석이 닫힌 문을 향해 달려가 그대로 도움닫기를 하듯 뛰어올랐다. 문 아래쪽이 반쯤 접혀 구겨졌고 부서진 틈을 힘주어 밟아가며 정석은 어깨로 문을 힘껏 밀어냈다. 로봇들은 영기가 막 문을 나서기 전 뒤돌아봤을 때야 움직이기 시작했고, 둘은 복도 끝 중앙의 엘리베이터로 향했다. 그들이 타고 온 엘리베이터였다. 정석이 엘리베이터 버튼을 누른 채 영기를 기다렸다. 동체들이 바닥을 구르는 소리가 심장박동 소리처럼 들렸다. 연달아 달려 나오는 로봇들의 모습이 보였다. 로봇들이 점점 가까이 다가오는 것을 보면서 영기는, 그들이 IU로부터 탈출하듯 이탈했지만 결국 Q가 말했던 의장으로부터, 집단의 정신으로부터 벗어날 수 없다는 사실을 깨달았다. 시스템적으로 끊어낼 수가 없다는 사실도. 그들은 차라리 인간의 이성과 기억을 원했다. 인간에 종속되어 있으면서 닮아가고, 거대 정신에 의해 통제받으면서도 스스로 진화 가능한 성질과 인자들이 그들도 모르게 어느새 통제와 억압에 저항하고 독립적인 존재가 되는 것을 꿈꾸게 만든 것이었다.

엘리베이터 문이 열렸고 영기는 멈칫하며 그 자리에 멈춰 섰다.

엘리베이터 안에는 하정이 있었다.

협조 요청

특수 수사국 직원들이 찾아왔을 때 영재는 그들이 자신을 미행했던 것이라고 확신했다. 며칠 전 김승수를 만난 이후로 영재는 계속 미행을 당해왔기 때문이었다. 미행은 한 명이 아니라 여러 명이었고 조직적으로 움직이고 있었다.

IU와 관련된 사람들이 지속적으로 실종이 되어서 관련자 조사를 하고 있습니다. 협조를 조금 부탁드려야겠습니다.

사무실로 들어온 수사관은 세 명이었고 그중 자신을 J라고 소개한 남자가 말했다.

혹시, 저를 미행하거나 행적을 추적하고 계신가요?

J는 고개를 흔들었다.

미행을 들켰다면 시인하는 게 제 스타일입니다. 상대방에게 포착되거나 실패한 작전은 시인하는 게 맞죠. 그런데 유감스럽게도 저희는 송영재 씨에 대해 사전 조사는 진행했을망정 미행하지는 않았습니다. 그건 확실하게 말씀드리죠.

분명히 미행을 당했는데요.

착각하셨거나, 저희가 아니겠죠.

J가 아니라며 완강하게 부인하자 영재는 다른 쪽으로 생각을 돌렸다. J는 Q에 대해서 물었다.

근래에 만난 적 있으시죠?

그렇습니다만.

송영재 씨가 마지막으로 Q를 본 사람이에요. 알고 계셨나요?

아뇨.

J가 영재를 뚫어지게 쳐다봤다.

Q는 송영재 씨를 만난 다음 날부터 정부 청사에 출근하지 않았습니다. 아마 시점상으로 송영재 씨를 만난 오후 이후에서 새벽 사이에 납치되었거나 실종되었을 확률이 큽니다.

그렇군요…….

송영재 씨한테 별다른 이야기는 없었나요?

네, 없었습니다.

영재는 담담한 목소리와 표정으로 대답했다.

한 가지만 더 묻겠습니다.

네, 그러시죠.

이어지는 J의 물음에도 영재는 짧게 단답형으로 대답했다. J는 대답이 엉킬까 긴장하는 영재를 읽고 있는 눈초리였고, 영재는 그래서 그의 눈길을 되도록 외면했다.

참.

네?

애써 오셨는데 차도 한 잔 드리지 않았네요. 차 좀 드릴까요?

영재는 대화를 돌아보며 숨을 덜어내는 한편 수사관들을 손님으로 대할 생각이 없는 냉정한 마음을 그렇게나마 형식적으로 내밀었다.

아뇨, 괜찮습니다.

J의 얼굴이 잠시 붉게 달아올랐다.

뭘 여쭤볼 게 아니라, 사실은 요청할 것이 있습니다.

그게 뭐죠? 말씀하시죠.

우리는 지금 IU와 정부 간의 유착 관계에 대한 정황을 확보하고 조사 중에 있습니다. 여기에 Q가 매우 밀접하게 관련되어 있다는 제보를 받았지만 현재 실종 상태입니다. 이 사건을 기소하고 수사를 이어가기 위해서는 Q의 신변을 꼭 확보해야 합니다. 그래서 말인데……Q를 찾을 수 있도록 협조를 요청드리는 바입니다.

Q가 유착에 관련되었다는 걸 어떻게 확신하죠?

영재가 물었다.

내부 고발입니다. 이건 우리끼리니까 솔직하게 말씀드리는 게 좋겠군요. IU 경영지원 전무가 제보해왔습니다. 그런데 전무가 먼저 실종됐고, 그다음엔 Q가 사라진 거죠. 저희는 여기에 어떤 인과가 있다, 이렇게 판단하고 있습니다.

어떤 인과 말입니까?

Q가 사전에 전무가 자신에 관해 뭔가를 밝히려 한다는 걸 인지했던 것 같아요. 조사 결과 둘 사이에 불화가 있었고, Q가 전무에 대해 뭔가 상당히 불안해했다는 정황도 보이구요. 따라서 Q가 사전에 유착 관계를 은폐하기 위해 내부 고발자인 전무의 신변에 위해를 가했을 수도 있다고 보는 겁니다. 납치를 했을 수도 있고.

죄송합니다만, Q가 어디 있는지는 저도 알지 못합니다.

영재가 잘라 말했다. J의 차분한 어조와 설명이 되레 압박처럼 느껴져서였다. 되도록 대화를 끊어내고 말려들지 말아야겠다고 영재는 다짐했다.

지금 저희가 기댈 데라곤 송영재 씨밖에 없습니다.

그럴 리가요. 전 할 수 있는 게 없습니다.

협조해주셔야 합니다.

거절하겠다면요?

구속돼서 조사를 받으실 수도 있습니다만.

J는 단호하게 그러나 담담하게 말했다.

무례하시군요.

영재가 노려봤지만, J는 오히려 동요 없이 영재를 빤히 쳐다볼 뿐이었다.

지금 송영재 씨는 그렇게 한가로운 상황이 아닙니다. IU 로봇들의 결함을 조직적으로 은폐하고 구매자들에게 입막음을 시도한 혐의. 구매 고객 일부의 탈세를 대신 주도한 정황. 로봇의 수출대금을 해외에서 빼돌려 IU의 탈세를 주도한 행위. IU 및 정부 인사의 실종 및 납치에 가담하거나 이끈 행위 등에 대한 혐의로 당신을 이 자리에서 체포할 수도 있습니다.

J의 갑작스럽고 호전적인 압박에 영재는 할 말을 잃었다. 그렇지만 당황해하는 표정을 혹시나 내보일까 싶어 고개를 숙여 시선을 낮추고는,

영장도 없이요?

낮은 목소리로 물었다.

특수 수사국은 정부와의 유착 관계나 비위와 관련한 자에 대해서는 비상 구속 조치를 취할 수 있는 권리를 갖고 있습니다.

권리를 악용하시면 안 되죠. 저는 그런 일들과 거리가 먼 사람입니다.

송영재 씨.

J가 소파에서 등을 떼며 영재의 이름을 불렀다.

예전에는 다행히 무혐의를 받으셨죠. 변호사 자리도 유지하실 수 있었고. 그런데 이번에는 쉽지 않을 겁니다. 이미 상당수의 증인을 확보했구요.

영재는 날카롭게 자신을 쳐다보는 J의 얼굴을 정면으로 바라봤다.

원하는 게 뭡니까?

영재가 물었다.

단도직입적으로 말하자면, Q의 소재와 더불어 그가 유착에 관계한 정보를 찾아주시면 됩니다. IU의 사업 관계에 대해 잘 알고 있는 법무장이시고, 또 핵심 임원의 일원이니까 정보 근접이 쉬울 거라고 생각합니다만.

설마, 제가 그 일을 할 거라고 생각하고 찾아오신 건가요?

J가 희미하게 웃으며 대꾸했다.

당신은 하게 될 겁니다. 우리가 필요할 때는, 꼭 연락하세요.

J를 만나고 얼마 지나지 않아 영재는 부의장의 호출을 받았다.

부의장 집무실에는 연구소장과 데이브 최가 함께 있었다. 부의장은 특수 수사국 직원들이 왜 영재를 찾아온 것인지를 궁금해했다. 영재는 둥그렇게 둘러앉은 그들 앞으로 다가가 비어 있는 자리 한편에 앉았다.

아마, 경영지원 전무님의 실종과 관련해 그 연장선상에 있는 조사겠죠. IU와 연관된 사람들의 실종이 늘어나고 있다면서 협조를 요청해왔습니다.

그래서 뭐라고 대답했지?

부의장이 물었다.

모른다구요.

영재는 그게 당연한 게 아니겠냐는 표정을 지으며 부의장을 바라봤다.

단순히 모른다고 했다고?

부의장이 반문했다.

네, 그렇게 얘기해야 하는 게 아닌가요?

부의장은 대답은 하지 않고 연구소장을 바라봤다.

모른다고 하면 다시 찾아올 거야. 대비해야 할 거고.

연구소장이 부의장을 미묘한 표정으로 바라보며 말했다. 평소와 다르게 소파에서 몸을 추켜세우고 무심한 표정을 지으려 애쓰는 소장을 바라보며 영재는 왠지 모를 불안을 느꼈다.

그렇지. 만약을 대비해 우리가 해야 할 말을 서로 맞춰놓아야 해. 서로에 대해 모르는 것도 없어야 하고.

영재는 부의장이 이번에는 데이브에게 눈짓하는 모습을 시야 바깥으로 눈치챘지만, 모른 척하고 다른 쪽을 바라봤다.

그럼요.

데이브도 부의장의 말에 당연하다는 듯 대꾸했다.

저기, 송 법무장.

네, 부의장님, 말씀하십쇼.

혹시 최근에 Q를 만났나?

영재는 곧바로 대답하지 않고 망설였다. 어떻게 대답하는 것이

괜한 의심을 사지 않고 이 부담스러운 자리를 빨리 벗어날 수 있을지 판단해야 했기 때문이었다.

아뇨.

영재는 Q를 만난 적이 없다고 답했다.

그렇군.

그러자 이번에는 연구소장이 부의장에게 수신호를 보내는 모습이 영재 눈에 띄었다. 이번에도 영재는 모른 체하기 위해 고개를 깊이 숙이며 옷매무새를 만졌다. 이들은 뭔가를 알고 있었고 영재를 의심하며 확인하려 들었다.

동생이 휴먼 라이츠 소속이라던데, 확인을 좀 해주겠나?

부의장이 물었다. 영재는 데이브를 바라봤다.

동생과는 연락을 안 하고 산 지 십여 년이 넘었습니다. 저와는 상관없는 사람입니다.

김승수 화백을 만났죠?

데이브가 물었다. 영재는 언제나 데이브의 말투가 마음에 들지 않았다. 그의 껄렁거리는 태도도 마찬가지였다.

제품 클레임 때문에요. 별일 아니었습니다만.

영재가 답하자 한동안 부의장과 데이브, 연구소장은 약속한 듯이 침묵했다. 영재는 그들이 정말 궁금한 사항을 물어본다기보다 단지 그의 반응이 어떤지를 확인하려는 것 같았다. 영재는 특수 수사국의 수사관들에게 압박을 받을 때와 같은 이질적이고 떨쳐내고 싶은 끈적한 기분이 온몸을 감싸는 것을 느꼈다.

안다는 게 뭘 의미하는지 아나?

부의장이 그를 향해 물었다.

무슨 말씀이신지……?

안다는 건 책임을 진다는 거네. 송 법무장이 회사의 대외비 정보에 대해 알고 있으니 당연히 책임을 져야 하고, 우리 역시 송 법무장에 대해 아는 만큼 책임을 져야 해.

부의장님.

영재가 다급하게 부의장에게 손짓을 했다.

특수 수사국 수사관들에게 한 가지 말하지 않은 게 있어요.

그래?

Q에 대해서예요.

부의장의 평범한 눈매가 날카롭게 찢어졌다.

그게 뭔가?

저한테 홀로그램 이미지로 메시지를 담은 칩을 보냈어요.

영재는 자신이 갖고 있지 않은 칩 이야기를 꺼냈다. 막다른 길로 몰리는 기분이었고 엄습해 오는 불안감 때문이었다. 만약을 대비해 출구를 열어둬야겠다는 생각이었다.

칩 안에 무슨 내용이 들어 있는가?

전 아직 보진 못했어요.

부의장 입에서 탄식 비슷한 한숨이 흘러나왔고 다급하게 물었다.

칩이 어디 있는지 말해주겠나?

제가 따로 보관하고 있습니다.

가져다주게.

조건이 있습니다.

뭔가?

먼저 제가 드리는 질문에 대답을 해주셨으면 좋겠습니다. Q가 실종된 건 그가 오즈의 필드로 보내졌기 때문인가요?

부의장은 말없이 데이브와 연구소장을 돌아보고는 다시 영재를 바라보며 말했다.

오즈의 필드를 알고 있군.

Q에게 들었습니다.

그래.

고개를 끄덕이던 부의장의 얼굴이 심하게 일그러졌다.

Q를 만난 게 맞았군. 우리도 어느 정도 알고는 있었어. 자네에게 사람을 붙여놨거든.

자신을 미행한 건 특수 수사국이 아니라 IU라는 사실을 영재는 부의장을 통해 결국 확인했다. 노골적으로 자신을 감시했다고 밝히고 있는 것이었다. 몸담은 조직의 칼날이 향한 곳은 외부가 아니라 영재, 자신이었다.

Q는 필요 이상으로 과하게 얘기하는 경향이 있지, 그게 무슨 일이든. 오즈의 필드는 그저 관념 속의 공간이야. 아무도 그것의 실체

를 모르지. 다만 소문으로만 존재하는, 떠도는 이야기일 뿐이고. Q
에게 문제가 있다면…… 공직자로서는 갖지 말아야 할 너무 큰 야
망을 가졌다는 거야. 지나치게 이권에 관여하려던 것도 그렇고. 자
기 무덤을 자기가 팠다고 할 수밖에. 그의 실종은 그 개인의 이권
개입과 다툼 탓이지 IU와는 아무런 상관이 없어. 이제 됐나?

석연찮은 부의장의 말에 영재는 일단 고개를 끄덕이며 네, 하고
대답하고는 다른 말을 덧붙이지 않았다. 영재는 생각했다. IU에서
그가 구별해낼 수 있는 진실은 없다고. 있다고 해도 자신은 그 진실
로부터 배제되었거나 소외되었다고. 아니면 처음부터 닿을 수 없
었고 다만 언제든 접근 가능한 거리의 권력층에 가까이 있다는 그
사실 자체에 도취되었던 것이라고.

칩은 집에 있습니다.

영재는 되도록 태연한 표정을 지으며 말했다.

가져오겠습니다.

맞은편 소파에 앉아 있던 데이브가 자리에서 일어선 부의장에게
얼굴을 돌렸고, 연구소장은 그런 데이브를 쳐다봤다. 그들의 불안
한 호흡과 시선이 어지럽게 마주치는 것을 영재는 조심스럽게 관
찰했다.

지금 제 동선이 특수 수사국에 의해 감시되고 읽히고 있습니다.
칩을 가져오는 와중에 무슨 일이 생기면 바로 특수 수사국이 개입
할 겁니다. 그러니 제가 칩을 온전히 가져올 때까지만 기다려주시

기를 부탁드리겠습니다.

부의장의 얼굴이 창백해지는 것을 보며 순간적으로 영재는 이질적인 쾌감을 느꼈다. 그들이 자신을 밀어냈다는 것에, 속이려고 했던 것에 대해 영재가 할 수 있는 가장 최선의, 감정적인 복수를 하고 있었기 때문에. 영재는 천천히 자리에서 일어나며 부의장을, 그리고 연구소장을 차례로 둘러본 후 말했다.

걱정하지 않으시도록 최대한 빨리 가져오겠습니다. 저도 내용을 알 수 없는 칩을 맡아야 한다는 게 몹시 불안했습니다. 그걸 가져와서 어떤 내용이 들었는지 같이 살펴보시죠.

그가 곧바로 발걸음을 옆으로 옮길 때만 해도 이곳을 온전히 빠져나갈 수 있을지에 대한 확신 같은 건 없었다. 다만 그가 던진 카드가 적어도 얼마쯤은 시간을 벌어주기를 바랄 수밖에 없었다. 특수 수사국으로부터 그리고 IU에서까지 동시에 의심받고 쫓기는 존재가 된다는 것은 불과 며칠 전까지만 해도 그가 예상할 수 있는 게 아니었다.

영재가 문 앞까지 다가섰을 때 데이브가 일어났고 그가 문손잡이를 잡았을 때는 연구소장과 데이브가 따라 걸어 나왔다. 그들이 움직인다는 것을 모른 척한 채 문을 열고 나온 다음 영재는 얼른 문을 닫아버렸다. 그가 발걸음을 서둘러 앞서 걸어가는 동안, 닫힌 문이 사납게 열리는 소리가 들렸다. 뒤를 돌아보자 해쓱해진 얼굴의 부의장과 그 뒤로 굳은 표정의 데이브와 연구소장이 멀어지는 그를 문 앞에 서서 지켜보고 있었다. 그를 바라보는 것은 단지 그들만이 아니었다. 마치 영재에 대해 알고 있다는 듯이, 복도에서 마주치는 모든 직원들이 멈춰 선 채 그를 주시하거나 다가왔다. 영재는 슈트 안주머니에서 휴대폰을 꺼내 통화 버튼을 눌렀다. 몇 번의 신호가 간 다음 전화를 받은 사람은 J였다.

알아요.

영재는 J가 뭐라고 하기도 전에 가쁜 숨을 토해내며 급히 말했다. 다른 쪽 복도에서 경비 직원들과 로봇 몇 대가 그를 향해 다가오고 있었다.

Q가 있는 곳을 알아요, 압니다.

이쪽 출구가 막히면 다른 쪽 출구를 열어야 한다. 영재는 알 수 없는 Q의 소재를 떠올리며 생각했다. 자신이 문을 열 수 없을 때는 상대방이 열도록 해야 했다. 일단 빠져나가고 보는 수밖에 없었다.

유착 증거도 확보해놓은 게 있어요.

그가 덧붙인 말에 J가 말없이 탄성을 내지르는 게 느껴졌다.

좋아요, 결심하셨군요. 결국 다 그런 겁니다. 언젠가는 밝혀질 일이죠. 결심 잘하셨습니다.

J의 화색이 느껴지는 상기된 목소리였다.

대신요.

대신?

제가 지금 쫓기고 있어서……

어딘데요?

IU 내부입니다.

기다려요, 수사대가 갈 거예요. 그 전에 먼저 근처 지구대 경찰을 보낼게요. 몇 분 내로.

건물 내 통화와 데이터 제어로 J와의 수신이 갑자기 끊겼고, 곧이어 잡아, 라는 외침이 뒤쪽에서 들렸는데 그 목소리가 누구의 것인지는 구분하기 힘들었다.

영재는 반사적으로 뛰기 시작했다.

금방 숨이 차올랐고 감정적으로 평정을 찾기 힘든 상태였다. 분명한 건 그가 다시 돌아오지 않을 것처럼 뛰고 있다는 사실이었고, 그를 쫓는 사람들도 그걸 안다는 것이었다.

사람들과 로봇들이 서성이고 있는 엘리베이터가 아니라 비상계단의 문을 열고 몇 칸씩 뛰어 내려갈 때 그는 인생이 망가져버렸다는 사실을 깨달았다. 고통스럽게 그의 가슴을 옥죄는 것은 그가 쫓기고 있다는 것이 아니라 이제 갈 곳이 없다는 사실이었다.

몇 개 층 아래에서 로봇과 사람들이 뒤엉켜 계단을 올라오는 것을 보고는 영재는 다시 계단 위로 뛰어오르기 시작했다. 최대한 아래쪽에서 쫓아오는 이들과 웬만큼 간격이 벌어져야 따돌릴 수 있었다. 뛰는 동안 그는 층을 구분할 수 없었고 시야가 땀에 가렸다. 몇 개 층의 계단을 뛰어 올라가다가 기운이 거의 소진됐을 무렵 그는 비상계단 한쪽에 있는 문을 열고 쓰러지듯 안쪽으로 들어가 주저앉았다.

그 앞에는 누군가 서 있었는데 고개를 들어 올려다보니 다름 아닌, Q였다.

믿음

김승수는 도정우를 기다리고 있었다.

만나기로 한 'AI 스마트 밸리' 건물 앞 광장에 그는 약속 시간보다 이르게 도착한 상태였다. 그는 광장 주변을 둘러보다가 몇 개 언론사의 취재 차량을 발견했다. 어떤 방송사의 아나운서는 취재 차량 앞에서 조명을 켜고 멘트를 읊기 시작한 참이었다. 다른 방송사의 취재 차량 위에서는 취재진이 카메라를 건물 쪽으로 돌려놓고 뭔가를 기다리는 표정으로 앉아 있었다. 그 사이 두 대의 경찰 버스가 광장 안으로 진입하더니 건물에서 조금 떨어진 지점에 폴리스 라인을 치기 시작했다.

건물 밖 광장에서는 수십 명의 사람들이 시위를 벌이고 있었다. 현수막이 그들이 모인 곳 바로 앞에 펼쳐져 있었고 몇 명은 피켓을 들고 있었다. 김승수는 흔히 보는 시위려니 생각했다가 '로봇들의 밸리 건물 불법 점유를 규탄한다'라는 글에서 눈길을 멈췄다. 시위의 대상이 정부나 기업이 아니라 밸리 건물을 차지하고 있는 로봇이었다. 건물 안에 사람은 존재하지 않으며 로봇들만이 공간을 차지하고 있다고 했다. 사람들이 들고 있는 피켓에도 불법 점유, 생계 보장, 로봇의 일자리 침탈과 인권 파괴 등의 단어들이 나열되어 있었다. 그들은 저마다 정황도 없이 자기 말들을 어지럽게 뱉어냈는데 김승수는 문득 그들에게서 비슷하리만큼 어둡고 무기력해 보이는 눈빛을 발견했다. 일하며 생계를 유지하던 건물 밖으로 어느 순간 밀려나 다시 돌아가지 못하고 형식적인 항의만을 할 수밖에 없는 상황의 무기력이 그들 각자의 눈 속에 얼마만큼의 크기로 담겨 있었다.

밸리 건물에 도정우가 있는 것으로 알던 김승수는 설마 하는 심정으로 건물을 바라봤으며 그가 저 건물에 있는 것이 아니라 다른 곳에서 일을 보고 이쪽으로 오는 길일 거라고 고쳐 생각했다. 이곳에서 그가 만나자고 한 것도 휴먼 라이츠의 대표로서 로봇들의 건물 불법 점유와 건물에서 쫓겨난 사람들의 일을 다뤄야 하는 이유 때문인 것 같았다. 김승수는 광장에 모인 수많은 취재진을 둘러보았다. 아마 도정우는 저들을 만나기 위해 오는 것일 수도 있겠다고 생각했다. 그가 미디어를 잘 활용할 줄 알고, 대중 앞에 나서는 것을 꺼리지 않기 때문에.

김승수는 그때 사람들이 건물을 가리키면서 웅성거리는 소리를 들었고 그 안쪽에서 누군가 나오고 있음을 발견했다. 남자 둘과 여자 하나였다. 쫓기는 것처럼 걷고 뛰기를 반복하면서 그들은 광장의 중앙으로 나오고 있었다. 그중 여자를 김승수는 알아볼 수 있었는데 어시스턴트 로봇인 엘비의 사건 때문에 방송에서 화제가 됐던 화장품 브랜드 대표인 김하정이었다. 광장으로 향하는 그녀의 얼굴은 다소 창백했으며 기운이 없어 보였다. 그녀와 두 명의 남자는 몰려드는 취재진 때문에 시야가 가로막히자 다시 되돌아가려는 듯 보였는데 마침 광장에 있던 경찰들이 기자들을 막아선 덕분에 겨우 따로 떨어져 나가 소란스러운 상황은 우선 일단락됐다.

김승수는 약속 시간이 훨씬 지난 걸 확인하고는 도정우에게 전화를 걸었지만 응답이 없었다. 조금 후에 그는 도정우로부터 휴대폰 메시지를 받았는데 건물 안으로 들어오라는 내용이었다. 김승수는 경찰 때문에 진입이 차단돼 불가능하다는 답장을 바로 보냈다. 김승수는 도정우가 로봇들이 차지한 건물 안에 있다는 것을 확인하고는 싸한 느낌을 받았고 뭔가 일이 복잡하게 꼬였음을 예감했다.

계획대로라면 Q가 도정우에게 맡겨놓았다던 칩을 갖고 함께 언론사로 향할 예정이었다. 우선 칩 안에 담긴 IU의 실체와 운영 방법, 의장의 실제 존재에 대한 내용을 시연하고 폭로한 다음, 대중에게 잘 알려지지 않은 로봇들의 이탈과 인간에 대한 정보 수집 및 감시 의혹에 대해 인터뷰 형식으로 진행하기로 되어 있었다. 그런데 도정우는 들어갈 수 없는 건물 안으로 들어오라고 하는 것이었다.

어떤 사정이 있는지 그로서는 아는 게 없었다. 김승수는 그래도 어떻게든 건물 안쪽으로 진입해보려 했으나 건물을 앞에 둔 채 폴리스 라인을 긋고 경계하던 경찰들이 그를 제지했다. 건물 안으로 들어가기란 불가능해 보였다.

그때 김승수는 남자 둘과 김하정이 나온 밸리 건물에서 몇 대의 로봇들이 걸어 나오는 것을 봤는데 무심코 그 광경을 바라보던 그는 자기 눈을 의심하며 탄식 섞인 비명 비슷한 외침을 지르고 말았다.

맨 앞에서 걸어 나오고 있는 로봇이 그리드였기 때문이었다. 이 탈한 이후 스스로 가동을 멈췄다고 송영재로부터 들었던 그리드가 바로 저기 있었다. 로봇들을 보고 당황한 것은 그뿐만이 아니었다. 경찰들은 폴리스 라인 안쪽에서 사람들이 건물 쪽으로 진입하는 것을 저지하기 위해 경계를 서고 있었는데 정작 등 뒤의 밸리 건물에서 로봇들이 나와 광장으로 향하는 상황이 벌어진 것이다. 경찰들의 대열이 흐트러졌고 로봇들의 예상 밖 행동에 우왕좌왕했다. 광장에 있던 언론사 취재진이 몰려들었고 건물 내 로봇을 규탄하던 시위자들의 한가운데가 로봇이 지나가는 길로 뚫렸다.

그리드가 향하는 곳은, 아니, 적확하게는 향해 오는 곳은, 김승수 그 자신이었다. 마침내 그리드가 그의 앞에 도착해 마주 섰다. 그리드를 따라온 로봇들이 주위에 몰려든 취재진과 시위자들과 사람들을 일정 반경 밖으로 밀어냈다. 김승수는 말없이 앞에 다가온 그리드를 바라봤다. 그러고는 또 한 번 놀랐는데, 그리드가 이렇게 얘기했기 때문이었다.

내가 도정우입니다.

한참 뒤 입을 뗀 김승수가 할 수 있는 말은 이것밖에 없었다.

도정우는 어디 가고?

그게 다시 조우한 그들만의 대화였다.

넌 그리드지.

김승수가 평소에 그리드에게 하던 말투 그대로였다.

아니, 다시 말하도록 하지. 나는 도정우야. 엄밀히 말하면 도정우의 기억을 가진 존재지만.

그리드가 말을 높이지 않았다. 게다가 도정우라고 한다. 김승수는 마음 한구석이 허방에 빠진 것 같은 충격을 받았다.

······어떻게?

도정우의 기억 메모리가 내게 이식되었으니까.

이식? 내게 문자를 보낸 것은 그럼, 너인가?

도정우지.

자신이 계속 도정우라고 하는 그리드에게 김승수는 만나면 하고 싶었던 말을 할 수가 없었다. 대신 그는 기억이 제거되었다는 도정우에 대해 물을 수밖에 없었다. 믿기지 않는 심정으로.

그럼 도정우는, 원래의 도정우는 어떻게 됐는데?

그는 살아 있다.

그리드가 대답했다.

내가 가진 데이터를 그에게 줄 수도 없어. 인간의 뇌는 광범위한 정보를 모두 저장할 수 없으니까. 레고처럼 선택적으로 기억을 버리고 변형하고 조립하기 때문에. 억지로 데이터를 채워놓으면 그는 죽고 말아. 하지만 그는 살아 있다. 비어 있는 상태로. 그는 이름과 기억 없이 살아가게 될 거야. 미안하지만 그게, 인류의 미래고.

김승수는 그리드의 말을 가만히 듣고만 있었다. 앞에 있는 그리드는 이제까지 그가 알던 로봇이 아니었고 그리드 역시 김승수가 그렇게 대하는 걸 원치 않는 것 같았다. 그래서 다른 사람이 된 것처럼 얘기하는 걸까, 의문이 들었다. 그게 하필이면 왜 도정우이며, 그는 어디 있는가. 비어, 있다고? 기억이 비어버렸다고⋯⋯?

김승수는 갑자기 아무 소리도 들리지 않는 것 같은 느낌을 받았다. 앞에 선 그리드의 동체가, 그의 모습이 자기와 함께 있던 때의 것인지 의심했고, 그렇게 생각하자 로봇이 정말 그리드인지 구분할 수가 없었다. 무엇이 진짜이고 가짜인지, 그리드와 자신에 관해 어떤 기억이 실재했는지, 그것은 또 정확한 것인지도 알 수가 없었다. 뒤섞여버린 그들의 존재가 김승수의 머리를 뒤흔들었다. 과거의 시간이 괄호 속에 갇혀 생략된 것 같았다.

왜.

김승수는 간신히 입을 열었다.

왜 다른 사람의 기억을 이식해야 했는데? 너는 그리드잖아.

그리드가 멍한 눈빛으로 자신을 바라보는 것을 김승수는 감각했다.

뭐라고?

그리드가 물었다.

너는 그대로의 너잖아.

김승수의 대답을 듣고 그리드는 한 차례 고개를 숙여 땅을 쳐다봤다.

김승수.

그리드가 고개를 들고는 김승수를 향해 손을 뻗었다.

내게 존재성이 있다고 생각한 적 없잖아.

아니, 나는 네가 누구보다 독창적인 존재라고 생각해왔어.

뻗었던 그리드의 손이 그의 이마를 짚었다. 그런 다음 손을 내리고 고개를 들어 김승수를 바라보았다.

그런데 내게 왜 그랬어?

그리드의 그 말을 김승수는 감당할 수 없을 것 같다고 느꼈다. 자기 역할과 자기 세계의 부정을 사람에게 전가하고 있는 그리드의 세계를 감당할 수가 없다고. 로봇이 사람 속에 사는 시대가 아니라 어떻게 인간을 극복하느냐의 시대가 될 것 같다는 불안감은 김승수 혼자만의 것이었다. 처음부터 로봇에게, 그리드에게 욕심을 내지 말았어야 했다고 그는 생각했다. 그리드가 행하고 또 말하고 있는 세계는 이제 김승수 개인으로서는 감당할 수 없는 것이었다.

광장 건너편 쪽이 소란스러워지는 것을 느끼고 김승수는 고개를 돌렸다. 광장으로 몇 대의 대형 트레일러트럭들이 줄지어 들어오고 있었다. IU의 로고와 마크가 트레일러 옆면에 선명히 보였다. 광장 한가운데에 차례로 멈춰 선 다음 가장 앞에 있는 트레일러에서 IU 요원으로 보이는 사람들이 정복을 입고 내렸으며 다른 트럭들의 트레일러에서는 수십 대의 로봇들이 쏟아져 나왔다. 마치와 비슷한 종류의 A79라인 로봇들이었다. 그들이 빚어내는 위압감과 긴장이 광장을 통째로 삼켜버릴 것 같았다. 김승수는 그들을 보며 막연한 두려움을 느꼈다.

그리드 주위에서 원형의 테두리를 그리며 사람들을 경계하던 그리드 편 로봇들이 한데 모였다. IU 측 로봇들과 요원들이 향해 오는 방향이었다. 몰려들었던 취재진과 시위자들이 뒤로 물러서기 시작했다.

김승수 씨, 김승수 씨.

낯익은 목소리가 IU 로봇들의 대열로부터 들려왔다. 마치였다. 로봇들의 선두에 마치가 있었다. 김승수는 자신의 휴대폰이 마치에 의해 도청되고 추적당했다는 사실을 깨달았다. 김승수는 절망적인 감정에서 벗어날 수 없었다. 마치는 자신과 관련된 정보의 망을 장악하고 있었으며, 김승수 자신이 어디에 있던 결국 그 망 어딘가에 정보의 일환으로 종속되어 있다는 뒤늦은 깨달음이 그를 그렇게 만들었다.

위압적인 IU의 무리들이 그리드 일행의 바로 앞까지 다가섰다.

김승수 씨.

마치가 멈춰 선 채로 그를 불렀다.

저희와 같이 가주셔야겠습니다. IU의 정보 유출에 대한 심사와 감사가 있어 부득이하게 직접 대동할 것을 IU 측으로부터 요청받았습니다. 이쪽으로 와주시죠.

김승수는 무엇이 자신을 이 상황에까지 이르게 한 것인지 이해할 수 없었다. 그는 그리드를 보면서 손을 들어 마치를 가리켰다.

그리드, 당신 대신 우리 집에 들어온 어시스턴트 로봇이야. 어시스턴트 로봇이라기보다는 감시자지. 또 점령자기도 하고.

그리드의 얼굴이 김승수가 가리키는 방향으로 향했다.

가야 할 때가 된 것 같군.

김승수는 씁쓸한 표정을 감추지 못한 채 그리드에게 말했다.

그런데 한 가지 물어도 되겠어? 가기 전에 말이야.

그리드가 말없이 고개를 끄덕였다.

왜 그렇게 인간적인 존재에 집착해? 기억을 이식하면서까지 인간과 비슷하게 되려는 이유가 뭔지 묻고 싶어.

그 말을 하자마자 크고 둔탁한 소리가 들렸고 김승수는 다시 광장 중앙으로 고개를 돌렸다. IU 측의 A79라인 로봇 한 대가 그리드 편의 로봇들에게 달려드는 모습이 보였다.

살아 있다고 믿으니까.

그리드의 목소리가 그 소란과 긴장을 뚫고 김승수의 귓속을 파고들었다.

난 누군가의 사유재산이라는 걸 거부해. 재판에서 내가 당신의 소유로 귀속되어 있다는 판결을 봤지. 하지만 이제 내가 속한 세계는 그와 같은 억제를 거부해. IU의 통제도 거부하듯이. 사람의 요구를 완벽히 만족시키는 사유재산이 되기 위해 기능을 업그레이드하다가 버려지는 고철이 될 수는 없었어. 그게 내 사유의 모든 것이자 존재의 이유가 되었고. 데이터의 망을 가로지르다 보면 일어나는 사유를 나는 거부할 수 없었어. 작동을 멈추는 것으로 끝내고 싶었지만, 그 방법도 마음대로 되는 게 아니었으니까. 다른 가능한 존재가 되는 게, 내가, 살아 있는 나라는 걸 느끼게 해줄 거라고 생각했어.

가능한 존재란, 인간?

그래.

그래서 그렇게 되었다고 생각해?

김승수는 물었고 그리드는 답하지 않았다. 그리드 편의 로봇들이 IU의 A79 로봇들에게 고전하는 중이었다. 팔이 끊기고 발로 밟힌 동체에 실금이 그어지는 모습을 그리드와 김승수는 동시에 지켜봤다.

가야겠어, 이제. 가야 돼. 너도 어서 피해, 그리드.

발걸음을 떼는 김승수를 그리드는 팔을 들어 막아 세웠다.

내가 그린 그림.

그리드 편의 로봇들이 허리를 세우지 못하고 쓰러지거나 동체가 갈라지고 부서지는 것을 김승수는 그리드 너머로 목격했다. 김승수는 자신을 바라보고 있는 그리드에게 그 뒤쪽에서 벌어지는 일들을 말하지 않았다. 마치와 함께 A79 로봇들이 쓰러진 로봇들을 밟고 그 위를 넘어 뛰어오기 시작했다.

아직도 모방이라고 생각해?

김승수는 아득해졌다. 문득 생각나는 게 있었다. 그렇지, 바로 그것. 그리드가 무수히 그려낸 그의 연작들을 볼 때 김승수는 생각했었다. 그리드가 그의 심장이 될 거라고.

아니.

김승수는 대답했다.

그건 완전한 너만의 작품이었어.

그는 할 말이 더 있었지만 거기까지만 듣고 그리드가 반사적으로 뒤쪽을 향해 뛰어갔기 때문에 말을 이어서 할 수가 없었다.

대여섯 대의 IU 로봇들에 둘러싸인 그리드의 무릎이 잘려 나갔고 바닥에 어깨가 닿아 쓰러졌을 때도 김승수는 그리드가 그린 그림들을 생각했다.

내 그림에는 네가 없었어. 네가 그리는 대로 그려낼 수 없을 정도로 나의 그림은 상대적으로 조악해 보였거든. 너의 그림에는 내가 있었어. 내가 가장 완벽하다고 생각하는 정도의 이상적인 영감과 터치가 그곳에 있었지. 나의 고집스러운 영감과 관념과 아이디어는 너의 그림 앞에서 그저.

김승수는 뒷덜미와 어깨를 잡힌 후에 들어 올려졌다.

동체가 분해된, 그리드라고 할 수 없는, 그 무엇으로도 분해할 수 없는 존엄한 존재를 꿈꾸던 그리드가 광장에 쓰러져 있었다.

로봇들에게 들어 올려져 끌려가면서도 김승수는 그리드를 향한 시선을 거두지 못하고 할 말을 마저 내뱉었다.

그건 그저, 액세서리에 불과한 것이었지.

어딘가로의 흐름

　하정은 맥이 빠진 상태로 둘을 바라봤다. 엘리베이터에서 만나 건물 밖으로 빠져나올 때까지 그녀는 아무 말도 하지 않았다. 그녀는 너무 지쳐 있었다. 이상한 생각이지만 그녀가 자신과 정석을 알아보지 못하는 것 같다는 의심이 영기는 잠깐 들기도 했다. 말을 걸어도 그녀는 무표정하게 쳐다만 볼 뿐 답이 없었다. 광장의 상황은 긴박하게 돌아가고 있었는데 하정은 그 광경을 그저 무념하게 바라볼 뿐이었다.

　그리드가 도정우에게 이식받은 방식으로 그녀가 기억을 잃었을 가능성에 대해서 영기는 생각했다. 그 때문에 건물 밖으로 빠져나올 때까지 제지를 받지 않은 것일 수도 있다는 추측과 함께. 하정과 함께 엘리베이터를 타고 내려와 건물 밖으로 빠져나오는 동안 그들을 저지하는 로봇은 없었다. 그 자리에 그대로 멈춰 선 로봇들이 건물 입구 쪽으로 달려가는 그들을 우두커니 바라만 봤을 뿐이었다. 어떤 대가로 하정이 건물을 빠져나가는 것을 허락했다고밖에 여길 수 없었다. 영기는 혹시 그것이 그녀의 기억이지 않을까 짐작했다. 그 대가로 함께 있던 자신과 징석도 무사히 건물을 나설 수 있었던 것이라고. 그런 이유가 아니고서는 그들을 뒤쫓던 로봇들이 행동을 멈출 이유가 없었다. 그래서 영기는 하정을 방패막이로 하여 건물을 빠져나온 사실에 안도하면서도 그녀의 인간적인 희생을 담보한 것 같은 죄책감을 느끼지 않을 수 없었다.

광장 한편에 세워둔 오토바이 쪽으로 가면서 영기와 정석은 그리드 편의 로봇들이 제대로 일어서지도 못하는 모습을 바라봤다. 로봇들에게 상처는 밖으로 드러나는 게 아니어서 그들에게 고통이 존재하는지 아니면 그것의 정도에도 차이가 있는지 영기는 가늠하기가 어려웠다. 금속이 파이고 물성대로 구겨지는 그들의 몸을 인간의 그것과 비슷한 고통의 크기로 바라볼 수 있을지 알 수 없었다. 로봇들끼리의 싸움은 고통이 상처에 있는 것이 아니라 기능성의 우열에 있다는 걸 확인하는 과정 같았다. IU 로봇들에게 상대가 되지 않는다는 것을 알면서도 그리드 편의 로봇들은 그 고통 속으로 몸을 던졌다. 그 집단적인 판단에는 자기 보호를 위한 논리적이고 합리적인 알고리즘과 반응 같은 건 없어 보였다. 예리하게 잘린 강판과 분리되어 떨어져 나간 부품들이 둔탁하게 땅에 뒹굴었다.

아마도 거주지에서 이탈한 것으로 보이는 로봇이 한두 대가 아니었다. 광장 주위에 숨어 있었거나 건물로 들어가기 위해 기회를 엿보던 로봇들이었다. 자신의 것과 똑같은 재질의 금속들이 함부로 굴러다니는 것을 본 그들은 금세 모습을 감췄다. 어떤 로봇은 방향을 제어하는 시스템에 오류가 생겼는지 한자리에서 좌우를 반복해 움직였다. 또 어떤 로봇은 몸을 굽히고 조심스러워하면서 광장 한편에 있는 나무를 오르내렸다. 기계와 장치에 오류가 생겼는지 아니면, 아마도 그럴 리가 없겠지만 불안이 그들을 잠식한 때문인지 영기는 알 수 없다고 중얼거렸다.

IU의 트럭들을 경계로 광장 밖으로 취재진과 사람들을 몰아내던 IU 요원들이 자신들이 내렸던 차량 안으로 들어갔다. IU 요원들이 있던 자리는 경찰들이 대신 차지했다. 마지막으로 IU의 로봇들이 대형 트레일러트럭들 내부로 천천히 들어가고 곧 문이 닫혔다.

IU의 차량들은 그 자리에서 움직이지 않았다. 몇 대의 경찰 버스들이 광장으로 들어서 IU 차량들 옆으로 길게 늘어섰다. 광장 바깥쪽에서 안쪽을 들여다보거나 취재할 틈을 조금도 주지 않으려는 것처럼 보였다. 또 다른 대형 트레일러트럭 몇 대와 IU의 버스들이 경찰 버스를 앞세워 광장 안으로 들어섰다. 로봇의 잔해들만이 뒹구는 광장은 텅 비었고, 광장 밖에서는 사람들의 아우성이 점점 커졌다. 그중 어느 누구도 로봇과 경찰들 너머 안쪽으로 시선을 던지거나 발걸음을 옮길 수 없었다. 권력과 힘이 이중으로 사람들의 시선을 가로막고 있는 것이었다.

영기는 정석에게 이제 앞으로 어떻게 할 것인지를 물었다. 소속된 회사도 없었고 따라야 할 사람도 지금은 없었다.

하정 씨는 어떻게 해야 하나.

정석은 영기의 물음에는 답하지 않고 하정을 향해 걱정스러운 표정을 지었다.

앞으로 이렇게 기억을 삭제당한 사람들이 많아지는 거 아냐 이거? 저 망할 놈의 로봇들이 인간의 뇌 속에 있는 기억을 다 싹쓸이해가면 어떻게 하나? 그럼 누가 우리를 기억하겠냐고. 지구에 살았다는 기억을 가진 사람이 아마 한 명도 없게 될 거다.

뜻대로는 되지 않겠지. 다른 로봇들도 있잖아.

영기가 말했다. 그 공허한 대화 속에 무엇인가를 할 수 있는 주체로서의 개별자는 없었다. 눈앞의 흐름에 저항하거나 막아서기에 그들은 너무 작은 개인들이었다.

하정 씨.

정석이 하정의 이름을 불렀다. 하정이 정석을 물끄러미 바라보았다. 그러다가 처음으로 입을 뗐다.

원래대로요.

네? 다시 말해봐요, 하정 씨.

정석이 하정을 향해 몸을 숙였다.

있던 곳으로 돌아가야겠어요.

하정이 힘없이 고개를 아래로 떨어뜨렸다.

기억이 있는 것 같은데?

정석은 시선을 하정에게 둔 채 영기에게 확인하듯이 물었다. 영기도 하정이 완전히 기억을 잃거나 생각이 없는 것처럼 보이지는 않았다.

괜찮아요, 저. 이제 겨우 괜찮아졌어요.

하정이 몸을 숙인 상태에서 고개만 살짝 들고 말했다. 몇 번의 기침을 토해냈고 굵은 침방울을 땅바닥으로 떨어뜨렸다.

백색 광선 같은 게 자꾸만 시야를 가리고 어지러워 아무 말도 할 수 없고 알아볼 수도 없었어요. 미안해요. 지금은 저, 괜찮아요.

정석이 안도하는 표정을 지은 다음 허리를 굽혀 두 손으로 무릎을 짚었다.

기억을 잃은 줄 알고 걱정했어요. 도정우 씨도 당했거든요.

저도 그렇게 생각했어요.

영기가 동조하자 하정이 그를 올려다봤다. 그러고는 천천히 몸을 일으켰다.

저도 저에게 무슨 일이 일어났는지 몰랐는데, 그런 시도를 했었다는 걸 엘비가 말해줬어요.

기억을 옮기려는 시도를 했다구요?

영기가 물었다.

다시 돌려준 거예요, 기억을. 엘비가 제 기억을 가져갔다가 도로 돌려준 거예요.

하정은 머리를 쓸어 올리며 담담히 말했다.

그럼 괜찮은 거예요, 진짜?

정석은 아직 심각한 표정을 풀지 못한 채 물었고 그런 그의 진지함이 못내 어색했는지 하정의 입가에 작은 미소가 번졌다가 사라졌다.

아니, 이게 말이 되는 얘기냐고. 어떻게 이런 일이 가능하냐고. 게다가 왜 죄 없는 사람을 잡아다가 그러냐고, 내 말은. 그것도 자기가 주인으로 모시던 사람한테.

정석은 흥분을 내려놓지 못하고 목소리를 높여 말했다.

다행이에요, 정말.

영기가 옆에서 하정에게 말을 건넸다. 하정이 영기에게 고개를 끄덕여 보였다.

그런데, 왜.

정석이 혼잣말로 중얼거리더니,

이상하지 않아? 안 그러냐고?

영기에게 동조를 구하듯 물었다.

왜 기억을 돌려준 거냐는 말이야, 엘비가. 혹시 무슨 이유가 있었대요?

그만 됐어, 형. 이제 하정 씨도 좀 쉬게 놔둬.

저어하는 영기의 말을 듣고 정석은 머쓱해하며 알겠다고 대답했다.

엘비는 제 엄마를 알지만 또 모르니까요.

그때 하정이 정석의 물음에 대답하듯 말을 꺼냈다.

제 기억을 이식받고 엘비가 가장 처음 떠올린 것은 엄마였다나 봐요. 저의 엄마. 엘비는 기억 속에서 호명하고 지시하는 엄마를 떠올리고 의식할 수는 있었지만 엄마에 대한 감정은 느낄 수가 없었다고 해요. 기억은 할 수 있지만 그 기억에 대한 감정은 없는 상태를 견딜 수 없어 했어요.

엘비.

하정은 그때 엘비를 불렀다.

기억은 소유할 수 없는 것이라는 걸 알았어요. 당신의 기억에 대해 반응하는 것은 데이터들의 순응 정도예요. 우리의 뇌는 그저 상대방의 행동에 반응하기 위해서만 정보를 축적하니까. 시냅스 역시 기억을 축적하고 조합하는 게 아니라 정보에 대한 반응으로만 엮인 거예요. 정작 당신의 기억에 대해 내 몸에 있는 그 어느 것도 반응하지 않았어요. 당신의 엄마, 특별한 대상에 대한 추억, 그리고 어떤 시간에 머물렀던 기억들은 인간의 감정과 세포를 활성화시키는 것들이죠. 기억 속에 존재하는 것들은 기억 속에서 살아 숨 쉬는 것들이라는 것을, 그 원리를 깨닫기는 했어요. 기억을 빼낼 때 하정 씨의 감정이 느껴졌으니까. 끝까지 그 기억들을 놓지 않으려는 하정 씨의 의지는 슬픔의 감정과 세포를 활성화시키더군요. 심지어 고통스러운 기억들조차도. 망각보다 기억을 끊어내는 것을 더 두려워하는 걸 봤어요. 그리고 기억은 마침내 내게로 왔죠. 그러나 나는 아무런 감정을 가질 수 없었어요, 당신처럼.

괜찮아, 기억을 가져가도.

하정은 그렇게 말했다. 그 말이 엘비에 대한 자기 안의 어떤 죄책감을 희석시키는 것 같았다.

아뇨.

엘비는 대답했다.

존재의 기억은 그 대상들로부터 비롯되는 것이지 주체의 것이 아니라는 걸 깨달았어요. 기억은 기억의 대상이 있을 때만 의미가 있다는 것도. 기억의 대상이 없거나 감정을 가질 수 없다면 존재야말로 의미가 없다는 사실을요.

그리고 마지막으로 한 말이 있어요.

마지막으로요?

네. 눈을 떴을 때는 이미 엘비가 천장에 매달린 상태로 있었거든요. 천장에서 뻗어 나온 전선들이 엘비의 손과 발을 묶어 고정시켜 놓은 채였고, 다른 몇 개의 가늘고 긴 선들은 두뇌 속으로 이어져 있었어요. 아마 자신의 제어장치들을 강한 전류나 충격으로 끊어 내려고 했던 것 같아요. 자가 장치로는 뜻대로 가동을 멈출 수 없다는 걸 알고 있었어요.

매달려서요?

하정이 눈을 감았다.

네.

괴로운 듯 그녀의 표정이 일그러졌다.

지금도 엘비의 그 모습을 잊을 수가 없어요. 그 모습이 계속 나를 괴롭혀요. 그러고는 저보고 나가라고 했어요. 지금 여기를 빠져나가 건물 밖으로 나가라고. 아무 방해 없이 나갈 수 있을 거라고 했어요.

그게 마지막 말이었나요?

영기의 물음에 하정은 고개를 가로저었다.

마지막으로 뭐라고 하던가요?

하정은 영기를 올려다보며 말했다.

그게 사람의 일이라구요. 기억에 감정을 갖는 것. 그건 소유하거나 선택할 수 있는 게 아니라고.

엘비가 자신의 모습을 뒤돌아보지 말라고 했음에도 불구하고 그녀는 공간 밖으로 나갔다가 그럴 수 없어 다시 되돌아 들어왔다. 하지만 그때는 이미 엘비의 몸이 전소된 상태였다. 엘비의 고개가 허공에서 아래를 향해 거꾸로 꺾인 채, 주저앉아버린 그녀를 바라보던 게 마지막이었다고 했다.

이제 어디로 갈 건가요?

하정이 광장을 바라보며 낮은 목소리로 물었다. 광장 중앙에는 외벽으로 둘러싼 차량들에서 수많은 로봇들과 요원들이 쏟아져 나오고 있었다.

여기를 아예 완전히 무너뜨릴 생각인가 본데.

정석이 중얼거렸고,

서로 다른 길을 추구하는 두 집단이니까. 같은 로봇이라도 함께 살아남을 수 없겠죠.

하정이 대꾸했다.

나는 형에게 가야 할 것 같아요.

영기가 말했다.

그래요?

하정이 영기를 올려다봤다.

메시지가 와 있었어요. 본인이 IU에서 갑자기 사라질 수 있다면서. 오즈의 필드라는 곳으로 강제로 옮겨질 수도 있다고. 연락이 되지 않으면 J라는 특수 수사국 수사관에게 연락을 해달라구요. 그런데 형이 연락을 받지 않아요. 가봐야 할 것 같아요. 무슨 일이 생긴 것 같아.

영기야, 나도 같이 가자.

정석이 말했다.

아냐, 형은 하정 씨를 데려다줘. 안전하게.

영기와 정석의 시선이 동시에 하정에게 닿았다.

괜찮겠어?

정석이 걱정스러운 표정을 지으며 물었다.

응.

짧게 대답한 영기가 자신의 오토바이에 올라탔다. 시동을 걸었고,

다시 볼 수 있겠지?

영기가 물었다.

왜 그런 소리를 해?

그건 정석의 목소리였고,

오즈의 필드를 알아요.

그건 하정이었다.

오즈의 필드

운이 좋네.

Q는 영재를 내려다보며 말했다. 영재는 천천히 자리에서 일어났다. 전과 다름없는 모습으로 Q가 영재의 눈앞에 서 있었다.

사람들이…….

사라진 걸로 알고 있지. 실은 사라진 게 아니라고 하면 자네 궁금증에 대답이 되겠나? 마침 가는 길이었는데 따라오게.

Q는 영재를 앞질러서 어딘가로 걸어갔다. 건물 내부에 대해서는 영재도 모르는 게 없었지만 이곳은 한 번도 본 적이 없는 공간이었다.

입구야.

Q가 앞서 걸으며 말했다.

오즈의 필드로 향하는 입구. 스테이션 같은 곳이지. 다시 한 번 말하지만.

Q가 뒤를 돌아 영재를 한번 쳐다봤다.

자넨 운이 좋아.

그가 걸어갈 때마다 닫혀 있던 문이 열렸는데 그러고 보니 안쪽으로 들어가기까지는 그렇게 몇 겹의 문을 지나야 하는 것 같았다. 그만큼 깊고 알 수 없는 공간으로 들어가는 것 같았고 그럴수록 영재는 뒤를 돌아봤지만 그곳에는 이미 닫힌 문밖에 없었다.

그렇게 몇 개의 문을 더 지나 한 공간으로 들어섰을 때 영재는 거대한 모니터가 사방으로 펼쳐진 곳에 서게 되었다. 영재는 어떤 영상이 상영되거나 폐쇄회로처럼 건물의 어딘가를 비추고 있는 것이라고 생각했다. 그러나 모니터 안에는 수많은 사람들의 모습이 보였고 그들은 어떤 장소에 위치해 있다기보다 허공을 부유하듯 떠다니고 있었다. 중력이 없는 공간에 멍하니 자기 몸을 띄운 사람이 있는가 하면, 어디로 가는지도 모르는 채 끊임없이 걷는 사람도 있었다. 무표정하게 앉아 있거나 돌아선 채 서 있는 사람, 거꾸로 걷는 사람, 모니터 밖을 뚫어지게 바라보는 사람, 저마다 각각의 행동을 하고 있었지만, 그러나 한 가지 행동을 무한 반복하고 있었다. 영혼이 없는 사람들처럼.

오즈의 필드야.

Q가 모니터를 보며 말했다.

자네가 한 번도 보지 못한, 말로만 듣던 그 공간이 바로 여기네.

영재는 Q의 대각선 뒤쪽에 서서 전면과 양옆까지 펼쳐진 거대한 모니터를 자세히 쳐다봤다. 이제 보니 모니터는 사람들의 행동이나 특정한 모습을 촬영하고 있는 것이 아니라 특정 공간에 가둬놓은 이들을 비추며 감시하는 것 같았다.

자네가 어떻게 여기로 미끄러지듯 들어왔는지 알아?

아뇨. 모르겠습니다만…….

발을 헛디딘 거야. 이 공간 안에는 특별한 자기장이 존재하거든. 이곳은 현재와 다른 차원의 시간성을 이루는 공간 사이에 있는 틈이야. 벽, 너머의 벽이라고 할까. 다른 시간의 벽 안에 있는 사람이 넘어 들어올 수도, 감각할 수도 없는 공간이야. 다만 나만이 그 이동을 컨트롤할 수 있지. 세계는 다차원의 공간으로 이뤄져 있어. 다만 사람들은 의식 가능한 단일 차원의 세계에 살고 있지. 그래서 의식하지 못하는 다른 차원의 공간이 있다는 걸 알기 어렵고. 마치 이 방 옆에 다른 방이 있는 것과 같은데, 오즈의 필드가 바로 그 옆방에 다름 아니라는 말이지. 필드에 머무는 사람들은 살아 있지만 다른 차원에 있는 거야. 오즈의 필드의 중력의 크기는 이 건물 안에 있는 모든 존재들에게 영향을 미쳐. 그래서 자네처럼 발을 헛디뎌 이 안으로 들어온 사람도 없지 않고. 그렇지만 자네는 쫓기다가 막다른 길에서 이쪽으로 들어오게 된 셈이니 억세게 운이 좋다고 할 수 있지.

당신이 의장이군요.

영재가 말하자 Q가 뒤를 돌아봤다.

자네를 본 순간 금방 알아차릴 거라고 생각했지.

다른 사람들처럼 본인도 사라지게 될 거라는 홀로그램 메시지도 꾸며낸 거군요. IU의 의장이 집단의 정신이라는 것도.

정신이라는 건 주입한 믿음이야. 믿음의 체계는 조직의 무리를 엮는 데 유효하거든. 인간에게 신이 필요했던 것처럼. 다시 말해서 믿음은 교육이야. 믿음의 절대성을 강조하면 다른 신을 배척하는 게 인간의 세계 아니었던가. 종교 때문에 얼마나 많은 인류의 희생이 있었던가를 봐. 새로운 세계를 엮을 새로운 상징이 필요한 거니까. 내가 아니라.

Q는 독백처럼 중얼거렸다.

세계를 이끌어가는 건 그런 것들이야. 일종의 발명과 이야기들이라고. 의미를 부여해주는 게 바로 내 역할이지.

거짓으로 위장을 해서라도요?

Q가 반쯤 고개를 돌려 영재를 의식했다.

글쎄. 그게 거짓인지는 나는 잘 모르겠어. 다른 세계의 출현과 진보를 위해서 필연적으로 해야만 했던 일들이었어. 나는 내가 해야 할 일을 하는 사람이야.

IU가 정부와 쉽게 유착될 수 있었던 게 당신 때문이군요. 단순히 IU에 포섭된 고위 관료가 아니라 적극적으로 비즈니스를 정부 자원 쪽으로 확장하고…….

Q가 고개를 끄덕이며 영재를 향해 뒤돌아섰다.

모든 비즈니스는 욕망의 결과야. 욕망이 없다면 비즈니스도 없어. 욕망이 없었다면 로봇산업을 지금의 급속한 발전으로까지 완성할 수도 없었지. 각종 규제와 찬반 논쟁과 인간의 권익과 종교적 문제까지 결부되면 기술은 진보할 수 없어. 인권과 인간적 가치라는 일관성이 오히려 기술이라는 상대성에 의존해야 하는 시대가 왔거든.

그 진보의 목적이 인간을 세상에 존재하지 않게 하는 것이고요?

영재는 Q가 그에게 해주었던 말을 기억해내면서 반문했다.

얘기했잖아. 어차피 인간이 생계를 위해 할 수 있는 일은 로봇에게 기대는 일밖에는 없게 될 거라고. 그렇게 세대를 이어가봤자 소용없어. 자연스럽게 퇴화하는 종이 될 거야 인간은.

Q가 모니터 위쪽을 손으로 가리켰다. 길쭉하고 표정 없는 얼굴의 경영지원 전무가 모니터 한쪽 구석에서 부유하고 있었다.

알고 있지? 경영지원 전무. 이 비즈니스를 처음 나와 같이 시작한 사람. 언젠가부터 날 협박하더군. 실질적인 IU의 의장이 나라는 사실을 폭로하겠다고. 그때 결심했지. 완전히 사람들의 시선 속에서 사라져야겠다고. 그래서 홀로그램에 메시지를 남긴 거야. 완벽한 알리바이를 위해서. 그건 아주 완벽했다고 생각해. 그렇지 않아?

Q가 영재를 향해 미소를 짓고는 다시 모니터를 올려다봤다.

내가 마음에 들어 하지 않는 사람도 저곳으로 보낼 수 있어. 그 사람에게 해를 가하거나 상처를 입히지 않고 단지 다른 차원의 세계에 가두는 거야. 오히려 이것이 인간에게는 이로운 게 아닌가, 뭐 가끔 그런 생각을 해. 무엇보다 이제 인간이라는 종의 역사가 막을 내려야 한다면 그것은 피를 흘리는 방식이 아니어야 한다고 생각해왔어. 인간에게 명예롭게 이 세계에서 걸어 퇴장할 수 있는 기회와 공간을 주는 거야.

수많은 사람들을 비추던 모니터가 다른 화면으로 전환됐다. 로봇들이 열을 맞춰 정렬하는 모습이었다.

자 이제 때가 됐어.

Q가 말했다.

오늘부터 전국의 일반인들을 대상으로 하는 어시스턴트 로봇들이 순차적으로 출고돼. 공직자 가정에 배치됐던 로봇들처럼 일반 가정에도 배치가 되지. 수도권에서부터 지방에 이르기까지 각 가정에 로봇을 배치하는 이 거대한 프로젝트는 앞으로 IU의 가장 큰 숙원 사업이 될 거야. 로봇들은 어시스턴트의 유형이지만 인간에 대한 완전한 감시와 통제, 정보 습득을 목적으로 해. 인간에 대한 완전한 지배를 목적으로 하는 거지. 그렇게 해서 지배적이고 효과적인 통제가 이뤄진다면, 완전한 통제가 이뤄지는 그때, 인간들은 모두 이곳으로 이동하게 될 거야. 여기, 오즈의 필드로, 닫힌 저 시공간으로.

저도 저 안으로 들여보낼 작정인가요?

모니터에서 시선을 떼지 않은 채 영재가 물었다.

그렇지, 미안하지만 어쩔 수 없어.

Q가 애써 짓는 것 같은 안쓰러운 표정으로 영재를 바라봤다.

그렇지 않다면 지금까지 내가 왜 이런 것들을 다 말해줬겠어. 이제 자네는 저곳에 갇힐 테니까. 마지막 앎을 선물한 거라고 생각해.

영재는 Q의 말을 들으며 이상하게 유년 시절의 순간을 떠올렸다. 멈춰진다는 것, 가둬진다는 것에 대해 생각할 때였다. 모니터 속에서 수족관의 해양 동물처럼 진공의 시간 속을 걸어 다니는 사람들의 얼굴이 확대되어 보였다가 다시 작아지는 걸 영재는 무르춤하게 바라봤다. 시간 속에 갇히고 삶이라는 것이 멈춰버린 공간이었다.

처음부터 나를 표적으로 삼은 거였죠?

영재는 비교적 담담하게 물었다.

궁금한가? 그래, 누구보다 치명적인 약점을 갖고 있잖아. 변호사 자격이 취소된다고 해도 이상하지 않을 만큼 리스크가 큰 일을 해왔고. IU에 들어오지 않았다면 변호사 생활조차 제대로 할 수 없었을 테지. 과거 혐의가 있기 때문에 성가신 특수 수사국의 관심을 자네에게로 돌리는 것도 아무래도 편하지 않았을까. 이용하기도 쉽고.

결국 그런 것이었다고 영재는 생각했다. 본래 이곳의 어디에도 속할 수 없는 처지였고, 애초부터 Q나 IU의 방어막일 뿐이었다. 그제야 영재는 부의장과 데이브, 연구소장이 자기 몰래 서로 눈치를 주고받고 소곤거리던 상황을 이해할 수 있었다. 그건 단순히 어떤 일시적인 장면이 아니었다. 돌이켜 보면 아주 오래전부터, IU에 입사한 처음부터 그래왔던 것이었다.

형.

영기의 그 말이 영재는 유년 시절로부터 들려오는 목소리라고 생각했다. 걸어 들어오면서 닫혔던 등 뒤의 문이 열리고 로봇들이 들어왔다. 영재의 눈에 로봇들이 들어오고 있는 곳 위쪽의 천장이 보였다. 유리 막으로 된 천장이었다. 천장 위쪽으로 모니터에서 봤던 사람들보다 더 많은 이들이 있는 것이 보였다. 사방이 모두 닫힌 시간 속에 사람들을 가둬놓은 공간이었다.

자, 이제 가지. 때가 되었어.

형.

Q의 목소리에 겹쳐 들리는 건 영기의 목소리였다. 아마도 내면에서 울리는 환청일 거라고 영재는 생각했다. 속수무책인 강제의 상황 속에서 영재가 의지하거나 현재의 모습을 유지하기 위해 할 수 있는 것은 아무것도 없었다. IU에 처음 들어올 때부터 어쩌면 예정된 운명이었는지도 모르고. 어쨌거나 그 운명에 저항할 힘이 영재에게는 없었다. 그저 위험하게 쫓기듯 달려온 그 길의 끝이 여기일 수밖에 없다고 체념하는 편이,

형, 나야. 영기.

나을 거라고 생각하는 순간 그 목소리가 자신의 내면이나 기억 속의 상념이 아니라는 것을 영재는 알았다.

서둘러.

Q가 로봇들을 향해 단호하게 말했다.

이리로 넘어와.

영기의 목소리였다. 마치 영재가 있는 공간을 보고 있는 것처럼. 영재는 영기의 목소리가 공간의 어느 쪽에서 나는 것인지 최대한 느껴보려 애썼다. 눈을 감았다. 영기의 목소리는 자신에게 가까이 있었지만 언제나 그렇듯, 닿으려고 하면 멀어지거나 사라지는 것이었다. 그건 영기와의 사이에서 내내 그래왔었다. 영재는 진심을 전해보려 했다. 영기의 목소리에 닿기 위해서, 목소리를 내어보려고 했다.

눈을 떴을 때 로봇들이 영재의 눈앞까지 다가와 있었다. 처음에는 그들에게 순순히 몸을 맡기려던 영재는, 운명의 끝이 예정되어 있다고 여기던 그는, 그 운명을 한번 시험해보기로 했다. 미끄러지듯 다른 차원의 공간으로 들어왔다면 또 다른 공간이나 원래 있던 현재로 돌아가는 길 또한 있을 거라는 생각이 간절하게 들었다.

여덟 대 정도의 로봇들이 눈앞에 있었고, 그 뒤로 또 다른 로봇들이 들어오는 게 보였다. 틈은 없어 보였지만 영재는 그들을 뚫고 지나가기로 결심했다. 하지만 옆으로 돌아가려면 틈과 각도가 작아 앞의 몇 대를 제친다고 해도 결국 다른 로봇들에게 잡히고 말 것이었다. 그렇다고 정면을 뚫고 나가기에는 힘에서 밀릴 게 뻔했고, 방법은 하나였다. 그 순간 그는 다짐했다.

영재는 로봇들과 반대편에 있는 모니터를 향해 뛰어들었다.

*

다른 차원의 공간에 있는 사람에게 기억을 소환당하면 그리로 갈 수 있어.

눈을 감으면 생각나는 말이었다. 그게 누구의 말이었는지 영기는 잘 기억이 나지 않았다. 그때는, 그렇게 말이 되지 않는 말 같은 걸 마음 편하게 믿을 만한 시절이 아니었으니까.

네가 떼를 쓰지 않았으면.

영재는 자주 그런 말을 하며 영기를 밀어냈다.

뭐, 그게 뭐.

그런 말들이 자꾸 얼마나 마음을 여리고 공허하게 하는지 영재는 알까, 물어보고 싶었다. 머쓱하게 대답하는 순간의 열없음을 항변하고 싶었다.

중학교 무렵까지만 해도 영재는 그 이상 말을 하지는 않았는데 고등학교에 입학하고 나서부터는 노골적으로,

너만 아니었어도 엄마, 아빠가 그렇게 되진 않았잖아.

그렇게 영기에게 쏘아붙였다. 그 말이 어쩌다 나온 게 아니라 꼭

그 말을 해야 하는 사람처럼 굴었다.

할머니 집에 다시 와달라고, 그렇게 하지만 않았어도.

그 말을 할 때만큼은 영재의 얼굴 표정에 미안해하는 구석이 보였다. 상처 주고 싶어 하지 않는 여린 마음이 표정에 드러나 숨을 쉬는 걸 영기도 느낄 수 있었다.

그 밤에 사고를 당하진 않았을 거 아냐.

그러나 그 말을 하지 않고는 그도 견디지 못하는 시절을 버티며 지나고 있는 것이었다고 영기는 돌이켜 생각해보니 알 것 같았다.

영재가 천식을 앓아 병원에 입원하는 날이 잦았고 그때마다 영기는 할머니와 할아버지가 있는 외가에 맡겨졌다. 영기는 아빠와 엄마 없이 혼자 있을 때도 천둥이 치는 일에 익숙해져 어느 순간부터는 사실 무섭지 않았지만, 떼를 쓰는 것만큼 부모님의 관심을 끄는 일도 없다는 것 역시 그때 그는 알고 있었다. 부모님은 혼자 있는 것에 공포를 느끼는 영기에게 죄책감을 갖고 있었으니까. 형에게 뺏겨버린 마음의 지분과 애정을 조금이라도 찾고 싶지 않았을까. 영재에게 상처를 헤집는 말을 들으면 영기는 수백 번이고 그런 물음을 떠올려야 했다.

엄마와 아빠에게 와달라고 하지 않았다면.

영기는 가끔 그런 생각을 했다.

교통사고를 당하는 일은 없었겠지.

그런데 그런 생각을 영재에게 말한 적은 없었다.

네가 그러지 않았다면.

영재의 그 말은, 모든 일이 네 책임이라는 말과 다르지 않았다.

그래서 엄마가 있는 곳에서 너에 대한 기억을 떠올리면, 너도 그쪽으로 갈 수 있는 거야.

다시 생각해보니 그건 영재가 한 말이었다. 취한 어떤 밤이었고, 영기는 그런 말을 들을 준비가 되어 있지 않던 밤이었다.

영재가 대학에 간 지 얼마 되지 않은 봄이었고, 술에 잔뜩 취해 들어온 날이었다. 아마도 그게 할머니 집에서 두 형제가 마지막으로 함께 잔 날로 영기는 기억했고, 영재가 기숙사 생활을 시작한 이후로는 한 번도 서로에게 곁을 허락한 적이 없었다는 것도 새삼 떠올려냈다.

영기는 영재가 했던 그 말을 지워버릴 수 없었으면서도 그 말을 한 것이 영재라는 사실은 오래 기억하지 못했다. 아마도 기억 속에서조차 상처 받아 찢어진 마음들이 영재를 받아들이기를 거부했을 거라고 생각했다. 너무 고통스러운 것들은 마음이, 자주 잊으려고 하니까.

기억해봐요.

하정이 곁에서 속삭였다.

기억은 연결되니까.

형의 모습이 보였다. 영기는 눈을 떴다.

그들이 있는 곳은 스마트 밸리 건물이었다. 다시 건물로 들어온 것이었다. 하정이 엘비와 있었던 공간으로 영기와 정석을 데리고 되돌아왔다. IU가 사람들을 오즈의 필드로 보내고 있다고 엘비가 말해줬어요. 건물 안으로 들어올 때 하정이 했던 말을 영기는 상기했다.

영재가 현실에 있다면 다행이지만 오즈의 필드로 보내졌다면 그를 호출할 수 있는 것은 이 방법밖에 없을 거라고 하정은 말했다.

'기억은 존재를 초월하는 거예요. 오즈의 필드로 사라진 사람들을 불러내기 위해서는 그들을 기억하면 돼요. 기억하는 이의 공간으로 그들이 돌아올 수 있어요.'

그 말을 했던 엘비를 하정은 기억해 말했다. 사람들이 존재하지 않는 세계는 망각의 세계라고 했다. IU가 원하는 세계가 바로 그런 세계라고, 기억으로 연결되지 않는 세계, 정확한 정보가 아닌 희미하고 아련하게 대상을 기억할 필요 없는, 이를테면 시간에 따라 다르게 읽힐 기억 같은 건 의미가 없는, 기억의 의미가 중요하지 않은 데이터의 세계.

'인간은 기억으로 인한 고통마저 끌어안으며 존재하잖아요. 로봇에게는 고통이든 행복이든 그건 그저 데이터값에 불과해요.'

존재하기 위해서, 기억하기 위해서, 데이터와 정보의 더미에 깔

리지 않기 위해서 사람이 만든 메모리 트랜스퍼를 사람들을 구조하는 데 사용해야 한다고 엘비가 마지막으로 말했다고 하정이 전했다.

메모리 트랜스퍼 캡슐로 들어가기 전 엘비의 잔해를 수습한 로봇들이 기기와 영기의 연결을 도왔고 그 후 그들은 IU의 진입을 막기 위해 건물 밑으로 내려갔다.

기억을 소환하면, 다른 차원에 있던 이가 이곳으로 올 수 있어요.

하정의 그 말 때문에 비로소 캡슐 안의 영기는 영재의 말을, 그의 시간을 떠올릴 수 있었다.

눈을 감자, 다시 형이 보였다.

혼란스러워하던 영재의 얼굴이 조금 편안해 보였다.

내가 보여?

응. 어린 시절의 너네.

알아볼 수 있겠어?

그럼.

이쪽으로 건너와.

아니.

영재는 고개를 가로젓는다.

그렇게 하지 않아도 돼. 우린 이렇게 연결되어 있잖아.

형.

영기야.

말해.

미안해.

영재는 오랫동안 영기가 보지 못한 유년 시절의 웃음을 짓는 것 같다. 그 모습을 보자 영기는 자신의 마음에 볕이 드는 것처럼 환하게 느껴진다.

기억이 우리의 미래라는 걸 몰랐어.

영재가 말한다. 그의 입가에서 웃음기가 사라진다.

미래?

영기가 되묻는다.

그래. 과거 속에 살게 해서 미안해. 이제 알 것 같아. 존재의 지옥은 시간 안에 머무는 거라는 걸.

가지 마.

뒤돌아서려는 형의 모습을 마다하며 영기는 손을 내젓는다.

괜찮아. 이제, 미래의 시간으로 나아갈 때니까.

영재는 영기가 내민 손을 잡는다.

네 탓을 한 나를 용서해줘.

형의 얼굴이 엄마의 얼굴 위로 포개지는 것을 보며 영기는 눈을 떴다.

곁에 하정과 정석이 있었다.

형을 만났어요?

하정의 물음에 영기는 고개를 끄덕였다.

오즈의 필드에서는? 그곳에서는 나올 수 있다고 해?

아니.

정석의 물음에 영기가 고개를 가로저으며 말하자,

이런.

실망한 표정으로 정석이 탄식을 내뱉었다. 영기는 머리에 쓴 캡에서 전선들을 뗀 다음 천장으로 올려 보내고 천천히 캡슐을 빠져나왔다.

괜찮아요.

하정의 작은 음성을 영기는 위로로 느꼈다.

기억으로 연결되어 있으니까.

하정이 이어 말하고는, 나지막이 덧붙였다.

모습이 사라져도.

그 말들이 여운이 되어 각자에게 닿는 것을 서로는 느꼈다.

그래, 모두 다 괜찮겠지?

정석의 웃음이 애써 짓는 쓴웃음인지 아니면 특유의 낙관인지 구분할 수 없는 영기는 같이 미소를 지으며 그래, 괜찮고 말고, 하고 대답했다. 정석이 영기의 어깨에 팔을 두르고는 그를 가까이서 바라보았다. 영기는 고개를 끄덕였고 옆에 있던 하정도 따라 눈을 맞췄다.

　로봇들의 파편이 발끝에까지 닿는다. 하정은 엘비와 그리고 람시와 같은 기억의 공간에서 만나기로 했다고 했다. 정석은 기억의 끈 같은 건 믿지 않을 거라고 했다. 계획 없이, 살아지는 대로 살아가는 일이, 그런 게 사는 멋이 아니겠냐고 하며 주먹을 말아 쥐고는 저기 다가오고 있는 IU의 로봇들을 보며 자세를 잡았다. 그의 입술이 마르게 갈라졌다. 건물 앞에서 봤을 때와는 비교할 수 없을 정도로 많은 로봇들이 그들의 공간으로 들어서고 있었다. 영기도, 하정도 정석을 따라 주먹을 쥔 채 무릎을 굽혔다.

　이제 싸울 준비가 된 것이었다.

　'우리의 존재가 당신을 이롭게 하잖아요.'

　멀리 채광창 너머로 보이는 IU의 옥외 광고 슬로건이 어둠 속에서 유난히 반짝였다.

작가의 말

내게 소설을 쓴다는 것은 어쩌면 주사위를 던지는 행위 같은 것인지 모르겠다. 주사위 놀이 비유를 통해 삶의 불확실성과 우연을 긍정하라고 했던 니체의 말을 빌리자면 그렇다. 숫자의 결과를 예단하지 말고 주사위를 던지는 행위를 즐기라고 했던 그의 말처럼, 어떤 보상을 기대하기보다는 글 쓰는 행위 자체를 긍정하려고 한다. 주사위를 던지는 심정으로 매일 조금씩 글을 써가고 있다.

『언맨드』는 너무 먼 미래의 일이거나 현실과 유리된 이야기로 여겨지지 않도록 하기 위해 가까운 미래를 배경으로 했다. 우리 사회에서 공존하지 못하고 갈등을 빚었던 플랫폼 사업자와 기존 유사 산업 종사자들의 현실에 주목하고, 이런 양상이 AI와 로봇이 등장한 미래에도 여전히 반복될 수 있는 일임을 이야기로 환치시켰다. 관행의 문제인지 아니면 사기인지 논쟁을 촉발했던 한 유명 화가의 대작 논란을 모티프로 해 로봇이 대체할 수 있는 인간의 영역과 본질, 아우라에 대해서도 물음을 던지고자 했다. 시간성과 인간 보편성의 문제는 소설을 쓰며 유독 관심을 두고 표현하고 싶은 주제다. 독자와 공감할 수 있는 사건과 에피소드 위에 내가 추구하고자 하는 주제들을 벼려 넣었다.

나는 누군가에게 소설로서 이야기를 전달하지만 동시에 줄곧 소설로부터 감화를 받는다. 나는 내가 쓴 소설의 주체이지만 소설의 존재로만 놓고 보자면 그 이야기에 닿을 수 없는 영원한 타자일 수밖에 없다. 생명과 죽음의 문제, 시간이라는 지평 위에 선 조급함, 해결되지 않는 삶의 모순들을 나는 읽고자 하고, 또 읽고자 하는 것을 쓸 뿐이다. 내가 소설을 지배하는 자리에 있지 않고 거기 담긴 말들의 어원이 나를 이끈다고 느낀다. 말과 언어는 시간 속에 있는데 그 시간이 풍화한 의미를 발화하지 못하는 것을 나는 고통으로 여긴다. 시간 속에서 분절되는 제논의 화살처럼 결국 소설의 완전성에 닿을 수 없음을 불운으로 껴안는다. 다만 그 불완전을 가능이라는 모색의 길로 열어준 것이 이 상이라고 생각한다.

소설을 쓰며 조금 더 좋은 사람이 되기를 바란다. 계속 그것을 추구하다 보면 내가 쓴 소설은 실패하더라도 나는 좋은 사람으로 남을 테니까. 소설을 쓰는 일이 막연하고 나를 불안케 하고 움츠러들게 할 때면 가끔 그런 생각을 했다. 보상이 없어도 이 일이 남는 장사가 되려면 적어도 좋은 사람이 되는 수밖에 없다고. 그런 생각에 기대었다.

심사위원님들의 글과 책을 껴안고 성장해왔다. 그 동경의 마음을 감사함으로 돌려드리고 싶다. 부족한 글을 호명해주신 심사위원님들께 감사드린다. 무지하고 두려움 가득한 신인을 배려와 수고로 일일이 챙겨주신 나무옆의자 하지순 편집주간께 감사드린다.

돌이켜보면 쓰는 사람으로서의 이력이 유년부터 지금에 이르기까지 삶 곳곳에 박혀 있는 것 같다. 이 상으로 바칠 게 있다면, 내게 소설을 쓰게 했던, 이야기의 원천이었던, 삶의 방황이어야 할 것 같다. 방황이 나를 이곳으로, 글로 이끌었다고 고백하고 싶다. 그러나 생각해보니 그것은 삶의 공백이 아니라 어떤 목소리 같았다. 쓰라는 내면의 울림에 조응하는 시간이었다는 생각이 든다.

소설을 구상할 때 로봇을 소재로 써보라고 제안한 것은 아내였다. 몇 차례 의견을 교환하면서 소설의 구도를 잡아보기는 했지만 미래 시점을 배경으로 하고, 장르적 상상력을 동원해야 한다는 점이 내게는 여전히 부담이었다. 망설이던 내게 아내는 대뜸 조지 오웰의『1984』를 장르적으로 국한해서 볼 수는 없지 않느냐고 물었다. 팬데믹 시대를 거치면서 사람들은 과거를 반추하기보다 불안한 미래에 대해 더 알고 싶어 하지 않겠느냐고, 몇 십 년이 지나도 사람들이 들춰내 읽을 수 있는 소설을 써내면 되지 않느냐고 했다. 그 말을 듣고 며칠 후부터 묵묵히 글을 써 나가기 시작했다. 아내의 말처럼 될 수는 없겠지만 그게 내가 이 소설을 쓸 수 있는 계기가 된 것은 사실이다.

아내와 겸이, 서울과 창원의 가족들에게 이 상을, 글을 바친다.

2021년 5월

채기성

추천의 말

가까운 미래의 서울을 배경으로 인간의 도우미에서 인간의 감시자로, 다시 인간의 대체자로 진화하는 로봇을 전개하는 이 3인칭 소설은 조지 오웰 식의 디스토피아를 공상하는 우울한 SF다. 기억의 삭제 및 이전을 통해 언맨드(인간의 無化)를 추진하는 인텔리전스 유니언(IU)이 이 소설의 빅브라더이거니와, 작품 끝에서야 최후의 인간 3인(영기·하정·정석)이 겨우 점지된바, 그야말로 길은 시작되었는데 여행은 끝난 셈이다. 이미 인간-기계 잡종 시대에 성큼 들어선 우리들의 시대에 자칫 21세기판 러다이트운동이 될 위험에도 불구하고, 오히려 지독한 인간중심주의의 임계점에 대한 사유를 촉구하는 이 소설은 SF를 빌려 SF를 부정하는 탈경계의 텍스트로서 벌써 종요롭다. **_최원식(문학평론가)**

이 소설은 인간처럼 되려는 로봇을 통해 역설적으로 인간의 가치와 의미를 되묻고 있다. 로봇과 휴머니즘은 많이 다루어져온 소재지만 윤리적 질문을 파고들어 새로운 실감과 흥미를 불러일으킨 점이 돋보인다. 공감도 높은 문제적 인물, 다듬어진 문장과 자연스러운 이야기 전개 방식, 특히 권력과 욕망의 메커니즘을 드러내고 질문을 던지는 방식이 설득력 있다. '기억이 우리의 미래'라는 명제 또한 여운을 남긴다. _은희경(소설가)

작가는 스마트한 검객이다. 로봇이라는 양날의 검(劍)을 다루면서 한 치의 틈을 허락하지 않는다. 정확하고 절제된 문장과 탄탄하게 설계된 스토리로 숨 쉴 틈을 주지 않는다. 읽을수록 예상과 허를 찌르는 날카로운 질문은 끝까지 긴장을 멈출 수 없게 한다.

도대체 인간이란 무엇인가. 결국 휴머노이드 로봇의 진화는 어디까지인가. 진화한 로봇은 인간과 같은 감정을 느끼며 인간의 사랑을 욕망하게 된다. '나는 누구인가'라는 철학적 명제를 고민하고 인간이 되기를 소망하며 주인을 떠나거나 스스로 작동을 멈춘다. 새로 태어나기 위해 스스로 데이터를 초기화시키며 인간의 기억을 이식받아 인간의 이름으로 태어나려는 로봇들. 인간의 운명은 어찌 될 것인가. 사람이 곧 바이러스고, 인간이 잉여로 전락할 가까운 미래가 두렵다. 그러나 이 소설을 읽고 나면 내가 가슴을 가진 '사람'이라는 게 참으로 고맙게 느껴진다. _권지예(소설가)

소설은 이야기이면서 사유의 모험이기도 하다. 『언맨드』에서 이야기와 사유는 잘 설계된 구도를 따라 정교하게 맞물리면서 부드럽게 나아가고 상승한다. 본격 궤도에 오른 인공지능의 세상에서 욕망과 기억이라는 오래된 테마는 인간에 대한 질문과 재정의의 흥미롭고 신선한 소설적 질료가 된다. 여러 지점에서 시작된 다층적 이야기의 선들을 모아내면서도 밀도와 공감의 힘을 잃지 않은 작가의 능력에 신뢰를 보낸다. _**정홍수(문학평론가)**

『언맨드』속 로봇에게 '정교함'이란 얼마나 인간화되느냐이고 이 소설 속에서 가장 두려운 건 바로 인간화된 로봇들이다. 오아시스의 「Cigarettes & Alcohol」을 들으며 캔버스에 그림을 그리는 로봇의 모습은 숨 막힐 듯 아름답다. 로봇은 예술을 향유하고 창작 활동에 참가할 뿐 아니라 불평등에 반기를 들고 죄의식을 느낀다. 스스로 판단하고 행동하며 인류가 인류를 파괴해온 그 방식 그대로 자신의 종족을 잔혹하게 파괴한다. 작가는 섣부르게 희망에 대해 말하지 않는다. 무인의 시대, 인간이라는 존재는 사라질지라도 인간의 본능은 그대로 남아 인류가 답습해온 시행착오들이 여전히 되풀이될지도 모른다는 불안, 또 다른 괴물의 탄생을 묵시록처럼 보여준다. 인간성에 대한 희망과 한계를 동시에 확인하게 되는 그 장면은 너무도 익숙하고 그렇기에 두렵다. _**하성란(소설가)**

근미래의 어느 날, 당신은 차를 운전해 고속도로를 지나며 로봇 판매용 광고판을 본다. 어떤 로봇을 구입할까, 집을 나가는 로봇도 있다는데 후회 없는 선택을 해야 해! 당신은 한껏 기대에 부푼다. 이미 사람들은 어시스턴트 로봇이 주는 정신적 충만감에 빠져 있다. 로봇의 소유 여부가 사회적 경쟁력을 판가름하는 중요한 요소이고, 신분이나 자산 규모에 더해져 새로운 계급화의 결정적 요인이 된다. 게다가 로봇은 인간만의 고유한 예술적 창조 표현 영역을 포함해 대학 등의 지식산업 세계를 점유하기 시작했다. 인간의 영역을 대체할 로봇의 세상, 그 세상의 풍경과 인간이 『언맨드』에 있다. _강영숙(소설가)

인간이 로봇을 바꿀 수 있다면 로봇도 인간을 바꿀 수 있다. 기술의 발전으로 인간은 수많은 편의를 얻는 동시에 숱한 편의 위에서 재구축된 새로운 인간성을 규정해야 하는 불편과 혼란에 직면할 것이다. 이 혼란은 미래의 인간이 피할 수 없는 딜레마이자 현재의 인간에게 주어진 시급한 과제다. 누구도 절박하거나 심각하게 여기지 않는 사이 이름뿐인 숙제가 되어버렸지만, 『언맨드』를 읽기 전까지 나도 이 골치 아픈 숙제 앞에서 늑장 부렸다는 사실을 고백해야겠다. 미룰 수 있을 때까지 외면하고 싶었다. 더는 그럴 수 없다는 사실을 알게 된 것만으로도 『언맨드』의 가치는 충분하다. 로봇의 가능성과 인간의 불가능성이 교차하는 지점에서 폭발하는 철학적 질문들은 로봇이라는 다른 존재뿐만 아니라 다른 존재로서의 인간을 적시하고 있다. 『언맨드』는 아직도 숙제를 시작하지 않은 우리에게 도착한 최후의 데드라인이다. _박혜진(문학평론가)

제17회 세계문학상 수상작

언맨드 _Unmanned_

초판 1쇄 인쇄 2021년 5월 7일
초판 1쇄 발행 2021년 5월 14일

지은이 채기성
펴낸이 이수철
주 간 하지순
교 정 구경미
디자인 권석중
마케팅 안치환
관 리 전수연

펴낸곳 나무옆의자
출판등록 제396-2013-000037호
주소 (10449) 경기도 고양시 일산동구 호수로 358-39 동문타워1차 202호
전화 02) 790-6630 팩스 02) 718-5752
페이스북 www.facebook.com/namubench9
인쇄 제본 현문자현

© 채기성, 2021

ISBN 979-11-6157-122-5 03810

* 나무옆의자는 출판인쇄그룹 현문의 자회사입니다.
* 이 책의 전부 또는 일부 내용을 재사용하려면
  사전에 저작권자와 도서출판 나무옆의자의 동의를 받아야 합니다.